# 南窗杂考

马斗全 著

山西出版集团
山西人民出版社

**图书在版编目（CIP）数据**

南窗杂考／马斗全著．—太原：山西人民出版社，2011.4

ISBN 978-7-203-07121-1

Ⅰ.①南… Ⅱ.①马… Ⅲ.①国学-研究②汉字-错别字-辨别 Ⅳ.①Z126.27 ②H124.1

中国版本图书馆 CIP 数据核字（2011）第 005089 号

**南窗杂考**

---

**著　　者**：马斗全
**责任编辑**：张文颖
**助理编辑**：高　雷
**装帧设计**：清晨阳光（谢成）工作室

---

**出 版 者**：山西出版集团·山西人民出版社
**地　　址**：太原市建设南路 21 号
**邮　　编**：030012
**发行营销**：0351-4922220　4955996　4956039
0351-4922127（传真）　4956038（邮购）
**E-mail**：sxskcb@163.com　发行部
sxskcb@126.com　总编室
**网　　址**：www.sxskcb.com

---

**经 销 者**：山西出版集团·山西人民出版社
**承 印 者**：山西出版集团·山西新华印业有限公司

---

**开　　本**：880mm×1230mm　1/32
**印　　张**：8
**字　　数**：240 千字
**版　　次**：2011 年 4 月第 1 版
**印　　次**：2011 年 4 月第 1 次印刷
**书　　号**：ISBN 978-7-203-07121-1
**定　　价**：20.00 元

---

# 《南窗杂考》小引

斗全兄将文史考证短章结集，嘱我作序，令我诚惶诚恐，然又不能不从命。因思斗全兄既然征序于我，一定是成竹在胸，不怕我胡言乱语。而以最常用的成语“抛砖引玉”来自况，先乱道几句，正可为其珠玉华章做点儿铺垫，未始不是好事。

斗全兄虽有文名、诗名在外，而其本色乃为学者。如斗全兄这般，常发表散文随笔，惯用传统诗词抒发情感，又长于文史研究，一身而兼学者、作家、诗人，今世已无多。此书名《南窗杂考》，与其散文集《南窗寄傲》、诗词集《南窗吟稿》自成系列。曾有人建议书名用《国学杂考》，但斗全兄坚持用《南窗杂考》，微可见特立独行之义。如今国学大热，高谈国学成为时髦，而实际触及国学者却绝少，实国学之尴尬。斗全兄此书乃是切实关乎国学之文字，而避居国学之名，此种深契传统的行事风格，自会令热爱传统文化的读者为之心喜，也会因此而更喜欢读斗全兄书中的文字。

我与斗全兄是大学同窗，我们是在“文革”结束后，年纪老大了才进大学，学历史。那时候老师们上课，开宗明义都要说说历史学是探索、发现历史规律的科学之类的话，印象深刻。可是读书稍多，却没见哪位著名史学家总结出了什么规律。反不如考证的东西，读起来言之有物，觉得这才是学问。这些想法至今没有和斗全兄交流过，因为当时只敢私下想想，“腹诽”而已，后来则觉得没必要交流。读斗全兄此集，感觉心有戚戚焉，三十年前的胡思乱想却在斗全兄的著作中见了真章，会心之处，乐何如之！

当然，现在的想法比当初不能说有多少进步，但是毕竟复杂多了。关于考证，最盛时还属清朝的考据学。梁启超曾以清代考据学比之于欧洲的文艺复兴，他给一个学者论述文艺复兴的著作写序，一下就写了六万字，和人家全书的字数差不多，后来只好出单行本，即

《清代学术概论》。书中有一个观点说考据的方法是科学方法，陈义之高，令人震惊。现在看，把好的东西都说成是科学的东西，挺幼稚的。然最初看到这说法时，却有醍醐灌顶之感。考据确为学术研究方法之最重要的一种，这种观念就在那时，逐步扎根在自己的头脑里。

考据的精义是“实事求是”，讲究“无征不信”、“孤证不立”，最重证据，用证据说话，不尚空谈。当然，考据学的证据都是书证，因此反对者斥之为“钻故纸堆”。联想到今日学风，抄袭、剽窃、造假司空见惯，为了出成果不择手段，浮躁之气弥漫学界。窃以为，像斗全兄这样做踏踏实实的考证文章，是医治浮躁的对症之药。多读书才能做考证的工作，而多读书正能抑制浮躁。若学界的朋友都坐下来认真读书，写点儿自己的心得，拒斥炒作，抵制喧嚣，也就不用有人操心去建立什么防止学术不端的机构了。

斗全兄的考证文章秉承清代学术传统，一字一义，均能原原本本，查考最早的出处，辨析源流，得其旨归。这也是当然之事，埋应如此，仅满足于此，未见得有多少殊胜之处。斗全兄考证文章的独特风格，是“咬定青山不放松”的那种劲头，专针对习非成是的一些错误做考辨，甚至与时下挺受推崇的辞书较真。如《“东皋”释义辨正》、《“东皋子”之“东皋”辨》，前者从《尔雅》等古训古注中溯源，指出“皋”无高地义，因而《辞源》、《辞海》等释义均有误，进而指出“东皋”语出阮籍，指归隐躬耕之处，后人遂以之指代归隐地，而非“田野或高地”的泛称；后者则利用考证的结果，指出诸书之误，说明自号“东皋子”的王绩，其故里并没有东皋之地，是因用典而以“东皋”称其归耕之地，别号正是表明其隐士身份的符号。似这样言人所未言而又令人信服之新见，书中竟至数十个，于此可见此书之学术价值，亦可见考证于学术文化之重要。

一义之辨，孜孜龂龂，学人职志，自应如是。然而，现在有一种观点认为，这样的做法大可不必。讲求典故、语词的正误，这类学者被称为“记忆性文化族群”；对应的，则为“创造性文化族群”。“创造族”自是生气勃勃的，做大事的，正面的；而“记忆族”则明显是与抱残守缺、故步自封、不求进取、保守落后类同，没多大出息。斗全兄应是属于“记忆族”的，他不但给钱钟书、季羡林等老辈学者纠错，还与《咬文嚼字》编辑部的编委反复论难，欲辞此雅号必不得也。我的派性是在“记忆族”这一边，但苦于找不出什么理由为这个族群来辩护，似乎真理真的在“创造族”手里。正是看第十二届CCTV青年歌手大赛，憬然悟出“创造族”的所为未必全是对的，“记忆族”也正有自己存在的价值。这次大赛有余秋雨作综合素质的评委，专门考察歌手的文化素养。但那些考察的内容，确然与“创造”无关，都是记忆性的东西。呵呵，原来大家都还得做“记忆族”，才能唱好歌或干好别的什么，“记忆”之于国民素质的重要性就不需赘言了。传闻歌手大赛的收视率与余评委是否出镜关系很大，说句时髦话，叫正相关关系，看不到秋雨评委，有些观众就换台了。由此又可见，余秋雨在公众心目中，是学识广博的形象，应属“记忆族”。这真是悖谬，余氏本人素以“创造”而自负，对“记忆”是不屑一顾的。也正因为这个原因，余评委闹出笑话而不自知。斗全兄书中有《并非诗句》一则，说余秋雨“对‘落霞与孤鹜齐飞，秋水共长天一色’作点评时，接连几次说‘这两句诗’。……幸亏那位歌手也弄不清这两句究竟是不是诗句，只好恭恭敬敬听其教诲。她如果稍有常识，而给余秋雨评委纠正说这不是诗句，那就好玩了。”好在当今仍有许多人甘愿做“记忆族”，这应是汉语和民族文化的福音。

在本书中，还有一类虽非考证但属探究之篇章，收在“书窗断想”辑中，即《何为“读书人”》、《名人与名士》、《却是文章差得力》、《古人眼中的著述》、《读书的境界》等篇，回环洛诵，一种古老悠久的文化传统渐渐浮现眼前。所以此类篇章更为全书的精魂所在。读书尚友古人，神交贤圣，徜徉于古人高蹈远举的精神世界里，体悟千百年来那一脉中国的文化魂。以上篇章所论，差近于是。

愚以为，近现代的西方社会是经济决定政治，所以有了经济决定论的历史观。中国社会一直以来都是政治决定经济，政治势力笼罩一切，若政治腐恶，则毒化社会，无孔而不入。给社会以清醒剂，使整个社会不至于迷醉，犹得以历数千载而自立于世界民族之林，则有赖于渊源久远的文化传统、人文精神。传说中有击壤的老人、洗耳的许由，史书上有义不食周粟而饿死在首阳山的伯夷、叔齐，即是这种文化传统的体现，也是这种传统的源头。《史记》列传之首篇为《伯夷列传》，寓意深焉。

斗全兄推崇名士，“是‘采菊东篱下，悠然见南山’；是‘杏花疏影里，吹笛到天明’；是‘彩笔题诗半醉中’、‘亦狂亦侠亦温文’；是‘久已浮云看富贵’、‘到眼荣枯不入诗’；是‘宠辱从来两不惊’、‘一蓑烟雨任平生’；是‘渐生华发还贪酒’、‘阅尽沧桑不解愁’；是‘直道本知天可恃’、‘寸心那得愧平生’；是‘只言一寸丹心在’、‘留将泪眼哭苍生’；是‘天生我材必有用’、‘不使人间造孽钱’；是‘高歌青眼无馀子’、‘一春花鸟总关心’；是‘片心高与月徘徊’、‘不知身外有浮名’；是‘莫怪公卿不我知，我自不知渠是谁’，更是‘千首诗轻万户侯’、‘天子呼来不上船’。简而言之，是‘一种风流但自持’、‘添得人间一段奇’”。也推崇读书的境界，“身闲心静，他愿意读经就读经，想读史就读史，或者拿出友人寄来的诗作欣赏，兴来时也可能朗声吟成一首新作。陶渊明的‘好读书，不求甚解’，即是随心而读，并不很费力的意思。读书时也不必总是正襟危坐，大可随便一些。古人每以所读之书置床头，庾信所云‘书卷满床头’，老杜所云‘散乱床上书’、‘身外满床书’，便都说明枕上亦读书之处。孟浩然有‘日长闻读书’句，黄庭坚有‘日长宜读书’句，是悠闲读书显然又有打发时光和消遣的意味。这种轻松悠闲的随心而读，或即古人所说的‘老闲犹有’的‘读书心’”。合而观之，是与俗世俗务若即若离的一种状态，对于精神自由的一种追求。庄子“曳尾于涂中”式的精神自由，经后人发展，遂成为这样一种传统。

在几千年强势政治形成的巨大漩涡中，为争夺权力而孳生出奔竞钻营、尔虞我诈等等恶习，但真正以此著名者如李林甫、蔡京、秦桧、严嵩等，都是遭历史唾弃之人，许多一生沉浮于宦海的人，并未沉溺其中，其所作所为，依然是我们钦服的读书人做派。如苏东坡，他并未隐遁山林、超脱尘世，但给我们的印象还是诗酒风流、名士风范，真正读书人的楷模，较之没有做过什么官的唐伯虎，反而影响更大，形象也更好。有些人官至宰辅，也能保持读书人本色，像北宋的王安石和司马光这两个政敌，虽然先后执政，权势烜赫，但一个“拗”，一个“迂”，性情真挚，诗文又好，因而形象可爱。我觉得，我们民族的这个文化传统，最直接的作用就是发生在官僚队伍中。权力在腐蚀人的灵魂，而文化素养有以平衡其心智，保护了部分官员的良知。在政治决定一切的大传统中，有这样一个贯穿于其间的文化传统，呵护着社会肌体，因而不致被腐蚀过度而解体。此乃中国之幸。

斗全兄揭橥的这种古老文化传统，已经失落了百年以上，所以我称之为古老或久远。这一传统的失落，不是缺失了实践这种精神的人，而是近代以来，似乎没有人正面评价这种取向。我读书不多，搜索枯肠，想不起来。学界之所以浮躁，亦与此有关。想起当年斗全兄带我去罗元贞先生家，听先生吟诗，后再无此雅事。广陵散绝响，久矣夫！

赵瑞民　草于山西大学寓所

2010年8月

# 目　录

## 壹　读书散札



## 贰　读诗偶得

## 叁　书窗断想



## 肆　字词札记

# 壹 ◎

# 读书散札

# "汾水可以灌安邑，绛水可以灌平阳"辩

《史记·魏世家》：

> 当晋六卿之时，知氏最彊，灭范、中行，又率韩、魏之兵以围赵襄子于晋阳，决晋水以灌晋阳之城，不湛者三版。……知伯曰："吾始不知水之可以亡人之国也，乃今知之。"汾水可以灌安邑，绛水可以灌平阳。

按汾水自古至今皆西南流至新绛而西折，经稷山、河津，由荣河（即古汾阴）北汇入黄河，从未改道经安邑附近入河，《史记正义》云"汾水东北历安邑西南入河"，殊无据。新绛距安邑一百数十里，且中间东西横亘高数十丈之峨嵋原，又有涑水相隔，故汾水绝无灌安邑之理。绛水距平阳（今临汾）亦一百数十里，且中间有浍、汾二水。《水经注·浍水》记：绛水"出绛山东"，"西北流注于浍"，浍水又"西南入汾"，故以绛水灌汾水上游百馀里外之平阳，更不可能。

由上可知，"汾水可以灌安邑，绛水可以灌平阳"，显然有误。据当地地理分析，当是"汾水"与"绛水"互讹，或"安邑"与"平阳"互讹。考《水经注·涑水》引《史记》此文与《梁书·韦叡传》记韦叡语，皆作"汾水可以灌平阳，绛水可以灌安邑"，是南北朝时郦道元、韦叡、姚思廉等所见《史记》与今本不同。

"汾水"与"绛水"或"安邑"与"平阳"互讹，究其原因，或前人传写之误，或有人疑原文有误而改之，因其有不可解处。郦道元引《史记》之文后即表示疑问云："汾水灌平阳，或亦有之。绛水灌安邑，未识所由也。"平阳在汾水边，可以汾水灌之。而入浍入汾之绛水，不可能灌安邑，正如上文所云汾水绝无灌安邑之理，所以郦道元提出疑问。《战国策·秦策》叙知氏之亡国时云："汾水利以灌安邑，绛水利以灌平阳。"很可能是前人因为疑《史记》有误，而依《战国策》校改之。

今考可灌安邑者，惟该地区又一较大之水涑水。“历安邑西南入河”者，正是涑水。《水经注·涑水》：“（涑水）水流急濬”，“西南过安邑县西”。涑水上游即绛水。《读史方舆纪要》卷四十一：“涑水，在（安邑）县北，自夏县流入界，即绛水下流也。”同卷又云：“志云绛水西流入闻喜县，为涑水之上源。”绛山（在绛县、曲沃、闻喜中，今为三县界山）一带多水，涑水至今仍发源于该地，所以上源名绛水。《汉书·地理志》颜师古注引应劭语曰：“绛水出（绛县）西南。”此就故绛而言，郦道元认为即指入浍之绛水。实则极可能指涑水之上源。盖二绛水虽同发源于绛山，但涑水为较大之水，而入浍之绛水乃山泉所成之水，只是浍水诸小支流之一。应劭记当地水流，不可能舍其大者而言其小者，故所云之绛水，当为涑水之上源。总之涑水亦可称作绛水。“可以灌安邑”之绛水，乃涑水。

由是可知，《史记》该处原文为“汾水可以灌平阳，绛水可以灌安邑”。郦道元不知涑水亦可称绛水，故云未识所由。后又有好事者不知《战国策》误而《史记》不误，依《战国策》改《史记》而使“平阳”与“安邑”互倒，此或隋唐时人所为也。

后李泰、司马光、胡三省等人，未识传本《史记》及《战国策》之误，故《括地志》、《资治通鉴》及胡注，亦皆错引。近世王先谦《合校水经注》及新近出版陈桥驿点校《水经注》，又进而以《史记》、《战国策》及《资治通鉴》等校改郦氏所引之文，致愈改愈乱。

# 李悝李克为一人之证

在我国历史上，著名改革家李悝与李克是否同一人，可谓一桩千古公案。李悝为战国初期魏文侯之相，是战国时期诸改革家和法家代表人物中十分出名的一位。有关文献又记载,魏文侯时魏国有一重要人物李克,事迹与李悝相似,且有同一事而不同史书分载于两人名下者,所以司马贞《史记索隐》曾云:“今此及《汉书》言克,皆误也。”王先谦《汉书补注》也认为“李克”应作“李悝”。近世学者,或云李悝、李克为同一人,或云为两人,莫衷一是。据史料记载，李悝、李克皆魏人，皆事魏文侯，一为相，一为使治之臣，皆言魏国因其人而富强。而这些史料载李悝时从不言及李克，载李克时又从不言及李悝。岂有二人同时在魏文侯手下为臣而不同朝议事、甚至从不发生关系之理？并且关于“尽地力”的重要建议，《史记》、《汉书》既载于李悝名下，又载于李克名下。所以不少论者以为史料记载有误，“李克”应为“李悝”。

其实，有关文献所载不误，“悝”、“克”乃同音异字，如魏文侯手下另一大臣翟璜，有的史籍便作“翟黄”。后世论者不知“悝”、“克”在魏国同音，因此怀疑有关文献有误。

战国时的魏国，在今晋南运城地区，即河东一带。今考河东方言，有些入声字读音中韵母 e 读作 ei，如“册”、“测”，不读 cè 而读 cèi；“色”、“涩”，不读 sè 而读 sèi；特，不读 tè 而读 tèi。同样，“克”与“刻”、“客”等不读 kè 而读 kèi。语言学家王雪樵《河东方言语词辑考》（山西人民出版社 1992 年版）说，此为介音消失现象。“悝”（kui）之介音 u 消失，便读作了 kei。北方地区部分入声字被派入平声（现今推行的普通话读音便多有这种情况），“克”与“得”等入声字在河东地区又读平声，所以“悝”、“克”都读平声 kēi，为同音字。由此可知，李悝、李克本为一人，系名字的同音异字，历史学家们无须再为李悝、李克是否同一人而争论。

# 寒食与介山

从网上看到有关方面“申报寒食文化遗产资料专家评审稿”多篇，都说寒食因介之推故事而来，其中《寒食节为介之推而设》一文，更是宣称：“寒食节为介之推而设，这是历代不争的事实。”这使人想起中央电视台曾播映的《东周列国·春秋篇》，《重耳返晋》一集中，将介之推不以功邀赏而负其母隐于绵山、最后被烧死的故事，渲染得十分感人。加上我国自古至今有寒食节及寒食禁火之说，更给这个故事增添了生命力。这真是一个非常著名的历史故事，不但千百年来人们津津乐道，而且将永远流传下去。可惜的是，这只是一个美妙而动人的传说，史实却并不如此。



寒食禁火之俗，《周礼·秋官·司烜氏》：“仲春以木铎修火禁于国中。”注云：“为季春将出火也。”这说明禁火乃是周朝时已有的旧制，因为季春将出火。此禁火是因天上的星辰之火，而不是指地上的烧山之火，与后来传说的介之推故事并无关系。所以古人关于寒食数有“禁其烟周之旧制”之类语。寒食在夏历三月，清明节前，时间正是“仲春”之末、“季春”将始，而介之推并非死于这个季节。史书只记载介之推逃隐山中，并没有说他被烧死，此查《左传》、《国语》和《史记》可知。介之推被烧死的说法，始见于汉代刘向的《新序》：“(介之推）遂去而之介山之上。……文公待之不肯出，求之不能得，以谓焚其山宜出，及焚其山，遂不出而焚死。”此后数有杂传之书也沿用此说。东汉蔡邕的《琴操》则进一步说介之推五月五日被烧死，晋文公重耳下令以这一天为寒食日，不得举火。从我们中华民族的传统习俗来说，五月五日是端阳节而不是寒食节了。《后汉书·周举传》有并州刺史周举取消寒食之说，分明说在“盛冬”，魏武帝曹操曾颁《明罚令》以禁寒食，也明确说在“冬至”后，皆非二三月间，更非五月五日。此均可见寒食因介之推焚死介山之说之不可信。

另外，传说中介之推所隐之山，即介山，现在一般都认为在山西中部的介休，也同样是一个传统的误会。有人说介之推隐于介休之绵山，是因为《左传·僖公二十四年》有“晋侯求之不获，以绵上为之田”语，晋时杜预注“绵上”一词，说“西河介休县南，有地名绵上”，后来人们便据此说介之推所隐之山在介休。后人甚至还在介休的绵山上建了介子庙。还有不少较为严肃的书籍也说介休之名即是因介之推隐居绵山而得，都是不着边际。介休，春秋时期叫邬县，秦时改名界休县，汉时或名邬县，或名界休，到晋时才改作介休，可知介休的“介”字与介之推的“介”字风马牛不相及。《史记·晋世家》载：“闻其入绵上山中，于是文公环绵上山中而封之，以为介推田，号曰介山。”是说介之推隐于绵上后，该山便改名为介山。其实，春秋后的介山，不在晋中介休县，而在河东的汾阴县。《汉书·武帝纪》载武帝诏曰：“朕用事介山，祭后土。”《汉书·地理志》又载：介山在汾阴。扬雄《河东赋》也有句曰：“周流容与，以览于介山。”这介山，就是现万荣县境内的孤山，《山西通志》记此山云：“介山上有神庙，庙侧有灵泉。”至于介休介山，则是后来才有的叫法，同山上的介子庙一样，是后人轻信了杜预之注的原因。如今又有人以介休介山有介之推庙，反过来证明介之推曾逃隐于此并被烧死，自然更无道理。以情理度之，介之推负其母隐于距曲沃不远的汾阴绵上，是较有可能的。因为曲沃距介休好几百里远，介之推既无车马可乘，更无现今汽车火车之便，背着他的老母怎么能跑到介休的绵山。关于介之推所隐之地，晋《太康地记》、《地道记》和《永初记》都记载说在汾阴介山，可惜后人未予重视，只看重《左传》，不幸却被杜预注释错了“绵上”的地名。

因了杜预的错误，因了脱离史实的“相传”，而使人们多以为寒食节与介之推有关，发生地在介休绵山。寒食习俗相沿持续两千多年了，已成一种悠久的传统，文人墨客们还因此写了不少诗文，也就不必纠正此错而煞风景。有人要争取“申遗”，也无不可。但习俗归习俗，史实是史实，作为学术研究，绝不可为了习俗而不顾史实。

# “风萧萧兮易水寒”之出处

《中华读书报》“文史天地”专刊第29期赵鑫珊《排队的日本和唱易水歌的东洋》文，说自己“是在1958年冬天第一次读到司马迁笔下这两句的：‘风萧萧兮易水寒，壮士一去兮不复还！’”后来到日本时发现，“日本人也偏爱司马迁这两句”。又说“二战”时期日本军人也高唱这两句开赴不义战场，“严重歪曲了司马迁的名句”。

“风萧萧兮易水寒，壮士一去兮不复还”，确为名句，古来读书人几乎无人不知，但却并非司马迁句，而为荆轲句，应为常识。该文作者所说“司马迁笔下”，系指《史记·刺客列传》荆轲往秦刺秦王、燕太子丹等人祖饯易水一段文字：

> 太子及宾客知其事者，皆白衣冠以送之。至易水之上，既祖，取道，高渐离击筑，荆轲和而歌，为变徵之声，士皆垂泪涕泣。又前而为歌曰：“风萧萧兮易水寒，壮士一去兮不复还！”复为羽声慷慨，士皆瞋目，发尽上指冠。于是荆轲就车而去，终已不顾。

这段文字分明是说，那两句壮烈之歌，为荆轲上路时所唱，“著作权”自当为荆轲所有，而不能归于司马迁。所以有的书中称之为《易水歌》，有的书中称之为《荆轲歌》。再说，那两句不但非司马迁创作而出其“笔下”，而且也非司马迁最早记录，早在司马迁之前，《战国策》中已记录了荆轲所歌。上引《史记·刺客列传》那段极感人的文字，乃司马迁照录自《战国策·燕策》。

# 说“幸毋相忘”汉简

《书屋》1999年第3期钟叔河先生《一封两千年前的情书》，谈居延汉简中一枚十四字之简。这封颇具情味的“情书”，今日读来确实感人。但钟先生以为该简无“落款”，故而只知信是写给春君的，不知写信的那位戍边者的名字。此说似有误，试为一辨。

该简原件藏台湾史语所，无法一观，刊其照片的《流沙坠简》一书也不易见。“情书”的文字，钟先生文中释为（加标点）：

谨奉以琅玕一，致问春君，幸毋相忘。

所据为著名书法家顾廷龙老先生所临件，故文前附有顾老法书的照片。但顾老所临分明为：

奉谨以琅玕一，致问春君，幸毋相忘。

想顾廷龙老先生断不会临错的，钟先生文也未指出顾老所临有误。若顾老所临不误，那么开头三字不是“谨奉以”，而为“奉谨以”。如是，则“奉”字便非“奉致”之“奉”，而为写信者之名，其人姓某名奉。再则从文句看，“谨以琅玕一，致问春君”，简练而得当，自是古人口吻。“谨奉以琅玕一，致问春君”，“谨奉以”而“致问”，显然有些冗繁。从“信”中文字看，那位名奉的男士，文句简练而得当，说不准还是一位被埋没的文章高手。

钟先生所以将“奉”字当作“奉致”的“奉”而释文作“谨奉以”，许是受了周作人诗句的影响。钟文所引周作人之诗，首句为“琅玕珍重奉春君”。两处“奉”字用法不同，“奉春君”之“奉”，与简上“奉谨以”之“奉”，同字而异义，是此“奉”非彼“奉”。

琅玕，钟先生文释为用青色玉石雕琢而成的腰饰。古人饰物，多有以玉石雕成者，但这里玉石饰物未免贵重了些，戍边士卒罕有贵重饰物。据有关文献，似应释为美丽的石头。《尚书·禹贡》传曰：

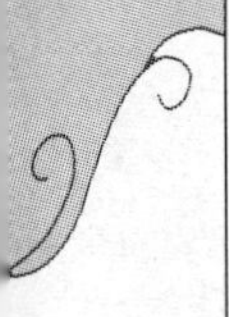

“琅玕，石而似玉。”《说文》：“琅玕，似珠者。”可见古之琅玕为似玉似珠的美石。那位兵士思念情人，欲将捡得的一块美石或玉石捎给她。这于戍守在绝域荒寒之地的兵士来说，倒是极可能的。

# 武威铜奔马之名

1969年某日下午，甘肃省武威县新鲜公社的几个农民，当时尚不知盗挖和走私文物是怎么回事的淳朴农民，用他们日常装草料和杂物的麻袋，给县府文化部门送来了一袋轰动世界的奇迹，这就是武威雷台东汉墓铜车马。最令世人惊奇的是其中一尊铜奔马，这是农民们修地时挖出来的。

这尊铜奔马，昂首扬尾，奋蹄作飞奔之状，不仅神态生动，造型优美，而且合乎力学原理，反映了我们祖先高度的智慧和创造力，是一件举世罕见的汉代文物。它的出土，立即在全世界引起一片赞叹声。

铜奔马三只蹄悬空，支撑点是一只后蹄下踩着的一只展翅飞行的鸟儿。著名历史学家郭沫若先生鉴定后说，马蹄下的鸟儿是一只燕子，古人如此设计，是说马跑得比飞燕还快。因此给铜奔马定名为“马踏飞燕”（后又有循此而来的“马摆飞燕”、“飞燕骝”、“紫燕骝”等名以及“马踏飞鹰”、“马踏飞隼”、“马踏飞鸟”之类，甚至有“马踏乌鸦”），于是有关宣传物和文章都称之为“马踏飞燕”，“马踏飞燕”之名便传了开去。后来铜奔马被定为中国旅游标志，它的优美造型和“马踏飞燕”之名更是传遍世界。

可惜郭沫若所定之名，并不确当，所以前些年已有学者对“马踏飞燕”提出疑问。定为中国旅游标志时，便有专家主张叫作“马超龙雀”，后又有人主张名为“马踏龙雀”，与此相类。

愚意以为，铜奔马自有其名，叫“飞廉铜马”，无须后人为它重定什么名。有关典籍已透露此中消息，如《后汉书·董卓传》：

> 又坏五铢钱，更铸小钱，悉取洛阳及长安铜人、钟虡、飞廉铜马之属，以充铸焉。

《资治通鉴》也说董卓坏“铜人、钟虡、飞廉铜马”以铸钱。这些资料说明，东汉时洛阳、长安有飞廉铜马。将它取来铸钱，可见两京之中此物不在少数。华峤《后汉书》也有记载，说明帝五年（62年），从长安迎取飞廉铜马置放于洛阳上西门平乐观。

飞廉，即神话传说中的风神，东汉著名学者应劭说，是一种神鸟，能致风气。《三才图会》所载古之飞廉图，便是一只飞鸟。郭沫若未详有关典籍，看铜奔马足下之物是一只飞鸟，形状有些像燕子，就名铜奔马为“马踏飞燕”，学术上似欠严肃。飞廉因形状像飞鸟，所以又称“龙雀”，东汉科学家兼文学家张衡的《东京赋》有句为：“龙雀蟠蜿，天马半汉。”东京即洛阳。本人以前游武威时，咏铜奔马诗有句为：“健蹄尚带汉时埃，知乘长风洛下来。”就是说东汉时京城洛阳便有这种铜奔马，雷台墓中的铜奔马，说不准正是从洛阳来的。

由上述可知，“马超龙雀”之名，比“马踏飞燕”要好些，但仍欠确当。正确之名应是“飞廉铜马”。



飞廉铜马的造型，表现的是天马行空的主题，所以张衡说“天马半汉”。“半汉”，就是在空中的样子。天马行空，只能乘风而行，所以足下有风神飞廉。

以“飞廉铜马”来理解铜奔马乘风飞奔的天马行空主题，便会愈发感到我们祖先留给我们的这一罕见文物的精美和珍贵。

以上聊备一说耳。

# 说“横槊赋诗”

因为唐代诗人元稹《唐故检校工部员外郎杜君墓系铭》中的“曹氏父子鞍马间为文，往往横槊赋诗”，更因为苏东坡在《前赤壁赋》里称曹操“酾酒临江，横槊赋诗，固一世之雄也”，所以一说到“横槊赋诗”，人们便自然会想到曹操，现今许多诗文也喜欢用“横槊赋诗”或“横槊”。可惜后世对“横槊赋诗”的理解，竟发生了歧义。

大型电视连续剧《三国演义》中有一集为《横槊赋诗》，描写曹操在赤壁大战前夕于军中置酒设乐宴诸将，以鼓士气、壮军威。曹操在宴席前，命手下取来长槊，拿在手中挥舞，咏“对酒当歌，人生几何……”京剧《横槊赋诗》、《群英会》以及画家王双才所画《横槊赋诗》中，也均是立地持槊。此种场面，看后给人以别扭之感，有损于塑造曹操横槊赋诗的威武形象。这主要是因为编剧和导演未能真正了解“横槊赋诗”是怎么回事。

横槊，同“横矛”、“横戈”一样，指在马上横持长柄兵器，为战将形象。横矛如《三国志·张飞传》：“飞将二十骑拒后。飞据水断桥，瞋目横矛……”《南史·柳元景传》：“安都瞋目横矛，单骑突阵。”横戈如《旧唐书·马璘传》：“璘独率所部，横戈而出，入贼阵者数四。”戚继光《马上作》更有“一年三百六十日，都是横戈马上行”的名句。均指在马上横矛横戈。槊即长矛，《释名·释兵》：“矛长丈八尺曰槊，马上所持。”《旧五代史·晋高祖纪》：“帝领十馀骑，横槊深入。”《新五代史·晋本纪》：“敬瑭以十馀骑横槊驰击。”郑元祐《送萧万户》诗：“跃马谩惊横槊赋，闻鸡不道枕戈眠。”即是说横槊于马上也。最为明确者是《南史·垣荣祖传》所云：“曹操曹丕，上马横槊，下马谈论。”又苏辙《次韵李豸秀才来别子瞻仍谢惠马》：“遥想据鞍横槊处，新诗一一建安风。”横槊赋诗，谓身兼军人与诗人，亦即能文能武，是文武雄才抒发豪情的英雄形象。例如，唐代岑参曾赴西北戍边，为著名边塞诗人，南宋爱国诗人陆游以“多昔横槊赋”赞之（《夜读岑嘉州诗集》）。陆游恢复之志至死不休，老来忆及自己当年从军情形时有“横槊赋诗非复昔，梦魂犹绕古梁州”之壮句（《秋晚登城北门》）。

电视剧和京剧中曹操“横槊”不在马上，当是受了小说《三国演义》的限制或误导。小说则又当是作者错会了苏东坡《前赤壁赋》中“酾酒临江，横槊赋诗”的意思。临，由上视下也。临江，面对大江，指在岸上，而非浮于江面。小说作者似乎将“临江”当作了浮于江面。“酾酒临江”与“横槊赋诗”指一个人的两种形象或相连的两个动作，应是两回事，而小说作者当作了同一动作处理。因为在水上，不可能骑马，当然也就不会横槊马上，而成了横槊于船头。小说是这样描写的：“（曹操）取槊立于船头上，以酒奠于江中，满饮三爵，横槊……歌曰：‘对酒当歌……’”1994 年发行的第 17 套邮票，第一枚即为《横槊赋诗》，也为船头横槊，图案为曹操立于船头，左手举爵，右手持槊，当是依据小说描写而设计的。所以后来有关文章也就说曹操“在船头横槊赋诗”，甚至有文章说曹操“在湖上横槊赋诗”。至于其他错用“横槊赋诗”的文章，就更多了。横槊船头，本已错了，而电视剧又改成了横槊宴席前，就更失其本义。席间不比校场，所以往往是舞剑。试想，立于并不宽阔的宴席前，手持本应在马上所用的长槊，如何舞得开。就算舞得开，而那舞，与场合不相协调，也就难免给人以别扭之感。

如果小说《三国演义》的作者和电视剧《三国演义》的编导者们能清楚“横槊赋诗”是怎么回事，而处理成正确的横槊赋诗，让曹操骑于战马之上，横持长槊，慷慨赋诗，则其能文能武“固一世之雄也”的形象，自当跃然而出。

# 说“目不识丁”

形容某人不识字，往往说“目不识丁”或“不识一丁”。有人解释说，“丁”字最简单、最易识，若连“丁”字也不识，当然其他字更不识了。这是想当然的解释，岂不知“一”字比“丁”字更简单易识。《现代汉语词典》与一些成语词典则引《旧唐书·张弘靖传》中“汝辈挽得两石力弓，不如识一丁字”来解释，说其中“丁”字本当作“个”，因形近而致误，后人便说“目不识丁”。这也是牵强附会的解释。

“目不识丁”之典，实则出于《晋书·苻坚传》。太元七年（382年），苻坚宴群臣于前殿，奏乐赋诗。秦州别驾姜平子所献诗中有一“丁”字，但下面的竖钩写成竖，成了“丅”字。苻坚不认识，问是何字，姜平子回答说：“臣丁至刚，不可以屈，且曲下者不正之物，未足献也。”苻坚听了甚为高兴，将姜平子擢为上第。其实姜平子将“丁”字写错了，他自作聪明所写的“丅”字，乃是古“下”字。姜平子不知为古字，苻坚本一粗人，当然也不知为“下”字，所以还褒奖了姜平子。

后来，人们便以此为典，称识字太少或不识字为“目不识丁”。《旧唐书·张弘靖传》也是用此典，“丁”字并未错，不是“识一个字”，而是“识一‘丁’字”，也就是识些字的意思。陈寅恪诗有“悔恨平生识一丁”句，绝不是说悔恨识得最简单的“丁”字，更不是说悔恨识了一个字，这里的“一丁”，是指所识之字，实即谦指自己的学问。

# 关于“修禊事”

我国古代著名书法家王羲之的《兰亭集序》，作为散文名篇和书法名帖，几乎尽人皆知。开头云：“永和九年，岁在癸丑。暮春之初，会于会稽山阴之兰亭，修禊事也。”对于王羲之所云“修禊事”三字，现代各家注本都释为“修禊的活动”之意，故而甚有影响的《辞源》、《辞海》和其他一些辞典，也都将古人这种习俗名之为“修禊”，就连编撰堪称精细的《中文大辞典》也称之为“修禊”。

古人三月三日在水边祓除不祥的这种风俗，当时具体情况怎样，对后世影响如何，暂且不论，只这名称，现在便发生了问题。也就是说，是否叫“修禊”，也还有问题。上述几种权威工具书和各家注本的说法，原来是错的。近年来已有人对此提出异议，认为应称之为“禊事”，并且所论也有一定道理，惜无有力依据可服人。



其实，是“修禊”还是“禊事”，古人诗文中对此早有明确表述，只是后人未予留意，竟至普遍将“禊事”错当作“修禊”。唐代李德裕有《上巳忆江南禊事》诗，刘禹锡有《和滑州李尚书上巳忆江南禊事》诗，张志和也有《上巳日忆江南禊事》诗。鲍防《上巳寄孟中丞》诗为：“世间禊事风流处，镜里云山若画屏。今日会稽王内史，好将宾客醉兰亭。”宋张孝祥《拾翠羽》云：“禊事才过，相次禁烟追逐。”另外，《唐阙史》卷下有“会稽禊事”语，黄庭坚《论书》所举帖有《兰亭禊事诗叙》，皆明确称为“禊事”。至于“修禊事”，唐白居易《三月三日祓禊洛滨》诗有句云：“禊事修初半，游人到欲齐。”宋人王十朋赋中有句云：“禊事修兮觞兰渚，陶泓沐兮池戒珠。”金人张宇诗有“微风漠漠水增波，禊事重修继永和”句，元人王恽诗有“浪说兰亭禊事修，年年春好锦堤游”句。蒋正子《山房随笔》有“三月三日，长安水边多丽人；一觞一咏，会稽山阴修禊事”语。或云“禊事修”，或以“禊事”对“游人”、“丽人”，可知“修”

为名词“禊事”前之动词。“修禊”与此同理。陆游《西村暮归》有“天气清和修禊后，土风淳古结绳前”，《仲夏风雨不已》有“冠盖敢同修禊客，桑麻不减避秦人”句，以“修”对动词，以“禊”对名词。现代诗人郁达夫 1936 年所作《步何熙曾游鼓岭白云洞韵》诗，颔联为：“欲借清明修禊事，却嫌芳草乱汀洲。”“修”对“乱”，同为动词；“禊事”对“汀洲”，同为名词，“禊事”二字绝不能分开来读。可惜当代学者竟未从唐至现代的这些诗文中弄明白这个问题。

至此，可以明白，王羲之所云“修禊事”，即“做禊事”，“修”是动词，这种风俗应名之为“禊事”。

# “东皋”释义辨正

古今诗文中，常有“东皋”一词。关于“东皋”之义，《辞源》(修订本) 与台湾天成出版社《文史辞源》释为：

田野或高地的泛称。

新版《辞海》也云：

泛指田野或高地。

台湾三民书局《大辞典》所释有一义为：

泛指高阜、高地。

其他大型辞书也有类似释义，不赘举。《现代汉语词典》释“皋”之义为“水边的高地”。实则高地或田野之义是错的。



皋，《广雅·释地》曰：“池也。”《玉篇》曰：“泽也。”《文选》李善注曰：“水田曰皋。”张铣注曰：“泽畔曰皋。”朱骏声《说文通训定声》亦训为“泽边地”。从无“高地”之义，也不泛指田野，而指水边、泽畔。由是可知“东皋”不当有“田野”或“高地”之义。所以误增此一义者，是因对陶渊明、王绩等诗中“东皋”不甚了了而致。

陶渊明《归去来兮辞》有句云：“登东皋以舒啸。”王绩诗文中数有“东皋”语。《新唐书·隐逸传》云王绩“游北山东皋，著书自号东皋子”。后人不识“东皋”谓何，因有“登”、“山”之类字，便妄加“高地”之义，又因陶、王及其他诗人说及“东皋”时多云耕田种黍而与水边无关，便又妄加“田野”之义。

陶渊明、王绩所云“东皋”，非指水边，更非指田野或高地，而是用典，典出三国时魏人阮籍《诣蒋公奏记》：“方将耕于东皋之阳，输黍稷之馀税。”阮氏不受太尉蒋济所授之官，云欲种庄稼，乃退隐躬耕之意。陶渊明、王绩两大隐逸诗人，便用此典以明归隐之志。此外许多诗人也喜用此典，南朝梁任昉《赠徐征君》：“东皋有儒素，杳与荣名绝。”吴均《同柳吴兴乌亭集送柳舍人》：“愿君嗣兰杜，时采东皋薇。”唐王维《送友人归山歌》：“忽山西兮夕阳，见东皋兮远村。”《归辋川作》：“东皋春草色，惆怅掩柴扉。”《送六舅归陆浑》：“悠哉不自竞，退耕东皋田。”李白《赠崔秋浦》：“东皋多种黍，劝尔早耕田。”

古人诗文证明，“东皋”乃为常用之典（参本书《“东皋子”之“东皋”辨》）。

由上述可知，诸辞书中“东皋”一词“泛指田野或高地”之义，是错的，应改为：“语出阮籍《诣蒋公奏记》：‘方将耕于东皋之阳，输黍稷之馀税。’后人以之为典，指归隐、躬耕之地。”

# 释《水经注》之“襄陵”

《水经注·江水》中关于三峡的一段描写，确为散文名篇。但对于“至于夏水襄陵，沿溯阻绝”一句中“襄陵”二字，各选本和教材几乎全部解释为“漫上丘陵”，却未当。

将“陵”字释作“丘阜”，疑依《尚书》“荡荡怀山襄陵”一语而来。《尚书》中的“襄陵”为漫上丘阜之意，但不能泥于此而云《水经注》之“襄陵”亦然。长江三峡，诚如郦道元所云，“两岸连山，略无阙处，重岩叠嶂，隐天蔽日”。然而夏季江水上涨时，再涨也不至于漫上岸上的山丘。

按“陵”字除表“丘阜”一义外，还有“上升”之意，如张衡《西京赋》中“陵峦超壑”、“陵重巘”之“陵”字，便谓上升，《文选》即注曰：“犹升也。”此外，《左传·成公二年》有“齐侯亲鼓，士陵城”；郭璞《游仙诗》有“临源挹清波，陵冈掇丹荑”；《晋书·李充传》有“狡兔陵冈，游鱼遁川”。“陵”皆为上升，谓升登城上或山冈。古籍中“陵”有时又与“凌”通用，“凌云”、“凌虚”又作“陵云”、“陵虚”，如《三国志·诸葛亮传》“自投死地，勇气陵云”、《法言义疏》有“飘飘然有陵云之志”、《开元天宝遗事》“丈夫有陵云盖世之志”，曹植《七启》有“华阁缘云，飞陛陵虚”、张协《七命》“无陵虚之巢”、张文琮《咏桥》“星文遥泻汉，虹势迥陵虚”，此数处之“陵”亦皆上升之意。值得注意的是，郦道元《水经注·江水》还有一处用到“陵”字：“有一白鹿，陵峭登崖，乘岩而上。”与“登”互文，谓跃登。《水经注·河水》不但也以“陵”指上升，而且是指水漫上堤岸：“河断之日，水奋势激，波陵冒堤。”

据上可知，《水经注》之“襄陵”，释为“上涨”较宜。

# 说古人的字与名同

一般读者都知道，古人名之外，又有字，即现今所谓表字，许多读者还知道字与名每有一定关系，但却少有人知道，古人有字与名相同的。

《南史》即载，曾两任宋之吏部尚书的蔡兴宗，字兴宗。幼有神童之誉后为诗人学者、颇受梁昭明太子礼遇的刘孝绰，字孝绰。酷爱读书且著述颇丰、官至尚书左丞的王僧孺，字僧孺。皆字与名同，或曰以名为字。还有江德藻等，也以名为字。唐宋及明清，均有以名为字者。谢章铤《赌棋山庄词话》即记其读书所见："杨升庵《词品》六卷，补遗一卷，中记刘子寰、马子严、冯艾子，皆以名为字。"清代有位女子徐昭华，曾撰《徐都讲诗》一书，字昭华。

蔡兴宗本传载："幼为父廓所重，谓有己风。故以兴宗为之名，以兴宗为之字。"是其父蔡廓寄厚望于儿子，所以名与字俱为"兴宗"。

对于这种字与名同或曰以名为字的情形，难免有人会问：那不是多此一举吗？非也，其实不然。即如蔡兴宗，字兴宗，除表明重"兴宗"二字外，还可给人以方便。古人之习，对人讳称其名，而称其字，以表礼貌与尊重，还兼有亲近之意。若因字与名相同而省去"兴宗"之字，即没有字，则别人不便称其名"兴宗"。而同时有"兴宗"之字，别人便可称"兴宗"。可知有与名相同之字，与无此字，其实是不一样的。

还有一种情况，是以字为名。顾炎武《日知录》即云："唐太宗时如封伦、房乔、高俭、尉迟恭、颜籀，并以字为名，盖因天子常称臣下之字故尔。"又有以字行者，也类似于这种情况。如《全唐文》载：姚思廉，本名简，以字行。《唐才子传》载：朱庆馀，字可久，以字行。著名诗人孟浩然，不但以字行，而且世已不知其名。以至当

代，亦不乏以字行者。叶圣陶，名绍钧，以字行。与叶圣陶交谊甚深的语言学家孙玄常，名功炎，亦以字行。宋代民族英雄文天祥，名云孙，字天祥，后以字为名，改字履善，中举后又字宋瑞，则属另一种情况。

# “上扬州”还是“下扬州”？

古来两句很有名的话，有的人引作“腰缠十万贯，骑鹤下扬州”，有的人引作“腰缠十万贯，骑鹤上扬州”。敲入“百度”搜索，前者有二万多条，后者有五千多条。究竟是“下扬州”呢，还是“上扬州”？

查其出处，今所见者，是《渊鉴类函》卷四百二十引南朝齐梁时人殷芸所撰《殷芸小说》：

> 有客相从，各言所志，或愿为扬州刺史，或愿多资财，或愿骑鹤上升。其一人曰：“腰缠十万贯，骑鹤上扬州。”欲兼三者。

可见，应为“上扬州”，而不是“下扬州”。

为什么错了的“下扬州”倒比正确的“上扬州”多得多呢？如今绝大多数人错为“下扬州”，很可能是想到所骑之鹤在空中，如飞机一样，要降下才能到扬州，所以就写作“下扬州”。近有主张作“上扬州”者在《扬州晚报》撰文说：因为是“要骑鹤上升到达扬州”，所以为“上扬州”。如此理解“上”和“下”，都是错的。

其实，《殷芸小说》中那人将去扬州说成“上扬州”，是因其所在地的方位而言。古来以北为上、南为下。例如在扬州以南，去扬州可说“上扬州”，在扬州以北，则说“下扬州”。这与如今人们较多听说的“北上抗日”、“南下干部”同一道理。古来又以西为上、东为下，所以多有“西上”和“东下”之说，西上，如杜甫《别李义》“重问子何之，西上岷江源”、韦应物《送刘评事》“吴中高宴罢，西上一游秦”。古人诗中还每以“西上”对“东归”，如崔信明《送金竟陵入蜀》“西上君飞盖，东归我挂冠”、白居易《送常秀才下第东归》“东归多旅恨，西上少知音”。东下，如李商隐《送崔珏往西川》“年少因何有旅愁，欲为东下更西游”、许浑《送王总下第归丹阳》“汴水月明东下疾，练塘花发北来迟”。最为人们熟知的是李白《黄鹤楼送孟浩然之广陵》的“故人西辞黄鹤楼，烟花三月下扬州”，即是卢僎诗所说的“东下扬州”。据此可知，欲“腰缠十万贯，骑鹤上扬州”的那位想好事者，在扬州的南面，或者在扬州以东。

# 并非诗句

“腰缠十万贯，骑鹤上扬州。”为古人书中所常见，至今人们在文章中或谈话时仍经常引用。余秋雨教授在其散文《脆弱的都城》中也曾引用。其文说：

请读这些诗句：

腰缠十万贯，

骑鹤上扬州。

对于以上两句，余教授不但称为“诗句”，而且是分行书写的。显然，他把这两句当作了古人的诗句。这是他不知这两句并非出自古人诗中，而是出自南朝《殷芸小说》。

这两句虽然句各五字，形式有些像诗句，但却不是诗句。对于古今书中常见之语，余教授不当弄不清楚是怎么回事而想当然指为诗句。

余教授更不该弄错的，是王勃的名句“落霞与孤鹜齐飞，秋水共长天一色”。

第十二届 CCTV 青年歌手大赛，余秋雨作评委，对“落霞与孤鹜齐飞，秋水共长天一色”作点评时，接连几次说“这两句诗”。稍有古诗文常识的人都应能判断出，这两句从形式看显然不像诗。而且，绝大多数读者都知道，此名句出自王勃的《滕王阁序》，而非谁的什么诗中。况且，大赛现场大屏幕的答案也显示了《滕王阁序》的篇名。开头听余教授说“这两句诗”，以为是口误，随后听他又说了几次，并且依据“这两句诗”来评价初唐诗风，才知道他真是当作诗句而错发议论了。以文化学者的身份，担任青歌赛的综合素质评委，余教授却把“落霞与孤鹜齐飞，秋水共长天一色”这样著名的句子当作了诗句，实在出人意料。幸亏那位歌手也弄不清这两句究竟是不是诗句，只好恭恭敬敬听其教诲。她如果稍有常识，而给余秋雨评委纠正说这不是诗句，那就好玩了。

# 说“一琴一鹤”

中央电视台肯为传播国学知识作贡献，而有“开心学国学”比赛，甚好，显然较一些低俗的娱乐节目强多了，然又不免出错。关于“一琴一鹤”含义之解释，便错了。央视观众甚多，另外不少辞书也作同样解释，为免贻误，这里略为一说。

琴，古来寓高雅、清静之类意，应为常识。旁置一琴，或携一琴行，每与高人、隐士形象有关，如唐白居易《醉吟先生传》：“舁中一琴一枕，陶谢诗数卷，舁竿左右悬双酒壶，寻水望山，率情便去，抱琴引酌，兴尽而返。”綦毋潜《过方尊师院》：“洞户逢双履，寥天有一琴。”诗中又有“羽客”、“得道”以及“草堂”、“松径”等语。伍乔《龙潭张道者》：“养生不说凭诸药，适意惟闻在一琴。”张祜《题上饶亭》写己之幽赏、饮酒，有句云：“溪亭拂一琴，促轸坐披衿。”也一副与世相忘之态，不无隐逸之情。以上唐人“一琴”，均就出世、避世、幽闲自适、放浪山水间之类行为、意象而言。最明显之例是北宋黄庭坚词《拨棹子·退居》：“归去来。归去来。携手旧山归去来。有人共、月对尊罍。横一琴，甚处不逍遥自在。”当然，“一琴”并不限于隐士、幽居，也常用于一般文人或居官者，如白居易为翰林学士时，有《松斋自题》：“况此松斋下，一琴数帙书。书不求甚解，琴聊以自娱。”宋人翁卷《送赵明叔明府》也有“随行惟一琴，前路足幽寻”句。鹤，用于高人、隐士、清心文人，同琴一样。所以每每琴、鹤连用，如齐己《寄镜湖方干处士》：“闻君与琴鹤，终日在渔船。”《送孙逸人归庐山》：“独自担琴鹤，还归瀑布东。”郑谷《赠富平李宰》：“夫君清且贫，琴鹤最相亲。”古来各处多有放鹤亭，而以杭州孤山林处士放鹤事最为有名。

“一琴”、“一鹤”连用，见《旧五代史·郑遨传》：郑遨，字云叟，少好学，耿介不屈。唐昭宗朝，举进士不第，因欲携妻儿隐于林壑。妻不从，邀乃辞诀而去，入少室山。后闻西岳有五鬣松，沦脂千年，能去三尸，因居于华阴。与李道殷、罗隐之友善，时人目为“三高士”。邀“时惟青衿二童子、一琴、一鹤，从其游处。”唐天成中，召拜左拾遗，不起。以山田自给，与罗隐之朝夕游处。两人俱好酒能诗，每就花木水石之间，一酌一咏。尝因酒酣联句，邀有句曰：“一壶天上有名物，两个世间无事人。”“一琴一鹤”之意，已甚明。所以宋人夏元鼎《沁园春》词云：“有谪仙公子，依山傍水，结茅筑圃，花竹森然。四季风光，一生乐事，真个壶中别有天。亭台巧，一琴一鹤，泥絮心田。”

“开心学国学”节目提问“一琴一鹤”之含义，回答者选择了“淡泊名利”之选项，被判定为错，同时告知，正确的选项为“为官清廉”。依据是宋人赵抃赴成都任上时，只带了一琴一鹤。赵抃事，见《宋史·赵抃传》：神宗立，抃还自成都，召知谏院。及谢，帝曰：“闻卿匹马入蜀，以一琴一鹤自随，为政简易，亦称是乎？”一则其事远在唐五代时人郑邀隐居林壑之后，二则他当时取意清简，所以皇上有“为政简易”语。退一步讲，以赵抃之性情、行为，他的以一琴一鹤随行，可以视为“为官清廉”，但这只能是就赵抃个人而言时作如是解。若从传统文化、国学角度理解，“一琴一鹤”自有其所含成语之本义。并且，《宋史·谢方叔传》亦复记载，“度宗即位，方叔以一琴、一鹤、金丹一粒来进。”显然以一琴一鹤为高雅养性之物，而绝非规劝或期望度宗做个清廉皇帝之意。

可知，“开心学国学”节目“一琴一鹤”含义的几项答案中，“淡泊名利”虽不很准确，但大体近是。而定为“正确”答案的“为官清廉”，却是错的。

# 关于“台城之炬”

《仁智的山水——张元济传》（上海文艺出版社 1994 年版）一书引有董康感慨陆心源皕宋楼藏书被日本买去的话：“反不如台城之炬，绛云之烬，魂魄长留故乡者。”作者解释说，“台城之炬”指朝廷大内的火灾，例如嘉庆二年（1797 年）乾清宫失火，毁去《永乐大典》正本。周一良先生撰文纠正说，董康所说有误，作者解释也有误，指出“台城指萧梁都城即今南京，是专名”。其实，“台城之炬”不误。

台城，指宫城，宋人洪迈《容斋续笔》卷五说：“晋宋间，谓朝廷禁省为台，故称禁城为台城，官军为台军，使者为台使，卿士为台官，法令为台格。”作为地名，台城则指南京的苑城，在玄武湖畔，东晋时修建。所以名台城，是因其地曾为宋齐梁陈禁城之故。历代诗人咏南京，每以“台城”入诗，但作为地名，是指南京之一地，如民国大诗书画家爱新觉罗·溥儒诗有“梦回白下台城柳”句，便以台城指南京之苑城。据此可知不能说台城即南京，更不能说是南京的专名。所以《容斋续笔》又云：“指言建康（南京）为台城，则非也。”

台城本指宫城，所以董康因陆氏皕宋楼藏书流往日本而说气话，说反不如“台城之炬”，用“台城”代指朝廷大内。周一良先生又说此“炬”应指梁元帝在江陵焚书之火，后莫砺锋先生说指梁简文帝在建邺焚书之火，均未当。董康感慨日本购去陆氏藏书，何竟想到一千数百年前梁朝皇帝焚书之事，且梁简文帝和梁元帝是“焚书”，而不是失火。所以《张元济传》作者所说是对的，此“炬”应就近代事而言，指清代皇家藏书被焚毁。所对“绛云之烬”，即指清代钱谦益大量藏书尽毁于火（绛云楼为钱氏藏书之所）。“台城之炬，绛云之烬”，指官家和私家藏书毁于火灾。

# 关于“吏部文章二百年”

前有论者不解欧阳修诗“吏部文章二百年”之意，而于上海《文汇报》刊文指斥该句“不通”、“好笑”，并云：“只从吏部的职能看，也可以看出吏部的文字是些什么样的文章，充其量只能是一种公文。”原来他把“吏部文章”当作了“组织部”的“公文”，而着实闹了个笑话。于是有好些人撰文予以批评、纠正，且都解释说，欧阳修所说的“吏部文章”，乃指曾任吏部侍郎的韩愈的文章，有的还奇怪地问：“怎么连吏部指韩愈都不知道？”其实，欧阳修该句中的“吏部”，并不是指人称韩吏部的韩愈。

关于欧阳修“吏部文章二百年”之用事，有一段逸事，须先一说。欧阳修（字永叔）与王安石（字介甫），皆为北宋大文豪，均在“唐宋八大家”之列。欧阳修有《赠王介甫》一诗，其中一联为“翰林风月三千首，吏部文章二百年”，用以称颂诗文俱佳的王安石。王安石以《奉酬欧阳永叔》答之，有“终身安敢望韩公”句，谦称自己一辈子也赶不上韩公。韩公，即韩愈。欧阳修读王安石答诗后，笑道：“介甫错认某意，所用事乃谢朓为吏部尚书，沈约与之书，云二百年来无此作也。”又说：如果是韩吏部，那到现在何止二百年。原来，欧阳修“吏部文章二百年”之“吏部”，不是用韩吏部事，而是用南朝谢吏部事。因此，当时即有人笑王安石竟然不知沈约之语而误读欧阳修之句。其实，王安石以之为韩吏部，并不能算错。因为孙樵上韩愈书，即有“二百年来无此文”的称颂之语。况且，欧阳修上句“翰林风月三千首”以李白（世称“李翰林”）诗称颂王安石诗，下句则应是称颂王安石之文，韩愈乃为古文大家，而谢朓主要以诗名世。再则，古来惯称韩愈为“韩吏部”，而称谢朓为“谢吏部”者绝少，又前者为“熟典”，后者为忌用之“僻典”。“吏部文章二百年”之用事，自以孙樵语为切当。是知王安石对该句之理解并未错，更未将

"二百年"的吏部之前二百年理解作吏部之后二百年。退而言之，即使真以吏部之后二百年解之，二百多年诗语作"二百年"，亦无不妥。欧阳修因只读过沈约与谢朓书，却不曾读过孙樵上韩愈书，用事有未当，言亦未妥。所以王安石说："欧公坐读书未博耳。"欧阳修、王安石两人有关语，见宋人陈鹄所撰《西塘集耆旧续闻》。同苏东坡多有交往的赵令畤于《侯鲭录》记载，东坡黄州咏雪诗撷道家语浑然成句，人多不知为用事，王安石一见即知所用何事，颇为东坡所叹赏，亦可证其读书之广。今之批评者虽然不知孙樵"二百年来无此文"之典，但据惯常所说的"韩吏部"，将欧阳修诗句中的"吏部"理解作韩愈，自然也不能算错，可谓"歪打正着"。

由此可知，平日治学、为文作诗，尤其是与人探讨、有所雌黄，前提是必须多读书，不博读群书万不可轻下断语。古人所云"读天下书未遍，不可妄下雌黄"、"读书未博，观人文字不可轻诋"等教诲，真乃万古之良箴。即便才高如欧阳修，有时也不免有所纰漏，何况我等一般读书人。若更不读书，而又好轻诋他人，妄责前贤，那就难免闹出"组织部公文"之类的笑话来。

# "拨头"考

北宋欧阳修有一阕《减字木兰花》词，词为：

画堂雅宴，一抹朱弦初入遍。慢撚轻拢，玉指纤纤嫩剥葱。　　拨头憁利，怨月愁花无限意。红粉轻盈，倚暖香檀曲未成。

词中"拨头"指何物，"拨头憁利"作何解？前人未曾作解，当代台湾籍学者黄畬先生《欧阳修词笺注》（中华书局1986年版）曾据文献作解释。黄先生笺注云："拨头，舞蹈名。《文献通考·乐考》：'拨头出西域，胡人为猛兽所噬，其子求兽杀之，为此舞以象也'。憁利，不得意貌。"拨头，又作"钵头"、"拨头"，确为古代西域一种舞蹈，除《文献通考》（按黄先生不当引《文献通考》，而应引《通典》，《文献通考》有关文字乃引自《通典》）外，《乐府杂录》、《乐家录》亦有记载。又据有关资料，拨头舞唐时已传入中国。黄先生为知名学者，《欧阳修词笺注》由中华书局出版，责任编辑为著名编审周振甫先生。且征之文献，"拨头"未见他解。但细细玩味欧阳修此词，总觉得黄先生此注释欠确当。

从全词看，欧阳修是写画堂雅宴、美人演奏乐器的。唐白居易《听琵琶妓弹略略》诗曾提到"拨头"，曰"腕软拨头轻"。又白居易《琵琶行》诗有"轻拢慢撚抹复挑"句。五代王仁裕《荆南席上咏胡琴妓》诗有"一抹朱弦十四条"句，胡琴即琵琶，据此可知欧阳修词中美人所弹为琵琶。美人于雅宴弹琵琶，与文献所记载的披发素衣、杀虎报仇的壮烈胡舞场面毫不相干，且白居易诗中之"拨头轻"显非谓舞轻。从二人之作看，"拨头"似指乐妓手中弹奏琵琶的拨片、拨子，即白居易《琵琶行》"曲终收拨当心画"之"拨"。因此，要想真正弄清欧阳修词中"拨头"何指，文献之外，只有借助文物来解决。

北京故宫博物院所藏五代顾闳中的《韩熙载夜宴图》，是一幅古代名画，除在绘画史上的艺术成就外，其价值还在于真实地描绘了当时达官贵人宴客的豪华场面，与欧阳修词中所记雅宴场面极相似。图中画有教坊副使李家明之妹弹琵琶情形。拨片约有六七寸长，手握处细窄，前端宽，形似一把铲子，系木制，抑或竹、骨所制，不得详辨。此图证明五代时琵琶除以五指弹奏外，也还有用拨片弹奏的。顾闳中为五代南唐人，由南唐入宋，亦可算北宋人。欧阳修稍晚于顾闳中，两人为同时代人。欧阳修词中之“憁利”，黄先生释为不得意貌。据《正韵》，“憁”有不得意貌与奔竞之义，此处应从奔竞。“利”有疾速之义而无不得意义，“憁利”为同义复合词，指演奏琵琶时拨片弹拨之速。“拨头憁利，怨月愁花无限意”是说美人拨片疾速，弹出了自己心中的无限哀怨与愁思。

通过《韩熙载夜宴图》，可以证明欧阳修词中之“拨头”即用以弹奏琵琶的拨片，而非指胡舞。反过来，以白居易、欧阳修笔下之“拨头”，可以说明唐宋时用以弹奏琵琶的拨片、拨子，名曰“拨头”，亦可省称“拨”，但此“拨头”不能写作“钵头”、“拔头”。

# 欧阳修的字及其他

当年读傅山《霜红龛集》时，对傅山先生的一段话印象极深：

> 今人读《秋声赋》，皆以“欧阳子”为句，“方夜读书”为句。偶有问者曰：“‘欧阳子方’是何人?”皆掩口嗤之。及读别传，欧阳永叔亦字“子方”，乃知向人之问虽愦愦，而嗤者正未必了了也。

笔者对傅山先生这段话印象极深，是因为自己以前也错读作“欧阳子”“方夜读书”。欧阳修的《秋声赋》，是极常见的古代散文名篇。将该文首句的“欧阳子方”读作“欧阳子”，将“夜读书”读作“方夜读书”，是一个极普遍的错误。看现今一些书的解释及许多书中对欧阳修字号的介绍，可以知道人们不但在傅山先生以前误读，而且在傅山先生写此则札记后也还仍然误读。因为那许多的著书者没读过傅山先生所读过的“别传”，也没有读过《霜红龛集》。于是，我在一则短文里介绍了傅山先生这段话，以说明欧阳修亦字“子方”（刊2002年4月18日《光明日报》）。后有涂宗涛先生撰文提出，仍当读作“欧阳子”“方夜读书”（刊2002年6月13日《光明日报》）。

将“欧阳子方夜读书”读作“欧阳子”“方夜读书”，也无不可，那是人们不知道欧阳修又字“子方”，属没有办法的事。其实，只要细读该句便可以发现，“方夜读书”显然不如“夜读书”简洁准确。宋人以“子方”为字者还有好些，如唐谏、唐介都字“子方”，试想，将“唐子方晨吟诗”读作“唐子”“方晨吟诗”，虽也算通，但能说读对了吗?

涂宗涛文首先怀疑傅山所云“别传”之有无。须知傅山先生读书极多，为极严肃的大学者，绝不会没读到而瞎编造。后之读书人万不可毫无根据而予怀疑。

涂先生是位历史学家，所提出惟一“有力”的理由是，宋人文章中“作者只称名或姓而不称字”。如果真是这样，那么《秋声赋》中的“子方”二字也就只好拆开而读了。但涂先生此说甚欠严肃。其实古人文中除自称名或姓外，还自称字和号。即以宋时名人之文而言，苏轼（字子瞻）《书孟德传后》便自云“子瞻题”，陈与义（字去非）《颐轩记》亦自云“洛阳陈去非记”。张孝祥（字安国）《送野堂老人序》和《题杨梦锡客亭类稿后》均有“历阳张某安国书”之语，《题陆务观多景楼长短句》有“张安国书而刻之崖石”语。《风月堂记》开头更说“风月堂既成，张安国过之”，《题真山观》开头也说“张安国设道供于真山观”。生当南宋的元好问（字裕之），文中也多有“裕之题”、“裕之引”、“裕之书”等语。尤应注意的是，欧阳修（一字永叔）的《释惟俨文集序》，不就明明写着“庐陵欧阳永叔序”吗？陆游手自编定的《渭南文集》中，自称其字（务观）者更是多达好几十处，自称其号（放翁）处也很多，倒是很少自称其名。仅以本人手边此数人之文来看，便多有自称其字者，怎么能说宋人文中“只称名或姓而不称字”呢？可知涂先生之说不符合事实。

看来，在没有发现有力的论据前，我们还是依傅山先生的话，将该句读作“欧阳子方”“夜读书”为宜。

# 前贤文字须细读

中央电视台甚受观众欢迎的《百家讲坛》，《陆游是否变节之谜》一讲，讲者为渤海大学特聘教授孙丹林先生。孙先生征引资料较多，口才也不错，但有数处失误，这里略为说之。

孙教授主要谈“关于陆游变节的说法到底是真有其事还是历史冤案”问题。“陆游变节”之说教人甚感新鲜。因为在宋金斗争中，陆游为最著名的爱国诗人，收复失地的信念至死不渝，而从未听说过曾否“变节”问题。待听下去，原来孙教授讲的是陆游与韩侂胄的关系问题。陆游支持韩侂胄出兵收复失地，还为韩撰《南园记》。朱熹等人对韩侂胄把持朝政、指理学为“伪学”甚为不满，因此对陆游颇有微词。孙教授题目所以用了“变节”一词，是因为朱熹对陆游有“不得全其晚节”的非议之语。变节，《淮南子》有“不为秦楚变节”语，《汉书》有“公卿变节”语，均就志节、大节而言。现代汉语中，变节更是指叛变，往往就对敌斗争而言，如“变节投降”，与常说的晚节不保并不完全一样。所以，即使依朱熹之见，陆游与韩侂胄的关系有可非议之处，为人生一污点，那也只能是晚节有亏，而不能用“变节”一词。又，朱熹所说的“迹太近”，是说陆游与韩侂胄等处得近，而不能理解为“业绩太少”。还有，关于朱熹对陆游的评价，孙教授不当说“朱熹在《宋史·陆游传》的结尾这样说”，《宋史·陆游传》非朱熹所撰，而是作者收录了朱熹的话。

谈到杨万里与陆游的关系时，孙教授所引杨万里《寄陆务观》诗，以“明月”对“花落”，词性不对，而且平仄也不协，“明月”显然系“月明”之误。查杨万里诗集，该句果然为“月明千里两相思”。引前人诗句，不应粗疏而引错。孙教授说陆游支持韩侂胄北伐、又为韩作《南园记》，引起杨万里不满，而以该诗予以讥刺，也与事实不符。陆游早在淳熙十六年（1189 年）就被劾罢官，回山阴老家居住了，并非因韩侂胄原因在朝做官，而杨万里诗作于绍熙五年（1194年），有其手编《诚斋集》可证。所以杨万里诗有“君居东浙我江西”、“花落六回疏信息”句。陆游为韩侂胄作《南园记》，在此好几年之后。孙教授确指杨万里诗后两联是讥刺陆游的。其实，那两联是与陆游互相勉励的话。第三联“不应李杜翻鲸海，更羡夔龙集凤池”，借用杜甫诗句，说我们不应既像李杜那样得意于诗坛，又想如夔龙那样在朝做官。尾联“道是樊川轻薄杀，犹将万户比千诗”，借杜牧的“千首诗轻万户侯”，说杜牧也太有点那个了，怎么以万户侯来比千首诗。意思是说，万户侯哪里能与千首诗相比呢！杨万里与陆游均为诗坛高手，又都赋闲在家，所以有这样的话。“月明千里两相思”，是何等美好的诗句和感情，怎么可以理解为讥刺陆游的诗呢?

关于陆游的出生，孙教授讲：“等到雨停了，陆游生下了。”事实是陆游出生后，雨停了。此虽无大碍，但字幕显示陆游的话为：“予生淮上，是日平旦，大风雨骇人，及予堕地，风雨乃止。”所释应与原意相符。“予生淮上”，尤应一说。孙教授大概据此而云陆游“生在船上”。其实古人所云“淮上”，指淮河岸上、淮河附近，如刘禹锡《春日寄杨八唐州》“漠漠淮上春”、皎然《兵后与故人别予西上至今在扬楚因有是寄》“淮上春草歇”、白居易《欲到东洛得杨使君书因以此报》“淮上休官洛下居”，此类例子很多。陆游也有诗句明确说自己生于“淮之湄”，湄，水边、岸上也。

可见孙教授的这些失误，失在未细读或没能读懂朱熹、杨万里、陆游有关字句之意，此应为读古人书之大忌。近年传统文化备受重视，乃至出现“国学热”，须知前提却是要能读懂古人文字。陆游一生读书极多，多有“细读”之语，更有“书中见古人”、“赖书见古人”、“读书历见古人面”等句，不但细心领会古人之意，更以虔敬之心与前贤交流。我们读书，自应以陆游为榜样。

# 何为“读书种子”？

“读书种子”一语，近年常被人提起，亦多有文章谈之。一般都用来指爱读书的人、大学问家，例如说“陈寅恪是杰出的读书种子”、“钱钟书是难得的读书种子”以及“西南联大为中国保存了一批读书种子”、“在全国招三十名读书种子推荐出国”等。《汉大成语大词典》即释为：“读书人，能读书做学问的人。”此皆不解“读书种子”之含义而错用也。

“读书种子”含义究竟如何？笔者不揣浅陋，试为一说。

种子，除一般人所知道的植物种子外，另有一义，系佛家语，将唯识第八识有生一切染净诸法之功能，称为种子。简而言之，前七转识能熏，第八识为受熏，能摄藏前七转识所保留下的种子。生命轮回时，所藏本有种子，虽具遗传作用，然必须胎儿神识所含之新熏种子，与父母习气相同者，方有力量。可知此“种子”，指前世善恶之遗传，或曰命中注定，加上自己本身的因素，即爱好、生发，而于某事物有特别之缘。“读书种子”之“种子”，即佛家语之“种子”，一种无形的东西，而非颗粒状的植物种子。读书种子，应指极爱读书精神之承接、加深，并可影响、传递于后人。台湾中国文化研究所《中文大辞典》“谓读书人世代相传如种子之衍生不息也”之释义，大体不错。

我们来看看古人的用法。南宋周密《齐东野语》卷二十之“书种文种”条引唐代裴度“凡吾辈但可令文种无绝”语后，说：“山谷云：‘四民皆坐世业，士大夫子弟能知忠、信、孝、友，斯可矣，然不可令读书种子断绝。’似祖裴语，特易‘文种’为‘书种’耳。”则“读书种子”一语，似应始自北宋黄庭坚，从裴度语而来，亦可简称“书种”。黄庭坚语，见《山谷别集》卷六之《戒读书》，后人多所征引。周密于该条又云：“练兼善尝对书太息曰：‘吾老矣，非求闻者，姑下后世读书种子耳。'”周密家还有“书种堂”。南宋罗大经《鹤林玉露》乙编卷五云：“周益公云：汉二献皆好书，而其传国皆最远。士大夫家，其可使读书种子衰息乎?”任翔龙《沁园春·赠谈命许丈》词：“君休说是谈非。是则是干支带得来。也要他有个、读书种子。”陆游诗有“但令书种存”、“传家只要存书种”等语。显而易见，以上所谓“读书种子”，均不是指读书的人，而是说延续酷爱读书之习，所以所记古人语为“不可令读书种子断绝”、“姑下后世读书种子”、“其可使读书种子衰息”、“存书种”。任翔龙词说“要他有个”而不作“要他是个”读书种子。

明清时一些人用“读书种子”，也都如此。如《明史·方孝孺传》载姚广孝恳求朱棣语：“杀孝孺，天下读书种子绝矣。”黄宗羲《明儒学案》亦载姚语：“杀之天下读书种子绝矣。”方孝孺被杀后，不止一人感叹道：“方孝孺死后，读书种子绝矣！”钱谦益《列朝诗传》说：“功甫殁，……先辈读书种子绝矣。”蒲松龄《聊斋志异》：“王侯家所不敢望；只要个读书种子，便是佳耳。”王永彬《围炉夜话》有“家纵贫寒，也须留读书种子”之联语。曾朴《孽海花》：“为前辈争一口气，下一粒读书种子。”民国初，章太炎听说叶德辉被抓，赶忙发电报为其求情：“湖南不可杀叶某，杀之则读书种子绝矣。”陈独秀等人也曾致电孙中山为刘师培求情，希望能宥之而“延读书种子之传”。均为“绝矣”或“留”与“传”，而非指“人”。

由上可知，以“读书种子”来指某人，是不解其意而用错。当然，指人而又以植物种子来形容的“一颗幸福的读书种子”、“这些破土而出的读书种子”、“读书种子是怎样开花的”、“读书种子出土发芽、开花结果”之类语，就更其错了。

# 说“洪洞县里没好人”

舞台上的苏三所说“洪洞县里没好人”，早已成为一句流传极广的话。现在人们每用来形容某处坏人成群，在山西，尤其是晋南一带，人们还用来同洪洞人开玩笑。其实人们心里都清楚，苏三所说的“没好人”，是就洪洞知县及其手下一伙污吏而言，绝不是说整个洪洞县全是坏人。所以有人还撰文为苏三开脱，解释说，那不过是一句恨话，因恨贪官而将全县百姓都骂了。

说苏三因恨贪官而将全县百姓都骂了，显然未当。

“县”，是古代典籍和传奇小说中较为常见的一个词语，是古时人们的口语。如《晋书·隐逸传》说郭文“逃归临安，结庐舍于山中。临安令万宠迎置县中。”郭文其时已在临安山中，则“县”无疑指县衙。《南史·徐羡之传》说徐羡之幼时随亲“住在县内”，贼来“县内人无免者”而羡之在外获全，“县内”即县衙内。《萧思话传》说萧思话之孙为诸暨县令，到任十馀日即“挂衣冠于县门而去”，“县门”即县衙之门。又如唐代传奇《玄怪录》、《续玄怪录》有“押送本县”、“县失官人并马”、“置虎于县”、“策以送县”、“方入县也，司户吏坐门东”、“入县门，见……”等语，“县”均指县衙。据明人传奇小说改编的戏剧《玉堂春》（又名《苏三起解》、《女起解》、《三堂会审》、《审苏三》等），苏三那句话也来自明人口语，她说的“县”，也是指县衙。

洪洞县在晋南，关于苏三故事的《玉堂春》，便是当地第一剧种蒲州梆子的传统剧目。以晋南方言考之，更可知“县”即县衙。至今晋南一带，人们仍有“县里”的口语，用来指县委或县政府。例如县委、县政府要求群众干什么，许多人不说县委、县政府要求干什么，而说“县里让……”对乡镇干部或村干部有意见时，每说：“到县里告他去！”便是乡镇干部，也多称县委县政府为“县里”，最惯常的话是“县里来电话了”。与此相类的还有“省里”的口语，指省委省政府。“县里”、“省里”，是就掌握县级、省级权力的一伙人而言。至于普通干部，是不能代表“县里”、“省里”的。

据上述可知，“洪洞县里没好人”，是苏三骂洪洞县那帮贪赃枉法的官吏，是对世道黑暗和官场腐败的形象概括和强烈控诉，她所说的“县里”，与县衙里没有什么权力而只是供人驱使的衙役、狱卒等并无多大关系，更与洪洞县的老百姓毫无关系。至于那句话引得崇公道生气，是后来的编剧和演员们不知“县里”所指，便将“洪洞县里没好人”当作“打击一大片”的话，而给戏里添一噱头。

# 说孔乙己的“窃书”

曾见多篇文章谈到孔乙己的“窃书”，以“窃书”为偷书。更见许多文章谈有人于书店或图书馆偷书，也用的是“窃书”一词，自然也是因了鲁迅的《孔乙己》。其实，“窃书”与“偷书”并不是一回事，以下略为辨之。

孔乙己不说“偷书”而说“窃书”，并不是因“偷”字不好听改说成“窃”，因为“偷”与“窃”同义，都是孔乙己“免不了偶然做些偷窃的事”的“偷窃”，这是咸亨酒店嘲笑孔乙己的那些人和十几岁的小伙计也明白的事。孔乙己作为一个读书人，不会连这一点也不懂，还将“偷窃”两字作什么区分。他所说的“窃书”，不指偷书，而指读书，不过是没有通过主人允许的偷读而已。因为前人所谓“窃书”，便有偷读之义。

窃，除人所共知的“盗”之一义外，又有“私”及“暗中”之义，如《论语》的“窃比于我老彭”和常见的“窃以为”、“窃笑”等语词。所以前人所谓“窃书”，一般不是指偷书，而是或指私自看（悄悄读）别人的书，如唐代大文学家韩愈《阳城》一文所记：“城字亢宗，北平人，代为官族。好学，贫不能得书，乃求入集贤为书写吏，窃官书读之，昼夜不出。经六年，遂无所不通。”或指以他人之书为己作，如清代大学者顾炎武《日知录》所云：“晋以下人则有以他人之书而窃为己作，郭象《庄子注》、何法盛《晋中兴书》之类是也。”台湾《中文大辞典》因后者而列“窃书”词条。孔乙己所说的“窃书”，即前者。又，《云笈七签》“仙人临沮令许君”条载：马朗秘许仙人所付之真经，恐被人“窃书泄意”，而严防之，“窃”亦是取而读之意。鲁迅为博读群书的学者，拈出“窃书”一词用于《孔乙己》中，自然了知其义，绝不会将“窃书”当作“偷书”用。

我们现在来细读《孔乙己》中的那段文字：

孔乙己睁大眼睛说，“你怎么这样凭空污人清白……”“什么清白？我前天亲眼见你偷了何家的书，吊着打。”孔乙己便涨红了脸，额上的青筋条条绽出，争辩道，“窃书不能算偷……窃书！……读书人的事，能算偷么？”

“对人说话总是满口之乎者也”的孔乙己，对于韩愈该文，应是读过的。因书的事而被打，他不承认是“偷”，而说是“窃书”、“读书人的事”，就是说自己不过是拿了人家的书去读。至于他究竟是拿去读，还是偷去卖，那就很难说了。但至少他是这样为自己辩解的。联系到他随后所说的“君子固穷”之类话，可知因未中秀才而“颓唐不安”、虽穿长衫而其实已沦入短衣帮“站着喝酒”的孔乙己，至此仍将自己与古时穷而好读书之人如韩愈所颂赞的阳城视为一类。从孔乙己“原来也读过书”和“愈过愈穷”的经历看，他的“窃书”之说，或者还含有阳城“代为官族”那样的出身方面的意思。可惜他所争辩的“窃书”，在短衣帮和酒店小伙计看来，还是偷书，所以“都哄笑起来”。



了解了“窃书”之义，及孔乙己说那话时的意思，我们不但不再错会鲁迅对该词的用法，还可以进一步感到《孔乙己》之妙。孔乙己被打后还说“窃书”与“君子固穷”，将自己视同古贤，愈显可悲，于其性格刻画，更见深刻。孔乙己不过因贫不能得书才拿了别人的书去读，竟被视作窃贼，还要“吊着打”，有钱的书香门第“何家”，是何等狠毒。

# 关于王国维碑铭之标点

沪上某老先生刊于《文汇读书周报》（第1087期）的《标点：文言文的尴尬》之文说，陈寅恪所撰王国维碑铭中有关语，好些书中标点作“因以刻石之词命寅恪，数辞不获已，谨举先生之志事，以普告天下后世”是错的，正确的标点应是：“因以刻石之词命，寅恪数辞不获，已谨举先生之志事，以普告天下后世。”

陈寅恪先生这几句并不难标点，诸书之标点，并没有错。该老先生之说有误，故略为一说。

关于“寅恪”二字，若依该老先生之见从下读，则“因以刻石之词命”无所指，语便不通矣。“寅恪”二字上读，并非“尚可含混过去”，而是理应如此。上句说诸人委托自己撰铭词，下句自然是说“（自己）辞不获已”，其意较明，语亦顺当。

“辞不获已”，同“辞不获免”，即推辞而未能辞掉，古文献中较多见。如《三国志·魏书》注引《汉晋春秋》：“我将军辞不获已，以及馆陶之役”、“孤辞不获已，以登界桥之役”。《晋书·陆机传》：“成都命吾以重任，辞不获已。”《晋书·山涛传》：“涛辞不获已，乃起视事。”《宋书·武帝纪》：“辞不获已，遂总军要。”《陈书·马枢传》：“每王公馈饷，辞不获已者，率十分受一。”唐代诗人皎然《予山集序》：“辞不获已，略志其变。”罗隐《钱氏大宗谱列传》：“辞不获已，授扬州刺史。”金代诗人王若虚有《赵内翰求城南访道图诗，辞不获已，乃作绝句以戏，复为之解云二首》。此外，《抱朴子》、《广异记》、《大唐西域记》、《高僧传》以及其他多种古籍中，也都有“辞不获已”语，此不赘举。所以只要是读过若干古籍的人，对“辞不获已”当不会陌生，而不会提出将“已”字断到下句去。便是在现代作品中，也时可见“辞不获已”，如弘一大师《南山律在家备览略编》、刘凤舞《民国春秋》、梁实秋悼念其妻程季淑之文、青年学者蒋寅感念其师程千帆之文等，皆用古人此语。

可知，对于文言文来说，尴尬者并非标点之难，而是今人读之未多。

# 说“沈沈夥颐”

前曾数见“沈沈夥颐”一词，且出于学术性著述。早者如近人吴恭亨《对联话》：“洞庭西半化田，环数县方千里，沐其利赖者，可谓沈沈夥颐。”又有赠人联“沈沈夥颐，超超元箸；荒荒坤轴，泱泱大风”。后又见钱仲联先生1979年所撰《纯常子枝语序》及晚年之《宋诗话全编序》、《民国诗话丛编序》等，亦屡有“可谓沈沈夥颐”语。二家之所用，或就人，或就作品，均谓数量之多。近期又见数例，也出于学术性著述，也都如此用法，指人或作品之多。

“沈沈夥颐”，显然由《史记》所载陈涉故人之语而来。《史记·陈涉世家》：“(其故人尝与庸耕者）入宫，见殿屋帷帐，客曰：‘夥颐！涉之为王沈沈者！’楚人谓多为夥，故天下传之，夥涉为王，由陈涉始。”裴骃《集解》引应劭曰:“沈沈，宫室深邃之貌也。”《集韵》：“沈沈，深邃貌。”可知此处“沈沈”指殿宇深邃。唐人诗中“宫殿沈沈晓欲分”（李绅)、“高殿沈沈闭青苔”（张琰)、“宫阁郁其沈沈”（王维)、“岂识天子居，九重郁沈沈”（韩愈)，皆可证。宋人词中数有“帘影沈沈”，洪迈《容斋随笔》、《夷坚志》皆有“大屋沈沈”语，其诗又有“沈沈广厦”语，亦皆用以指屋宇沈沈。是知用于殿屋之“沈沈”并非多的意思，且“沈沈”在他处亦未见有“多”之义。欲言其多，可用“夥颐”，如唐崔致远《有唐新罗国故两朝国师教谥大朗慧和尚白月葆光之塔碑铭》：“语本夥颐，非吾所知。”《清史稿·乐志》：“神光四烛兮，休气夥颐。”近者如蔡元培谓人之多、王利器谓书之多，皆但云“夥颐”而不及“沈沈”。可知有学者以“沈沈夥颐”来指人或作品数量之多，显然未妥。

似这样并非当代语而是改用《史记》等古代重要典籍语所成之词，若两千年间并无此用法，则须慎之又慎，万不可贸然用之。

# 说“喜心翻倒”

钱钟书《石语》（中国社会科学出版社1996年版）第33页记其师陈衍语曰：

> 鹤亭天资敏慧，而早年便专心并力作名士，未能向学用功。前日为《胡展堂诗集》求序，作书与余，力称胡诗之佳，有云：“公读其诗，当喜心翻倒也。”夫“喜心翻倒”出杜诗“喜心翻倒极，呜咽泪沾巾”，乃喜极悲来之意，鹤亭误认为“喜极拜倒”，岂老夫膝如此易屈邪？

钱钟书先生按曰：

> 《小仓山房尺牍·答相国、与书巢》二札皆有此语，是随园已误用矣。



其实，以“喜心翻倒”形容非常高兴，并非“误用”。随园为清代大诗人、学问家，岂能没有读过杜甫“喜心翻倒极，呜咽泪沾巾”句。早在随园先生以前，宋人陈与义诗《得席大光书因以诗迓之》中便有“喜心翻倒相迎地，不怕荒林十里陂”句。杜甫“喜心翻倒极，呜咽泪沾巾”是说高兴得很，又呜咽而泪下，即“乐极生悲”、“喜极悲来”之意。但若单用上句，则与“乐极”、“喜极”一样，乃是说非常高兴。且以唐诗为例，李白《酬岑勋见寻就元丹丘对酒相待以诗见招》：“开颜酌美酒，乐极忽成醉。”是说席间乐甚而成醉。权德舆《侍从游后湖宴坐》：“寿觞既频献，乐极随歌呼。”刘禹锡《韩十八侍御见示岳阳楼别窦司直诗》：“兴酣更抵掌，乐极同启齿。”都是说非常高兴，并无“悲来”之意。杜牧《池州送孟迟先辈》有“喜极至无言”，是说高兴得说不出话来。

由上可知，随园先生和冒鹤亭先生不误，倒是陈衍、钱钟书二先生因拘泥而致误。

此外，“喜心翻倒”之“翻倒”，指喜而不能自持之状，并不一定就是“拜倒”，所以也谈不上膝之易屈与否。

# 大师的小误

对于“国学大师”的桂冠，季羡林先生有文章郑重辞之。而他越是请辞，人们就越是要给他戴，同时高度赞扬他的谦虚精神。当今中国，像季先生这样被文化界推崇备至的学者，可以说再找不出几个了。

推崇之馀，这里略举季先生散文中的几个小误，闲为一说。

多读古诗文的人都知道，登临，并非登上、登到，而是登（山）临（水），即宋玉《九辩》“登山临水”之省文。因已含山与水，所以通常只说登临，而不说“登临某山”、“登临某塔”。唐代孟浩然名诗《与诸子登岘山作》：“江山留胜迹，我辈复登临。”杜甫诗中则更多，如“万方多难此登临”、“落景惜登临”、“留眼共登临”、“花萼罢登临”、“登临未消忧”、“登临意惘然”等。李白鲁郡东石门送杜甫诗有“醉别复几日，登临遍池台”句，是说到处登临，而非“登临池台”。这一古来常用之词，季先生却不慎而出错，他的《二月兰》有“每天必登临几次的小山”的话，《留德十年》说：“俾斯麦塔，高踞山巅，登临一望，全城尽收眼底。”“登临小山”与“登临山顶之塔”的说法，显然未当。

季先生的《我看北大》有“时间斗换星移”之句。斗，即北斗。北斗不会换的，永远是那北斗，而且永远在北方，只是因季节的变化而变换斗柄（第五至七星为斗柄，又称“斗杓”）所指的方向。《鹖冠子·环流》：“斗柄东指，天下皆春。斗柄南指，天下皆夏。斗柄西指，天下皆秋。斗柄北指，天下皆冬。”陆游感慨时光流逝，有“恨无壮士挽斗柄，坐令东指催年华”的诗句。因地球的自转，斗柄也在不断地转换方向，因此古人又用“斗转参横”指天将晓。所以古代典籍多有“斗柄移”、“斗柄转”、“斗转”之说，而不说“斗柄换”，更不说“斗换”。若欲作“×换星移”，那便应是“物换星移”，如王勃《滕王阁序》中的“物换星移几度秋”。若欲作“斗×星移”，那便应是“斗转星移”，如和凝《江城子》中的“斗转星移玉漏频”。当代诗人罗元贞先生即有“匆匆斗转又星移”句。可知季先生所云“斗换星移”，还有其《春归燕园》的“星换斗移”，改作“斗转星移”才对。

季羡林先生最不该错的，似乎是“初度”一词。《光明日报》“文荟”副刊曾刊季先生2006年8月8日所作《九十五岁初度》（又见其《病榻杂记》）。初度，出屈原《离骚》：“皇览揆余于初度兮，肇锡余以嘉名。”注：“言父伯庸观我始生年时，度其日月。”指始生之时、出生之日，所以后世作“生日”解，同时又含有初始、开始之意。《路史》有“初度之辰”的说法，《元史》也有“初度之日”语。无论只作“生日”用，还是又指一岁之开始，都是就虚岁而言的。也就是说，满四十九岁的这个生日，为五十初度。如顾炎武明万历四十一年（1613年）生，清康熙元年（1662年）生日作有《五十初度时在昌平》诗。梁章钜生于乾隆四十年（1775年），道光四年（1824年）生日，林则徐所奉祝寿图与诗，题作《梁芷林观察章钜五十初度写〈报闰图〉寄祝并系以诗》。以至近世，仍是如此。马叙伦，1885年生，1934年有《贺新凉·廿三年五十初度书怀》，1944年有《贺新凉·卅三年六十初度赋》。茅盾生于1896年，1945年夏郭沫若、叶圣陶、老舍等一起祝贺他“五十初度”。刘半农（1891年生）作于伦敦的新诗《三十初度》，也是此用法，时在1920年。季羡林先生生于1911年，可知“九十五岁初度”错了，其时他已是“九十六岁初度”。

以上所举，虽然为词语错讹，并不会影响读者对文章内容的理解，但毕竟为瑕疵。大师如季羡林先生者，也难免有此类失误，那么我等普通文人，就更应该尽量多掌握一些传统文化知识，为文时十分谨慎小心，以免出错。

# 阴历与阳历

阴历（夏历）与阳历（公历）是两种历法，凡中国人，包括不识字的山乡老太婆，都应知道的，还需要为文谈之吗？

我看是要的。

中央电视台第一频道 2003 年“3·15”晚会，所现沈阳街市画面下有“2003 年除夕”字样。除夕是就阴历而言，“2003 年”为阳历，所以“2003 年除夕”还有“2003 年春节”的说法，严格讲均欠妥当。“2003 年春节晚会”，大家都这样说，也就姑且这样吧，而将前一天夜晚说作“2003 年除夕”，则大为不妥。壬午除夕（2003 年 1 月 31 日）是在 2003 年，但夏历公历年份对应，应是壬午年——公元 2002 年，所以壬午除夕绝不能说作“2003 年除夕”。中央电视台第三频道回顾“2003 年春节晚会”之节目，主持人最后向观众说：“明年除夕我们再相会！”“明年除夕”之晚会，成了 2005 年的春节晚会，所以那位主持人应说“今年除夕”或“明年春节晚会”才对。

我们的古人一直用夏历，只是到了近世，人们才也用起了公历，所以如今对于年月日的写法，一般是夏历用汉字，公历用阿拉伯数字。若要说明古代某年某月某日为公历何年何月何日，则把公历日期写于夏历日期后的括号内，已为常识，如苏东坡游承天寺之时间：宋神宗元丰六年十月十二日（1083 年 11 月 24 日）。而现在不少文人却每每出错，还得以最讨厌别人指出其错误的余秋雨教授为例。余秋雨的《道士塔》，将清光绪二十六年五月二十六日写作“1900 年 5 月 26 日”，其实光绪二十六年五月二十六日为 1900 年 6 月 22 日。余教授只知将光绪二十六年换作对应的 1900 年，却不知道折算月日。在余教授的散文中，这样的错误还有多处。

《文汇读书周报》曾刊吴小如教授《诠诗権疑》，文末注曰：“2000 年 6 月，庚辰夏至日作。”若要注明写作日期，据阴历作“庚辰夏至日作”即可，据阳历则应作“2000年6月21日作”，不当阳历月份后复标出阴历之日。《诗经》“七月流火”之“七月”，乃夏历七月，而许多文章却当作今之阳历7月，也就难免错以“流火”为火热。

无需再举例了。据上述之例可知，阴历与阳历的问题还是有必要一谈。

# 说“四月天”

近些年来，每至4月，各处报纸上便多有“四月天”或“人间四月天”话语，有文章谈及林徽因的《你是人间的四月天》诗。其实，古来所谓“四月天”以及林徽因诗的“人间四月天”，并不是说今之公历4月，而是指夏历四月，大体在公历5月。此原为常识，而今却被普遍弄错了。

在我国，春夏之交，夏初，为一年最好之时。此时天气清爽，气候温和，最是宜人，故有“清和”之说。三国魏文帝曹丕《槐赋》云：“伊暮春之既替，即首夏之初期。鸿雁游而送节，凯风翔而迎时。天清和而温润，气恬淡以安治。”南朝谢灵运《游赤石进帆海》云：“首夏犹清和，芳草亦未歇。”唐代白居易《首夏病间》云：“况兹孟夏月，清和好时节。”宋代陆游《初夏出游》更云“首夏清和真妙语”。赵长卿、赵师侠初夏词皆云“清和时候”。清和温润之首夏，时当四月，所以古人诗文中多有“四月清和”或“清和四月”之语。如唐元稹《有酒》：“四月清和艳残卉，芍药翻红蒲映水。”白居易《首夏同诸校正游开元观因宿玩月》：“清和四月初，树木正华滋。”宋司马光《客中初夏》：“四月清和雨乍晴，南山当户转分明。”陆游《初夏怀故山》：“镜湖四月正清和，白塔红桥小艇过。”张声道《九折岩》有“清和四月天”之句。所谓“四月天”，即天气清和令人颇感舒畅之时。李流谦《小重山》词曾云：“轻暑单衣四月天，……人间何处有神仙。安排我、花底与尊前。”

古人不但因清和而喜四月天，更以“清和”为四月之代称。唐高彦休《阙史序》云：“甲辰岁清和月编次。”此“清和月”不知是否即指四月，然白居易《初夏闲吟兼呈韦宾客》之“孟夏清和月”，则无疑指四月。清钱德苍《解人颐》云“丙寅清和月内召回京”，沈维材跋《四溟诗话》云某岁“清和月海昌沈维材跋”，清代宫廷珍宝简平地平合璧仪有“大清康熙癸酉岁清和月御制”之铭文，也均指四月。所以袁枚《随园诗话》卷十五、胡鸣玉《订讹杂录》皆云：今人以四月为“清和”。当代诗人亦如此用法，如于钟珩有《甲申清和月南昌拜晤晦窗同登滕王阁》之作。

可知，“人间四月天”指人间最美好的首夏清和之时，大体在公历5月，而不在4月。

# 如此“发现”

读书做学问，除了多识前言往行外，还贵在有所发现，即人们常说的新见。多识前言往行易，有所发现难。而如今有些“发现”却来得很容易，并不像人们想象的那样难，甚至不必花费时间去读许多书，便可轻而易举地得到。

以下略举几例，即可知“发现”是如何来的。

有一学者，撰文说自己遍读先秦典籍，如何如何，随后谈到《洪范》里还有一篇《九畴》。能有新发现而给古代重要典籍《洪范》增加新篇章，自然是件令人高兴的事。可惜，稍有常识者是高兴不起来的，因为大家都知道，《洪范》又名《九畴》，或称《洪范九畴》。那位学者缺乏常识，所谓“遍读先秦典籍”，看来是在当众撒谎。

有一学者，见古人某书有“端午前一日”五字，即有发现，说古时人们为了怀念屈原，在屈原的忌日，即屈原投水的端午节，停船一天。此发现确有意思，但不知他对后世的端午赛龙舟如何解释。他的“发现”，原来是书中的“前”字，上作“止”，下作“舟”，该学者不知那是“前”字，因是竖行，而当作了“止舟”二字，将那句理解为“端午停船一天”。

又有一学者，对于古代一位诗人的生年有所发现，而予以考证，提出那位诗人生于某年。他的依据是该诗人一篇有写作时间的文中有“年四十馀半，老夫矣”语，说明诗人写那篇文章时四十岁零半岁。其实，那是他读不懂古人书，将“年四十馀，半老夫矣”错断作了“年四十馀半，老夫矣”。

更有一著名老学者，读清人谈红豆之文，不解其中“羞圆”（即圆形）之意，且又错抄作“羞园”，于是就奇怪地想到了女人那地方，便在某大报撰文谈其所悟。

白居易《琵琶行》有“弟走从军阿姨死”句。白氏诗素称好懂，此句更是浅显明白，不想有位唐代文学研究者也能有所发现，说从军的不是其弟而是其妹（年轻的歌妓）。他的依据是唐代有的书中以“女弟”称妹妹。“女弟”即妹，与“弟”并非一回事，乃为常识，这位研究者竟然不知。他之“新论”，还得以发表于一重要学术刊物。更有一唐代文学研究者，看到初唐诗人王勃给别人的信中称王勋为“舍弟”，即有“发现”，撰文说，王勋是王勃的弟弟，而信中却称王勋为“舍弟”，可知该信不是王勃之作。原来他竟不知“舍弟”指自家弟弟。

能指出名人之错，在有些人来说自然是件了不起的事，也可以算是难得的发现。有学者曾批评陈寅恪诗“出韵”，所举证据是《陈寅恪诗集》中有十多首诗的韵脚均为“天、妍、船、年、元”，其中“天、妍、船、年”等属下平“一先”韵，而“元”属上平“十三元”。陈寅恪先生那十几首诗，题中均标明“元夕用东坡韵”，该学者不知“用韵”（亦即步韵）是怎么回事，便来批评国学大师。苏东坡《二月三日点灯会客》诗所用韵为“天、妍、船、年、元”。北宋时，“元”是可以与“先”通押的，所以清人冯应榴注该诗时说“末韵通用”。再说，《平水韵》系金代人所编，怎么可以用来规范北宋的苏东坡呢？陈寅恪先生若将“元”改用“一先”韵中一个字，那其所作还算步韵诗么？

以上“发现”，便是如此容易，真可谓“得来全不费功夫”，当令许多人惊讶不已。其实，还有比上述更容易的发现，连读不懂、领会错也不需，只要提出与别人不同的看法即可，正所谓“不费吹灰之力”。如有人在某学术刊物发表“新见”说：汉代的王昭君远嫁匈奴去和亲，不过是施“美人计”，“以姿色换虚荣”，“与妓女只是五十步百步之别”。因为从无人这样讲过，所以“美人计”、“虚荣”、“妓女”，真还有点新意，可惜读后却令人倒吸一口冷气，随即便是大跌眼镜！

够了，无须再举了。

上述诸“发现”，均出于有高级职称者之手，且有的已是名家或自认为是名家。本人写此小文，并非有意贬损那些教授研究员们（所以皆隐其名），只是想提醒一些天真的读者，不要把所有的发现都看得那么神圣、那么不易。

# 南北朝人名趣对

多年前因整理《傅山全书》而细阅傅山读书批注时，曾数见傅山先生于人名旁批曰“可对某某”，以两个古人之名成对，觉得甚有趣味。我们汉语言文字有可以灵活运用的特点，两个人名相对时，名字便可不再单作人名用，如“马怀远”，既是说某人姓“马”名“怀远”，又可理解为一匹骏马想奔向很远的地方。这样的人名对，因为赋予了名字之外的内容，对得好便会比许多文章谈到的“胡适之”对“孙行者”还要工稳，而且妙趣横生。

笔者读《南史》、《北史》等书时，因一些名字甚有意味，也曾效仿傅山先生，将一些南北朝人名两两相对。

南北朝时人的姓名、字或称呼，有些不但颇堪成对，而且对起来还很工稳，即作诗填词者所说的“工对”乃至“妙对”。“许散愁”对“何无忌”，不但甚工，而且堪称妙对。“许散愁”对“来承道”，也既工且妙。“许散愁”还可对“胡遵世”、“胡思祖”、“休留代”等，也同样较工。“许散愁”对“伏知命”，意思甚妙，惟“许”、“伏”两字平仄不协，为小瑕疵，但若以今之普通话来读，则甚工整。“乞伏居”对“来承道”、“休留代”，也为工对，对“何无忌”、“胡遵世”、“胡思祖”等，也较工。“远法师”对“宗居士”，堪称工对，而且意亦颇佳。“远法师”对“安皇后”，也很工稳。“宗善才”对“谢贞母”、“谢仁祖”，也工稳。“寇奉国”与“王忿期”，可称妙对。“尉破胡”正可对“王珍国”，还可对“儿袭祖”。“袭”字系入声，与“破”字平仄不协，以普通话读之，便属工对。此“袭”，当然是承袭、继承之意，但若据如今屡见不鲜的大逆不道事，也可解作袭击、打杀。“鱼继宗”可对“马怀远”。“熊安生”可对“马敬德”。“鹿树生”可对“鱼天愍”，又可对“梅天养”、“桑天爱”。“千道连”可对“万民和”，但这里“和”须读作“应和”之“和”。

“何法胜”可对“晚时得”，还可对“若干惠”，“胜”须读作“不胜”之“胜”。“莫嗣祖”与“来护儿”，“皮豹子”与“石道儿”，虽然中间一字声调不协，但因处于词组的前一字，可放宽，所以也可称佳对。“交龙王”对“献皇后”、“卜宗伯”，“任蛮奴”对“卜名祖”、“献仁祖”，亦同此理。两字之名，“念贤”对“遵道”，“屈遵”对“高允”，“何求”对“过望”，也都为工对。“乐藏”可对“常善”。“寡光”可对“何远”。“江湛”可对“柳偃”。“高翼”、“温玉”皆可对“小山”、“浩洋”。此外，“苗乞食”与“柳承宗”，“梅思立”与“马兴怀”，“宗灵秀”与“弈洛干”，“郎方贵”与“鱼俱罗”，也皆可成对。

以上只是看到这些名字时偶为一对，其他可对的南北朝人名，一定还不少。读书时，顺便玩味一下人名对，真是别有一种乐趣。

# “北里”、“阳阿”

《史记·殷本纪》：“（帝纣）于是使师涓作新淫声，北里之舞，靡靡之乐。”《后汉书·边让传》：“设长夜之淫宴，作北里之新声。”“繁手超于北里，妙舞丽于阳阿。”此二处之“北里”，中华书局标点本均未标专名线或书名线。按，北里，为地名。《史记·封禅书》：“古之封禅，高上之黍，北里之禾，所以为盛。”《集解》：“苏林曰：高上、北里皆地名”（中华书局标点本此处之“北里”皆标专名线）从魏晋南北朝人诗文中，亦可看出“北里”为地名，如曹植《七启》：“扬北里之流声，绍阳阿之妙曲。”阮籍《乐论》：“是以君子恶大陵之歌，愧北里之舞也。”张华《轻薄篇》：“北里献奇舞，大陵奏名歌。”（“大陵”即地名，春秋时晋平陵邑，在今山西文水县东北。大陵歌，《史记·赵世家》云，王游大陵，梦见处女鼓琴而歌，因纳娃嬴）五代欧阳炯《花间集叙》亦云：“自南朝之宫体，煽北里之倡风。”由是可知，《史记·殷本纪》与《后汉书·边让传》之“北里”为地名，应标专名线。北里，想为殷纣时音乐发达之地，或竟是纣的歌舞机构所在。此外，“北里”还指北边的村落或北边的地方，如左思《咏史诗》：“南邻击钟磬，北里吹笙竽。”郑愔《夜游曲》：“西园燕公子，北里召王侯。”王维《田园乐》：“厌见千门万户，经过北里南邻。”李贺《箜篌引》：“北里有贤兄，东邻有小姑。”《读书》1997 第 1 期吴小如先生文说“北里”“专指妓院所在”，显然未当。

上引《后汉书·边让传》“繁手超于北里，妙舞丽于阳阿”之“阳阿”，中华书局标点本标书名线，作曲名，或是依宋玉《对楚王问》所云《阳阿》之曲。宋玉所云《阳阿》、《薤露》，为较一般之曲，故“妙舞丽于阳阿”之“阳阿”，当为《淮南子》所云之“阳阿”。《淮南子·俶真训》：“足蹀阳阿之舞。”此云舞，非宋玉所云歌，故颜师古注云：“阳阿，古之名倡也。”此当颜氏据文意臆断。

因该句之“阳阿”，释为人名亦可通。观《淮南子》又有“奏雅乐者始于阳阿采菱”、“夫歌采菱，发阳阿，郑人听之，不若延露”。则知阳阿非人名而为地名。《汉书·地理志》：“上党郡：阳阿县。”即赵飞燕学歌舞并得遇汉成帝处，故治在今山西阳城西。由此可知，《后汉书·边让传》之“阳阿”为地名，指上党阳阿县。中华书局标点本不当标书名线而应标专名线。曹植《七启》之“阳阿之妙曲”，亦当指阳阿之地的妙曲。又南朝刘孝绰《酬陆长史倕》诗有“虽愧阳陵曲，宁无流水琴”句。岂上党之阳阿古又名“阳陵”耶？现山西阳城西四十五里之汉阳阿故治，即名阳陵，见《山西历史地名录》。

# 《史记》点校订误五则

## 一

中华书局标点本《史记·六国年表》魏文侯二十年："卜相，李克、翟璜争。"标点有误。

《史记·魏世家》载：魏文侯卜相于李克，问季成与翟璜孰可为相，李克认为应任季成为相，"文侯曰：'先生就舍，寡人之相定矣。'李克趋而出，过翟璜之家。翟璜曰：'今者闻君召先生而卜相，果谁为之？'李克曰：'魏成子为相矣。'翟璜忿然作色曰：'以耳目之所睹记，臣何负于魏成子？'"魏成子即季成。刘向《新序》卷四亦记此事云："魏文侯弟曰季成，友曰翟黄，文侯欲相之而未能决，以问李克。"所以，《六国年表》中，该句应标点为："卜相李克，翟璜争。"

## 二

《史记·淮南衡山列传》："丞相臣张仓、典客臣冯敬、行御史大夫事宗正臣逸、廷尉臣贺……"如此标点，谓刘逸行御史大夫事。然《汉书·淮南衡山济北王传》记同一事件时云："丞相张苍、典客臣冯敬行御史大夫事，与宗正、廷尉……"是知行御史大夫事者为冯敬，故《史记》该处"行御史大夫事"应从上读。

## 三

《史记·六国年表》魏文侯十七年："击（宋）〔守〕中山。""击"标人名线，"守"校改为"宋"。而《集解》云："徐广曰：一云击宋中山。"既曰"一云"，则知表中语非"击宋中山"。又卷四三《赵世家》云："烈侯元年（前408年），魏文侯伐中山，使太子击守之。”益知‘守’字不误，不当校改为“宋”字。再者，既改“守”为“宋”，则“击”已为动词，不当加人名线。

四

《史记·夏本纪》《正义》：“东晳《发蒙纪》云：‘鳖三足曰熊。’”按晋束晳有《发蒙记》，《隋书·经籍志》著录。今有一卷本，见《说郛》（宛委山堂本）、《玉函山房辑佚书·经编小学类》、《小学蒐佚》诸书。是知“东晳”乃“束晳”之误，标点本失校。《发蒙纪》当作《发蒙记》。《史记·匈奴列传》《索隐》即有《发蒙记》书名。

五

《史记》，对于三家注的点校，同正文一样处理，而《秦本纪》“（文公）十九年，得陈宝”之注，失校。

该句《正义》云：

> 《晋太康地志》云秦文公时，陈仓人猎得兽，若彘，不知名，牵以献之。逢二童子，童子曰：“此名为媦，常在地中，食死人脑。”即欲杀之，拍捶其首。

按，欲杀之而拍捶其首，不可解。晋干宝《搜神记》（中华书局校注本）则云：“道逢二童子，童子曰：‘此名为媪，常在地食死人脑。若欲杀之，以柏插其首。”唐段成式《酉阳杂俎》童子语作：“常在地中食死人脑，欲杀之，当以柏插其首。”可见“拍捶”系“柏插”之误，因字形相似而致误。古人以柏为阴木，以柏为棺，坟地多植柏，亦或与此有关。

又，“媦”（卷二十八《索隐》亦引作“媦”）亦应以《搜神记》之“媪”为是。“媦”谓女弟，而“媪”指地神。若彘者既为地中之神物，当作“媪”。

# 《汉书》点校订误六则

## 一

中华书局标点本《汉书·平帝纪》："遣执金吾候陈茂假以钲鼓，募汝南、南阳勇敢吏士三百人，谕说江湖贼成重等二百馀人皆自出，送家在所收事。"卷七十八《萧望之传》附《萧由传》："（萧由）平江贼成重等有功，增秩为陈留太守。"

按：一处云"江湖贼成重"，一处云"江贼成重"。平成重等之事，《平帝纪》所记较详，汝南、南阳在今河南省，且云"自出"，知成重等为"江湖贼"而非"江贼"。由是知《萧由传》中"江贼"之"江"下脱一"湖"字。标点本失校，更不当于此"江"字旁标专名线，使成重等成为"（长）江贼"。

## 二

《汉书·郊祀志》："大夫刘更生献淮南枕中洪宝苑秘之方，令尚方铸作。事不验，更生坐论。"卷三十六《楚元王传》："淮南有枕中《鸿宝》《苑秘书》。书言神仙使鬼物为金之术，及邹衍重道延命方，世人莫见。……更生幼而读诵，以为奇，献之。"师古曰："《鸿宝》《苑秘书》，并道术篇名。"

按：洪宝，即"鸿宝"。《郊祀志》不标书名号，《楚元王传》标作两书，颜师古注即以其为两书。国务院古籍整理领导小组《古籍整理出版情况简报》第140期《〈汉书〉标点中的一些问题》一文亦认为是两书，只是后者应标作《苑秘》，不当作《苑秘书》。其实，惟"鸿宝"为书名，苑秘者，谓《鸿宝》秘而不传人，所以藏于枕中。颜师古倒之而释为"秘书之苑囿"，殊牵强。《三国志·魏书》注引《华佗别传》云，魏文帝《典论》曰："刘向惑于《鸿宝》之说。"晋葛洪好神仙导养之术，亦距汉不远，所著《抱朴子》于淮南秘书有记载，《论仙》云“淮南王抄出，以作《鸿宝》枕中书”。《黄白》云“按枕中《鸿宝》，作金不成”。刘向，即刘更生。又郦道元《水经注·肥水》云淮南王刘安养方术之徒数十人，“多神仙秘法《鸿宝》之道。”唐五代人亦数有以《鸿宝》入诗者，杜甫《赠特进汝阳王二十二韵》：“《鸿宝》宁全秘，丹梯庶可凌。”皇甫冉《故齐王赠承天皇帝挽歌》：“《鸿宝》仙书秘，龙旂帝服尊。”徐铉《赠王贞素先生》：“道秘未传《鸿宝》术，院深时听步虚声。”皆以《鸿宝》为书，但云其“秘”而不以“苑秘”为书。苏轼《赠王仲素寺丞》诗云“家有《鸿宝》书”，施元之注引《汉书·楚元王传》，该句干脆作“有枕中《鸿宝》秘书”，连“苑”字也不要。可知“苑秘”即秘不传人，标点本不当囿于颜氏之注而将其当作书名。

## 三



《汉书·高惠高后文功臣表》：“宁严侯魏遬，以舍人从砀，入汉，以都尉击臧荼功侯，千户。……元康四年，遬玄孙长安公士都诏复家。”卷九十四上《匈奴传》：“宁侯魏遫为北地将军。”师古曰：“遫，古速字。”

按：一作“遬”，一作“遫”，两字不同音，必有一误。遬，“速”字之籀文，此方为颜师古所云“古速字”，见《说文》辵部。遫，音敕，张也，非古速字，见《广韵》职韵。从颜师古注可知唐时《匈奴传》中该字为“遬”，同《功臣表》，后因传写之误，错作“遫”。故应将“魏遫”校改为“魏遬”。中华书局出版的《汉书人名索引》将“魏遬”改作“魏遫”，大误。

## 四

《汉书·百官公卿表》：“孝景五年（前 152 年），安丘侯张欧为奉常。”“孝武建元元年（前 140 年），中尉张敺，九年迁。”“元光四年（前 131 年），九月，中尉张欧为御史大夫，五年老病免，食上大夫禄。”卷四十六《张敺传》：“张欧字叔，高祖功臣安丘侯说少子也。欧孝文时亦治刑名侍太子，然其人长者。景帝时尊重，常为九卿。至武帝元朔中，代韩安国为御史大夫。……老笃，请免，天子亦宠亦上大夫禄。”

按：安丘侯世系虽未云张欧嗣为侯，但汉惟有张说为安丘侯，故景帝五年之安丘侯张欧不会是另一人，或因张欧为张说之子，而称其为安丘侯。奉常，即为九卿之一。是安丘侯张欧，即字叔之张欧。“敺”，即“欧”，中尉张敺即张欧。中尉张敺九年迁，建元元年后九年，即元光四年。考韩安国建元六年（前135年）为御史大夫，四年病免，其免正在元光四年，见《百官公卿表》。因知迁为御史大夫之张欧，亦即张欧。“欧”、“欧”不同音，其中必有一误。在此情况下，应以本传之“欧”为是。标点本分别作“张欧”、“张欧”，失校。中华书局《汉书人名索引》亦因之而误，使有关条目错讹不可据。

又，《张欧传》“武帝元朔中，代韩安国为御史大夫”一句中，“元朔”为“元光”之误，亦当校改。



## 五

《汉书·百官公卿表第七下》，成帝阳朔元年：“弘农太守平陵逢信少子为京兆尹，三年迁陈留太守。薛宣为左冯翊，二年迁。”

按：如此标点，则成京兆尹逢信三年迁为陈留太守，误，实则是陈留太守薛宣二年迁。《汉书》薛宣本传可证：“会陈留郡有大贼废乱，上（成帝）徙宣为陈留太守，盗贼禁止，吏民敬其威信。入守左冯翊。”故该处标点此应为：“弘农太守平陵逢信少子为京兆尹，三年迁。陈留太守薛宣为左冯翊，二年迁。”

## 六

《汉书》于原本文字之校改，数有未妥处。如《元后传》“纵横恣意，大治第宅”之“第宅”，即被改为“室第”。汉时自有“第宅”之词，极著名的《古诗十九首》即有“王侯多第宅”句。孔光《奏徙董贤家属》便有“治第宅，造冢圹”语。司马彪《续汉书》有“各起第宅”语，《后汉书》有“起立第宅十有六区”语，袁宏《后汉纪》有“起第宅”、“赐第宅、田业”等语。值得注意的是，《汉书》不止一次用到“第宅”一词，《宣帝纪》：“以水衡钱为平陵，徙民起第宅。”《成帝纪》：“赐丞相、御史、将军、列侯、公主、中二千石冢地、第宅。”“广第宅，治园池。”（此数处未改）一书里多次用到之词，若欲校改时尤须谨慎。联系到晋唐时更是多有“第宅”之说，如葛洪《神仙传·介象》：“为象起第宅。”杜甫《秋兴八首》“王侯第宅皆新主”、刘禹锡《和仆射牛相公春日闲坐见怀》“第宅清闲且独行”，白居易诗更是多次用到“第宅”，著名的《秦中吟·伤阌乡县囚》即云“所营惟第宅”，更有《题洛中第宅》诗，可知《元后传》之“第宅”无须校改。

# 《汉书人名索引》订误

使用《汉书人名索引》（中华书局1979年版）检索《汉书》时，先后发现一些误处，因予订正。中华书局标点本《汉书》卷数与页码，亦随引文标出（括号内前为卷数，/后为页码）。

**1. 将两京房误为一人**

《儒林传》：梁丘贺字长翁，琅邪诸人也。以能心计，为武骑。从太中大夫京房受《易》。房者，淄川杨何弟子也。房出为齐郡太守，贺更事田王孙。宣帝时，闻京房为《易》明，求其门人，得贺。(88/3600)

《京房传》：京房字君明，东郡顿丘人也。治《易》，事梁人焦延寿。……初元四年（前45年）以孝廉为郎。……初，淮阳宪王舅张博从房受学，以女妻房。……房本姓李，推律自定为京氏，死时年四十一。（75/3160－3167）《元帝纪》：建昭二年（前37年），淮阳王舅张博、魏郡太守京房坐窥道诸侯王以邪意，漏泄省中语，博要斩，房弃市。(9/294)

按：两处所记，虽名同又均治《易》，然实非一人。一师淄川杨何，传琅邪梁丘贺；一师梁人焦延寿，传淮阳王舅张博。一为齐郡太守，一为魏郡太守。一宣帝时已去世，故宣帝求其门人；一在元帝朝为官，建昭二年死。又《宣帝纪》云甘露三年（前51年）“立梁丘《易》、大小夏侯《尚书》、谷梁《春秋》博士。”是年魏郡太守京房才二十六岁，其弟子决不可能为《易》博士。况颜师古已于齐郡太守京房下提出疑问，认为是别一京房，或书字有误。《索引》（第16页）作一人，失考。

### 2. 将一人作两人

《王褒传》：丞相魏相奏言知音善鼓雅琴者渤海赵定、梁国龚德，皆召见待诏。（64下/2821）

《艺文志》：《雅琴龙氏》下注云：名德，梁人。（30/1711）

按：龚德、龙德实本一人。《艺文志》中《雅琴赵氏》下注云："名定，勃海人，宣帝时丞相魏相所奏。"《雅琴龙氏》下注云："名德，梁人。"师古曰："刘向《别录》云亦魏相所奏也。与赵定俱召见待诏，后拜为侍郎。"由此可知，《艺文志》中之赵定、龙德，即《王褒传》中之赵定、龚德。龚德、龙德乃一人，梁人，"龚"、"龙"必有一讹。《索引》（第17页、19页）将其作两人，失考。

### 3. 将许仲、许仲孙误为一人

《王尊传》：（京兆尹）尊出行县，男子郭赐自言尊："许仲家十馀人共杀赐兄赏……"（76/3233）

《尹翁归传》：东海大豪郯许仲孙为奸猾，乱吏治，郡中苦之。（76/3208）

按：一名许仲，京兆人；一名许仲孙，东海郯人。《索引》（第25页）误为一人。

### 4. 将两王孟误为一人

《游侠传》：符离王孟，亦以侠称江淮之间。（92/3700）

《王莽传》，蓝田王孟、槐里汝臣、盩厔王扶、阳陵严本、杜陵屠门少之属，众皆数千人，假号称汉将。（99下/4189）

按：两王孟，一景帝时符离人，江淮间游侠；一汉末蓝田人，三辅大姓。两人前后相距一百数十年，《索引》（第31页）误作一人。

### 5. 将一王崇误为两人

《百官公卿表》：孝哀建平三年（前4年），御史大夫王崇为大司农。（19下/846）

《王吉传》：（王）骏子崇以父任为郎，历刺史、郡守，治有能名。建平三年，以河南太守征入为御史大夫数月。是时成帝舅安成恭侯夫人放寡居，共养长信宫，坐祝诅下狱，崇奏封事，为放言。放外家解氏与崇为昏，哀帝以崇为不忠诚，……左迁为大司农，后徙卫尉左将军。平帝即位，王莽秉政，大司空彭宣乞骸骨罢，崇代为大司空，封扶平侯。（72/3067）

按：哀帝时御史大夫、大司农王崇，至平帝时为大司空，封扶平侯，《索引》（第 33 页）将其误作两人，一为“哀帝时御史大夫”，一为“扶平侯”。

### 6. 将两王伯误为一人

《五行志》：元帝初元四年（前 45 年），皇后曾祖父济南东平陵王伯墓门梓柱卒生枝叶，上出屋。（27 中之下 /1412）

《王尊传》：尊子伯亦为京兆尹，坐耎弱不胜任免。（76/3238）

按：一为元帝皇后曾祖父，亦即王莽高祖父，济南东平陵人；一为王尊之子，琢郡高阳人。一元帝时已死去，一成帝时尚在世。《索引》（第 34 页）误为一人。

### 7. 将三王生误为一人

《张释之传》：王生老人曰：“吾韈解。”顾谓释之：“为我结韈！”（50/2312）

《盖宽饶传》：太子庶子王生高宽饶节，而非其如此。（77/3246）

《循吏传》：数年，上（宣帝）遣使者征（龚）遂，议曹王生愿从。功曹以为王生素耆酒，亡节度，不可使。（89/3640）

按：《盖宽饶传》与《循吏传》中之王生，虽俱为宣帝朝人，但一为太子庶子，一为龚遂议曹。为太子庶子者，非盖宽饶之行而予书规劝，言辞峻切。为议曹者，素嗜酒，亡节度。不但所司之职不同，所行亦迥异，两者实非一人。使张释之结韈之老人王生，文帝时人，较宣帝时两王生要早百年左右，更是另一王生。《索引》（第 34 页）将三人误作一人。

### 8. 将两王定误为一人

《艺文志》：武帝时，河间献王好儒，与毛生等共采《周官》及诸子言乐事者，以作《乐记》，献八佾之舞，与制氏不相远。其内史丞王定传之，以授常山王禹。（30/1712）

《景武昭宣元成功臣表》：信成侯王定，以匈奴乌桓屠蓦单于子左大将军率众降，侯，……五凤二年（前56年）九月癸巳封。（17/672）

按：宣帝五凤间以匈奴左大将军降汉封为信成侯之王定，不会是武帝时传《乐记》之内史丞王定。一则河间献王、毛生等作《乐记》系武帝初之事，下距五凤间已八十来年。二则一为文人，一为武将且自匈奴降来。《索引》（第35页）误为一人。

### 9. 将两王臧、两王咸共误为一人

《百官公卿表》：元光元年（前134年），太常王臧。（19下/769）



同表：绥和元年（前8年），太仆宏为执金吾，十一月贬为代郡太守。光禄大夫王臧幼公为执金吾，三月迁。（19下/841）

按：王臧幼公迁时，距元光元年已百馀年，两王臧显非一人。

《外戚恩泽侯表》：建始三年（前30年），孝侯（王）咸嗣，十八年薨。（18/691）《百官公卿表》：河平三年（前26年），宜春侯王咸长伯为太常。（19下/827）

《百官公卿表》：绥和元年，执金吾王咸为右将军，一年迁（19下/841）。绥和二年（前7年），右将军王咸为左将军，十月免。（19下/843）

按：宜春孝侯王咸长伯卒年，推之应为元延元年（前12年），则绥和时由右将军迁为左将军的王咸，当为另一人。

《索引》（第42页）将上述四人作一人，大误。除年代不合外，光禄大夫王臧字幼公，宜春孝侯王咸字长伯，又绥和元年王臧幼公为光禄大夫、执金吾王咸为右将军，《索引》编者皆未察。

### 10. 将两王昌误为一人

《百官公卿表》：建昭五年（前34年），京兆尹王昌稚宾，二年转为雁门太守。（19下/822）

同表：建始三年（前30年），南阳太守王昌为右扶风。（19下/824）

按：据《表》中所云，京兆尹王昌稚宾建始元年（前32年）转为雁门太守，而建始三年任右扶风之王昌，此前为南阳太守。两王昌明矣，《索引》（第43页）误为一人。

### 11. 将两王赏误为一人

《百官公卿表》：河平二年（前27年），汉中太守平原王赏少公为右扶风。（19下/827）

同表：鸿嘉元年（前20年），东都太守琅邪王赏中子为少府。（19下/831）

按：二人虽同时又同名，但《表》中分明道一为平原人，字少公，一为琅邪人，字中子。且一守汉中，一守东都。《索引》（第47页）误为一人。

### 12. 将两平阳公主误为一人

《外戚传》：（景帝）皇后长女为平阳公主。（97上/3947）

同传：子豪女弟为宣帝倢伃，生楚孝王；长女又为元帝倢伃，生平阳公主。（97下/4007）

按：两平阳公主，一为景帝女，一为元帝女，相差五世，《索引》（第60页）误作一人。

### 13. 将两贡禹误为一人

《魏相传》：高皇帝所述书《天子所服第八》曰："中谒者赵尧举春，李舜举夏，儿汤举秋，贡禹举冬，四人各职一时。"（74/3140）

《贡禹传》：元帝初即位，征禹为谏大夫（72/3069）。《元帝纪》：

初元五年（前 44 年），冬十二月丁未，御史大夫贡禹卒。（9/287）

按：一为高帝中谒者，一为元帝御史大夫，相去一百数十年。《索引》（第 66 页）作一人，误。且《魏相传》中之贡禹，颜师古已注曰："高帝时自有一贡禹也。"《索引》编者失察。

**14. 将两张孺误为一人**

《张敞传》：张敞字子高，本河东平阳人也。祖父孺为上谷太守，徙茂陵。敞父福事孝武帝，官至光禄大夫。（76/3216）

《李寻传》：李寻字子长，平陵人也。治《尚书》，与张孺、郑宽中同师。（75/3179）

按：张福事武帝，则其父张孺为汉初人。而与李寻、郑宽中同门之张孺，为成、哀时人，两者相距近二百年，《索引》（第 74 页）竟误作一人。

**15. 将两张武误为一人**



《文帝纪》：高后崩，……大臣遂使人迎代王。郎中令张武等议。（4/105）《百官公卿表》：孝文元年（前 179 年），郎中令张武。（19 下 /754）

《张敞传》：初，敞为京兆尹，而敞弟武拜为梁相。（76/3226）

按：张敞为京兆尹，是宣帝神爵元年（前 61 年）事，见《百官公卿表》（19 下 /807），则其弟梁相张武与高后、文帝时郎中令张武，相去百馀年，显为两人。《索引》（第 75 页）误为一人。

**16. 将张成、张戎误为一人**

《西南夷两粤朝鲜传》：至元鼎五年（前 112 年），南粤反，……明年秋，馀善闻楼船请诛之，汉兵留境，且往，乃遂发兵距汉道，……汉使大司农张成、故山州侯齿将屯，不敢击，却就便处，皆坐畏懦诛。（95/3861）

《沟洫志》：王莽时，征能治河者……大司马史长安张戎言：水性就下……（29/1696）

按：一为大司农张成，一为大司马史张戎，《索引》（第80页）误“戎”为“成”，将王莽时论治河之张戎与百馀年前被诛的大司农张成作一人，大误。

### 17. 将三同名武者误为一人

《百官公卿表》：建元五年（前136年），廷尉武。（19下/768）

同表：元平元年（前74年），左冯翊武。（19下/798）

同表：河平三年（前26年），光禄大夫武为左冯翊。（19下/827）

按：两左冯翊武，相去近五十年。且《表》中载明一河平三年始为左冯翊，另一数十年前便已为左冯翊，显非一人。廷尉武，更在其前。《索引》（第90页）将三人误作一人。

### 18. 将两召平误为一人

《萧何传》：上已闻诛信，使使拜丞相为相国，益封五千户，令卒五百人一都尉为相国卫。诸臣皆贺，召平独吊。召平者，故秦东陵侯。秦破，为布衣，贫，种瓜长安城东，瓜美，故世谓“东陵瓜”，从召平始也。（39/2010）

《高五王传》：齐王闻此计，与其舅驷钧、郎中令祝午、中尉魏勃阴谋发兵。齐相召平闻之，乃发兵入卫王宫。魏勃给平曰：“王欲发兵，非有汉虎符验也。而相君围王，固善。勃请为君将兵卫卫王。”召平信之，乃使魏勃将。勃既将，以兵围相府。召平曰：“嗟乎!道家之言‘当断不断，反受其乱’。”遂自杀。（38/1993）

按：一为种瓜之秦东陵侯召平，一为齐王相，班氏已言之甚明，《索引》（第103页）不当误为一人。

### 19. 将两司马喜误为一人

《邹阳传》：昔司马喜膑脚于宋，卒相中山。（51/2346）

《司马迁传》：（司马）毋怿生喜，喜为五大夫，卒，皆葬高门。喜生谈，谈为太史公。（62/2708）

按：一为春秋时中山国相，一为汉司马迁祖父，《索引》（第105页）作一人，大误。

### 20. 将两廷尉信误为一人

《百官公卿表》：孝文后元年（前163年），廷尉信。（19下/759）

同表：征和二年（前91年），廷尉信。（19下/788）

按：虽同名信，且同为廷尉，但两人任廷尉之时间相距七十馀年，《索引》（第109页）误为一人。

### 21. 将两卫玄误为一人

《平帝纪》：赐帝舅卫宝、宝弟玄爵关内侯。（12/351）

《外戚恩泽侯表》：永始元年（前16年），（卫）青曾孙玄以长安公乘为侍郎。（18/687）

按：平帝舅卫玄，中山卢奴人，见《外戚传》（97下/4007）。卫青曾孙玄，河东平阳人，见《卫青传》（55/2471）。分明为两卫玄，《索引》（第118页）误为一人。



### 22. 将两任岑误为一人

《景武昭宣元成功臣表》：阳朔元年（前24年），孝侯（任）岑嗣，二十四年薨。（17/667）

《百官公卿表》：元始元年（1年），中郎将任岑为执金吾，一年卒。（19下/854）

按：阳朔元年已嗣为弋阳侯的任岑，不会二十四年后为执金吾，且两人卒年非为一年。《索引》（第128页）误为一人。

### 23. 关于冯敬之舛误

《高帝纪》：汉王问："魏大将谁也?"对曰："柏直。"王曰："是口尚乳臭，不能当韩信。骑将谁也?"曰："冯敬。"曰："是秦将冯无择子也，虽贤，不能当灌婴。"（1上/38）

《贾谊传》：陛下之臣虽有悍如冯敬者，适启其口，匕首已陷其匈

矣。（48/2234）

按：《贾谊传》之冯敬，与贾谊同时，颜师古注引如淳注曰："冯无择子，名忠直，为御史大夫，奏淮南厉王诛之。"（48/2236）所奏见《淮南王传》（44/2141）。由此可知魏骑将冯敬即汉御史大夫冯敬。《索引》（第187页）将其作两人，一为高帝时人，一为景帝时人，误。冯敬由魏归汉后，文帝时为御史大夫。

《景帝纪》：后元二年（前142年），匈奴人雁门，太守冯敬与战死。（5/151）

按：《索引》将御史大夫冯敬作"景帝时人"，是因景帝时有雁门太守冯敬，以两者为一人。其实，雁门太守乃别一冯敬，非御史大夫冯敬忠直。以时间论，汉之伐魏在高祖二年（前205年）事，其时为魏骑将的冯敬，"口尚乳臭"，则不会很年轻。姑以三十来岁论之，则至景帝后元二年时，已九十多岁了，哪能率众御敌。再则，以官秩论，在文帝朝已官至御史大夫者，不会数十年后在景帝朝出守雁门。显为两冯敬，《索引》（第187页）误作一人。



**24. 将两逢信误为一人**

《百官公卿表》：阳朔元年（前24年），弘农太守平陵逢信少子为京兆尹，三年迁。阳朔四年（前21年），京兆尹逢信为太仆，六年迁。永始二年（前15年），太仆逢信为卫尉，二年免。（19下/829－834）

《翟方进传》：如陈咸、朱博、萧育、逢信、孙闳之属，皆京师世家，以材能少历牧守列卿，知名当世，而方进特立后起，十馀年间至宰相，据法以弹咸等，皆罢退之。（84/3417）

按：两人虽同时，但一为平陵人，字少子，一为京师世家。以时间论，翟方进擢为丞相，在永始二年，而是年平陵逢信为卫尉，二年后方免，则翟氏任相后所免之逢信，当非卫尉逢信。《索引》（第198页）将两逢信误为一人。

**25. 将两遂成误为一人**

《卫青霍去病传》：惟西河太守常惠、云中太守遂成受赏，遂成秩诸侯相，赐食邑二百户，黄金百斤，惠爵关内侯。（55/2487）

《傅介子传》：楼兰王安归尝为匈奴间，候遮汉使者，发兵略杀卫司马安乐、光禄大夫忠、期门郎遂成等三辈。（70/3002）

按：据《西域传》，征和元年（前 92 年），楼兰王死，更立王。后所立之王又死，始立安归为王。后复为匈奴所间，数遮杀汉使。以此推之，期门郎遂成被略杀，当在昭帝始元间或元凤初。而云中太守遂成从卫青征匈奴，在元朔间，相隔四十馀年，当为两人。在武帝朝已秩诸侯相的云中太守遂成，不会四十馀年后在昭帝朝任期门郎，且已成老翁，如何奉使远域。《索引》（第 201 页）不当将两遂成作一人。

**26. 将李种、李仲误为一人**

《昭帝纪》：始元四年（前 83 年），廷尉李种坐故纵死罪弃市。（7/222）

《百官公卿表》：始元元年（前 86 年），司隶校尉洛阳李仲季主为廷尉，四年坐诬罔下狱弃市。（19 下 /792）

按：虽皆为廷尉，且皆于始元四年弃市，但一名李种，一名李仲字季主，并且一因故纵死罪弃市，一因诬罔下狱弃市，实非一人。《索引》（第 211 页）作一人，误。

**27. 将两董忠误为一人**

《百官公卿表》：神爵二年（前 60 年），卫尉忠（19 下 /807）。《宣帝纪》：甘露三年（前 51 年），长乐卫尉高昌侯忠……将万六千骑送单于。（8/271）

《王莽传》：地皇四年（23 年），中黄门各拔刃将忠等送庐，忠拔剑欲自刎，侍中王望传言大司马反，黄门持剑共格杀之。（99 下 /4185）

按：一为宣帝时卫尉、高昌侯，一为王莽之大司马，相去八十馀年，显为两人，《索引》（第225页）误为一人。

**28. 将两韩安国误为一人**

《韩安国传》：景帝、太后益重安国。（52/2397）《武帝纪》：建元六年（前135年），大司农韩安国出会稽……（6/160）

《冯奉世传》：永光二年（前42年）十月，拜定襄太守韩安国为建威将军。（79/3299）

按：元帝时定襄太守韩安国，与景、武时韩安国，相去百年。且颜师古于定襄太守韩安国下已注："自别有此安国，非武帝时人也。"《索引》（第246页）编者不察，误作一人。

**29. 将两杜辅误为一人**

《元后传》：（五凤中）皇后使侍中杜辅、掖庭令浊贤交送政君太子宫。（98/4015）

《景武昭宣元成功臣表》：建平敬侯杜延年，元始二年（2年），侯辅嗣。（17/666）

按：五凤到元始二年，已五十馀载，显为两杜辅，《索引》（第262页）误作一人。

**30. 将两赵胡误为一人**

《高惠高后文功臣表》：深泽齐侯赵将夕孙胡，孝景中五年（前145年），以头子绍封，二十一年，元朔五年（前124年）薨。（16/585）

《西南夷两粤朝鲜传》：至武帝建元四年（前137年），佗孙胡为南粤王。（95/3853）

按：一为赵将夕之孙，景帝时已绍封。一为赵佗之孙，南粤王，武帝建元时尚未降附。显系两人，《索引》（第277页）误作一人。

**31. 将两屠耆堂误为一人**

《霍光传》：元平元年（前74年），昭帝崩，亡嗣。……光与群臣连名奏王，尚书令读奏曰：……杜侯臣屠耆堂（68/2937－2939）。《宣帝纪》：本始元年（前73年），其益封……杜侯屠耆堂、长信少府关内侯胜邑户各有差。（8/240）

《匈奴传》：颛渠阏氏与其弟左大且渠都隆奇谋，立右贤王屠耆堂为握衍朐鞮单于。……姑夕王恐，即与乌禅幕及左地贵人共立稽侯狦为呼韩邪单于，发左地兵四五万人，西击握衍朐鞮单于。……握衍朐鞮单于恚，自杀。……是岁，神爵四年（前58年）也。（94上/3789－3791）

按：两屠耆堂，一为杜侯，昭帝时在朝为臣，曾参与立宣帝事，故宣帝即位后益其封；一为匈奴右贤王、握衍朐鞮单于，神爵间尚未降附，在其族相互攻击中兵败而死。《索引》（第301页）作一人，误。

### 32. 将两吕臣误为一人



《陈胜传》：其御庄贾杀胜以降秦。葬砀，谥曰隐王。胜故涓人将军吕臣为苍头军，起新阳，攻陈下之，杀庄贾。（31/1793）

《高惠高后文功臣表》：阳信胡侯吕青，孝惠四年（前191年），（子）顷侯臣嗣，十八年薨。（16/554）

按：一为陈胜故涓人，秦末即起兵与秦战；一为阳信侯子，惠帝时因父而嗣为侯。若吕青之子即陈胜故涓人，当为高祖功臣，不当十七年后才嗣为侯。《索引》（第312页）作一人，误。

### 33. 将两吕胜误为一人

《项籍传》：（项羽）乃自刭。王翳取其头，……杨喜、吕马童、郎中吕胜、杨武各得其一体。故分其地以封五人，皆为列侯。（31/1820）

《外戚恩泽侯表》：赘其侯吕胜，以皇太后昆弟子淮阳丞相侯。（18/682）

按：两吕胜，一因战功（得项羽一体）而封侯，高祖时事；一系外戚（皇太后昆弟子）而封侯，在高后时。《索引》（第314页）误作一人。

### 34. 将两刘歆误为一人

《楚元王传》：太后留歆为右曹太中大夫，迁中垒校尉，羲和，京兆尹，使治明堂辟雍，封红休侯。……及王莽篡位，歆为国师。(36/1972)

《王莽传》：（以）少阿、羲和、京兆尹红休侯刘歆为国师，嘉新公（99 中 /4100）。（封）歆为祁烈伯，奉颛顼后；国师刘歆子叠为伊休侯，奉尧后。（99 中 /4105）

按：颜师古注曰："上言红休侯刘歆为国师嘉新公，今此云刘歆为祁烈伯，又言国师刘歆子为伊休侯，是则祁烈伯自别一刘歆，非国师也。"《索引》（第 338 页）编者不察颜氏语，将两刘歆作一人。

### 35. 将一刘更生误为四人

《外戚恩泽侯表》：阳城缪侯刘德，子安民以户五百赎弟更生罪，减一等，定户六百四十户。（18/697）

《郊祀志》：大夫刘更生献淮南枕中洪宝苑秘之方，令尚方铸作。事不验，更生坐论。（25/1250）

《百官公卿表》：孝元初元元年（前 48 年），散骑谏大夫刘更生为宗正。（19 下 /813）《萧望之传》：宣帝崩，太子袭尊号，是为孝元帝。望之、（周）堪本以师傅见尊重，上即位，数宴见，言治乱，陈王事。望之选白宗室明经达学散骑谏大夫刘更生给事中，与侍中金敞并拾遗左右。（78/3283）

《楚元王传》：（刘）向字子政，本名更生。年十二，以父德（即阳城缪侯刘德）任为辇郎。既冠，以行修饬擢为谏大夫。……上复兴神仙方术之事，而淮南有枕中《鸿宝》《苑秘书》……更生父德武帝时治淮南狱得其书。更生幼而读诵，以为奇，献之，言黄金可成。上令典尚方铸作事，费甚多，方不验。上乃下更生吏。吏劾更生铸伪黄金，系当死。更生兄阳城侯安民上书，入国户半，赎更生罪。上亦奇其材，得踰冬减死论。……复拜为郎中、给事黄门，迁散骑、谏大夫、给事中。元帝初即位，太傅萧望之为前将军，少傅周堪为诸吏光禄大夫，皆领尚书事，甚见尊任。更生年少于望之、堪，然二人重之，荐更生宗室忠直，明经有行，擢为散骑宗正给事中，与侍中金敞拾遗于左右。（36/1928）

按：以上四段所引，《索引》（第340页）分别作“阳城侯刘德弟”、“宣帝时人”、“元帝时宗正”、“见刘向”四刘更生。然细读《楚元王传》所附《刘向传》，可知以上所列，实即一人。《索引》作四人，大误，且不当将刘更生错作刘德之弟。

### 36. 将三同名孺者误为一人

《佞幸传》：佞幸宠臣，高祖时则有籍孺，孝惠有闳孺。此两人非有材能，但以婉媚贵幸。（93/3721）

《尹翁归传》：河东二十八县，分为两部，闳孺部汾北，翁归部汾南。……闳孺亦至广陵相，有治名。（76/3207–3209）

按：籍孺、闳孺为两人，《佞幸传》已言之甚明。与尹翁归同时之闳孺，系昭、宣时人，与惠帝时佞幸宠臣闳孺相去百馀年，且一“有治名”，一“非有材能”。《索引》（第441页）不当将三人误作一人。

# 《南齐书》、《南史》标点正误二则

## 一

南朝刘瓛为晋丹阳尹刘惔六世孙，幼时笃志好学，博通“五经”，多有从其学者。齐之丹阳尹袁粲于后堂夜集，刘瓛在座。袁粲指庭中柳树对刘瓛所说之语，中华书局标点本《南齐书·刘瓛传》与《南史·刘瓛传》均作：“人谓此是刘尹时树，每想高风；今复见卿清德，可谓不衰矣。”“可谓不衰矣”语意不全，故当标点为：“人谓此是刘尹时树，每想高风。今复见卿，清德可谓不衰矣。”“今复见卿”，意即“如今又见到你（这样的后人）”。所云“不衰”，指刘家的德业，而不是指人丁，所以“清德”应从下读。“清德”指某氏之世德，其例如《晋书·羊祜传》：“至祜九世，并以清德闻”，《庾纯传论》：“庾氏世载清德”。

## 二

中华书局标点本《南齐书·虞愿传》：“新安太守巢尚之罢郡还，见帝，曰：‘卿至湘宫寺未?’”《南史·虞愿传》作：“新安太守巢尚之罢郡还见帝，曰：‘卿至湘宫寺未?’”两书标点，皆使帝问之语成虞愿语也。实则“还见”即“还见（帝）”，“帝”当从下读，标点为：“新安太守巢尚之罢郡还见，帝曰：‘卿至湘宫寺未?’”其例如东晋葛洪《神仙传》：“帝甚悔恨，即使使者梁伯之往中山推求，遂得叔卿子，名度世，即将还见。帝问焉，度世答曰……”又唐孙虔礼《书谱》：“羲之还见，叹曰……”

# 《宋史》、《明史》标点正误二则

## 一

中华书局标点本《宋史·王黼传》有一处标点为：

（聂）山方挟宿怨，遣武士蹑及于雍丘南辅固村，戕之，民家取其头以献。

如此标点有误。据文义，应是王黼宿于辅固村民家，武士跟踪追及而杀之，并取其头以献。民家与黼无仇，又不知衅事之根由，何至取其头以献。退言之，若真为房东或邻居取其头以献，也应云“民人”或“村人”取其头，而不当云“民家”取其头。“民家”为武士杀黼之所，而非取黼之头者。所以，“戕之”后之逗点，应移至“民家”之后。

## 二

中华书局标点本《明史·张慎言传》有一处标点为：

慎言荐吴甡、郑三俊。命甡陛见，三俊不许，大学士高弘图所拟也。勋臣刘孔昭、赵之龙等一日罢朝，群诟于廷，指慎言及为奸邪，……又疏劾慎言，极诋三俊。

按：“疏劾慎言”后之逗点，应去掉。加此逗点，即成刘孔昭等既劾慎言，又诋三俊。而此处本谓刘孔昭等借郑三俊未能同吴甡一样陛见而向张慎言发难，说张慎言诋毁郑三俊。

# 《四库提要》订误五则

## 一

关于宋人程大昌的《禹贡山川地理图》，《四库提要》经部书类一据陈振孙《书录解题》云：

> 图三十一。

又云：

> 其图据归有光跋称，吴纯甫家有淳熙辛丑泉州旧刻，则嘉靖中尚有传本，今已久佚。……今以《永乐大典》所载校之，只缺其《九州山水实证》及《禹河》、《汉河》二图耳。其馀二十八图，岿然并在，诚世所未觏之本。

按：《禹贡山川地理图》非三十一图，而为三十图。宋刊本非惟明嘉靖中尚在，并未久佚，编撰《四库全书总目提要》时三十图亦岿然并存。

近人傅增湘《藏园群书经眼录》卷一云：

> 宋刊本半叶十二行，行二十二字，白口，左右双阑。前淳熙四年六月程大昌序。余曾借校，视通志堂本改正数百字，较四库本多二图。丁雨生旧藏，后归刘惠之。

又清道光、咸丰时人邵懿辰《增订四库简明目录标注》尝云：

> 钱天树曰：胡氏小重山馆藏宋刊宋印《禹贡山川地理图》，古香可爱，内图三十种，细审无缺。

傅氏、钱氏皆亲觏宋刊本，俱云图三十，钱氏且云“细审无缺”，非三十一图明矣。

所谓三十一图，乃程大昌序中所言，“一”字或程氏笔误，或刻工所衍。又其序作于淳熙四年（1177年），是书刻于淳熙八年（1181年），序、书不符，亦有可能。总之，该书三十图。四库馆臣未能寻觏宋刊本，因而误撰。

## 二

《四库提要》史部地理类三《梦粱录》：

自牧自序云“缅怀往事，殆犹梦也”，故名《梦粱录》。末署甲戌岁中秋日。考甲戌为宋度宗咸淳十年，其时宋尚未亡，不应先作是语。意“甲戌”字传写之误欤？

按：“甲戌”不误。吴自牧《梦粱录》并非亡国之后追忆都城繁华而作，而是南宋未亡时记杭城之繁盛。其自序云：“时异事殊，城池苑囿之富，风俗人物之盛，焉保其常如畴昔哉！”是其恐日后繁华消歇（或已看到南宋将亡）而撰，以记录当日繁盛。考该书末卷（卷二十）有“顷于景定年间”语，可知其撰写时间距景定不远。景定为宋理宗年号，尚在度宗咸淳前，距南宋亡还有十五年。又该书所记最晚为咸淳间事，从未提及度宗以后的德祐、景炎、祥兴时事，益知其书成于咸淳时。四库馆臣不当因“往事”二字便以该书为亡国后作，因而疑“甲戌”为传写之误。



## 三

《四库提要》子部小说家类二《默记》云：

其中所引《江南野史》李后主小周后事，参校马、陆二家《南唐书》，无此文。……则今本《江南野史》已非完书，其文在佚篇之内，均未可知，未必尽虚构词也。

《默记》卷下所引小周后事为：

小周后随后主归朝，封郑国夫人，例随命妇入宫，每一入辄数日而出，必大泣骂后主，声闻于外。

按：其前面明言引自龙衮《江南录》。《江南野史》所载小周后事，为后主之纳小周后入宫，而非归宋后例随命妇入宫。马、陆二家《南唐书》皆记后主纳小周后事，而无在宋入宫数日之记载。可知四库馆臣对《默记》所引小周后事是明了的，并且参校了二家《南唐书》及《江南野史》。《提要》将《江南录》作《江南野史》，或因

《江南野史》亦为龙衮撰而致误，或以为《江南录》、《江南野史》（又名“江南野录”）为一书。按徐铉、汤悦《江南录》十卷已佚，商务印书馆本《说郛》卷三、卷七十四有《江南录》数则，其中卷七十四之三则，不独所记之事，且其文字亦大体与陈彭年《江南别录》相同，或为相互引述。《江南别录》为补徐铉、汤悦《江南录》“所未备”（《四库提要》卷六六）而撰，故知《说郛》所载，非徐、汤《江南录》，而为别一《江南录》，应即《默记》所云龙衮《江南录》。由此知《默记》之提要误，其中两处《江南野史》均应作《江南录》。

又，《说郛》与《中国丛书综录》于此《江南录》下缺撰者。《默记》作者为两宋之际人，所记为龙衮撰，当可靠，可补所缺撰者姓名。

## 四

《四库提要》集部总集类三《河汾诸老诗集》：

> 所编凡麻革、张宇、陈赓、陈飏、房皞、段克己、段成己、曹之谦八人之诗，人各一卷。

按：陈飏，误，应为“陈庾”。陈庾，字子京，陈赓（字子飏）之弟，见《河汾诸老诗集》。卷四陈飏诗有《有怀家兄子飏》一首，又该书编者房祺所撰后序分明有“子飏、子京二陈昆仲”语。所以错作“陈飏”者，应是四库馆臣粗心，未翻读该书，甚至未读房祺后序，而将“陈赓子飏”理解为陈赓之子名飏，把兄弟俩当作了父子俩，因此也就给陈庾改名并降了辈分。后来的一些著述者都不加细审，更不去查原书，只是照录《四库提要》，致以讹传讹。如大型辞书《辞源》即错为“陈飏”，修订本亦未改正，一仍其错。

## 五

《四库提要》集部别集类存目七《泊水斋文钞》：

> 慎言官御史时，以论三案谪戍肃州，撰《悔草》。后官刑部侍郎时，谳狱失旨，罢官家居，著泊水诗文集。皆已散落。

按：张慎言之谪戍肃州，与论三案无关。论三案为明熹宗即位之初（天启元年，1621年）事，慎言之论虽使熹宗不悦，但并未招祸。随之抗疏救贾继春，帝怒，夺俸二年，也并没有谪戍肃州。谪戍肃州为天启五年（1625年）事，因曹钦程诬其盗曹县库银三千两，竟成冤狱，被编戍肃州，驻于酒泉，事具《明史》本传与其集。

张慎言集，为其去世后别人辑刻而成，保存了其大部分著述，今亦非难觏之本，并非“皆已散落”。刻本为《洎水斋文钞》、《洎水斋诗钞》。“洎水”当作“涅水”。涅水，水名，即沁水。沁水原名“涅水”，见《汉书·地理志》，后讹作“洎水”，《水经注》卷九：“沁水即涅水也。”慎言故里在山西阳城，沁水所经也。他落职家居，经营涅水园亭，读书著述，“洎”字为“涅”字之误无疑。此或辑者误识，或刻工误刻。《提要》未辨之而作“洎”，未当。《山右丛书》收入张慎言诗文集时均校改为“涅水”，甚当。

# 《不下带编》释文指误

中华书局“历代史料笔记丛刊”之《不下带编》，清人金埴撰，王湜华点校。此书颇可读，只可惜整理欠佳，标点之错较多。明显的错讹如诗句“止水与叠山，只争死先后”，点校者不知“止水”（南宋江万里，投水而死以殉宋）、“叠山”（南宋谢枋得，拒元绝食而死）为人名，漏标专名线。更不该错者，将唐代名诗人“李义山”（即李商隐）三字分作“李义”“山”来标。又因不知“沧柱”系仇兆鳌（以详注杜诗闻名）之字，而断作“仇沧柱、兆鼇”（人名之字，“鳌”亦不当作“鼇”），成了两个人。就连本不难断句、标点的骈句、对联，有的也竟弄错了。更令人惜者，二十六年间经两次改正，2008年第三次印刷本仍有不少错讹。金埴在该书中有“多恨坊刻讹书”语，而他所撰此书非“坊刻”，却也多有讹误。九原之魂，谅难安也。其中断句、标点之类错讹，有些读者还可以自作理解，自行乙改，后人亦可另行标点，而释文之错，最可痛惜。故就读时随手所划，略为指误。

第8页，“盖南谿恃南岳未游”，“恃”字不可解，应为“特”之误，该句是说自称“五岳游人”的郑南谿尚未游南岳。第30页，“时仪以鬻文获财”，“仪”字为“议”之误。此处批评韩愈、李邕语，见《旧唐书·文苑传》。第55页，“刘颁、贡父诗话”，同“仇沧柱、兆鼇”，一人点作了两人。刘颁字贡父，亦宋代名人。又所引刘颁诗话关于依韵语“用在一韵”，“用”字系“同”之误，此四字见刘氏《中山诗话》。第79页，“一身无倚处”，“处”字下所注之“七”字，应为“上”，金埴精于声韵之学，是说此“处”字读上声。第93页，王晞语“充诎少持，鲜不败绩”，“持”为“时”之误，王晞语见《北史》、《北齐书》。第94页，“白金一挺”，“挺”应为“铤”之误。铤，五金锻为条朴者，白金一铤，即白金一条。同页，

“齐巳《茶诗》：甘传天下口……”“巳”为“己”之误，齐己为唐代著名诗僧，“甘传天下口”见《全唐诗》卷八百四十三，题为《咏茶十二韵》。又第96页，“开元时史育自荐能诗，赋《除夕》诗曰五步之才。”“育”为“青”之误。史青自荐能诗及其除夕应制诗，见《全唐诗》卷一百一十五，题为《应诏赋得除夜》。还有，《全唐诗》云史青此首“一作王諲诗”，则此条之注“后人误以为王涯”之“涯”字亦或为“諲”之误。以上《茶诗》、《除夕》，并非两诗人诗题，只是后人行文时之称法，严格讲来，不应该标书名号。此为小疵，顺便谈及。第110页，“诸广文环待”，“待”为“侍”之误。“环侍”，多见于古文献。第117页，“数声欵乃”，“欵”为“欸”之误，应为“欸乃”，此词古诗文中甚多见。“欵”（即“款”），与“欸”字形近，而其义相去甚远。还有同页的“西冷吴子”某，“冷”为“泠”之误，况其下又有“西泠名流”语。以上所举之别字，或金埴先生偶有笔误，多数应为整理者因形近而误认。

《不下带编》据手稿整理出版，别无他本，读者得见者惟此本，所以万不可释错了字。笔者亦不得见作者手稿，但凭臆断耳，或有未确者，仅供参考。

# 贰 ◎

## 读诗偶得

# 关于《古诗十九首》之“秋草萋已绿”

《古诗十九首》中《东城高且长》一首，三四句为：“回风动地起，秋草萋已绿。”对“秋草萋已绿”的诠释，有影响者大体有以下几家：

隋树森先生《古诗十九首集释》（中华书局1955年版）引陈柱注释曰：“萋，通作凄。秋草凄已绿，则绿意已凄。其绿不可久矣。”

马茂元先生《古诗十九首探索》（作家出版社1957年版）释曰：“萋，通作凄。……萋已绿，犹言绿已萋，是说在秋风摇落之中，草的绿意已凄然向尽。”

余冠英先生《汉魏六朝诗选》（人民文学出版社1978年版）释曰：“萋，盛也。萋已绿，犹言萋且绿。”

《东城高且长》是因时序更换而感叹年华易逝，主张涤除烦忧、摆脱束缚以放情自娱。“秋草萋已绿”，隋、马二先生将“萋”释作“凄”，与全首诗意相谐，但将“萋已绿”倒置作“绿已萋”，似欠允当。这显然是诠释者为自圆其说而倒置之，恐非诗作者原意。余先生将“萋已绿”释作“萋且绿”，若单以此三字而论，自然并无不通，然联系全首来看，却与诗意相悖。大概余先生自已也觉得有悖全首之意，故又进一步释曰：“这时正是秋风初起，草木未衰，但变化即将来到的时候。”但总显牵强。况诗中紧接着云“岁暮一何速”，感叹岁暮来得太快，那么“秋草”之“秋”，怎么会是秋风初起之时呢？所以上述诸诠释，均难称剀切。

笔者前因整理《傅山全书》而寻检傅山所读书，曾得读傅山先生批点的《古诗十九首》。三百年前，傅山先生于该处批道：“此已字非从绿字起，却是从萋字来，谓凄然罢其绿矣。”傅山先生着眼于“已”字。此“已”不是“已经”之“已”，而为动词，意即止也、罢矣。“萋已绿”，是说凄然失去了绿色，指摇落肃杀之景。这样解释此三字，无论从字义或诗意检查，均无可非议。傅山先生之见，最为确当。

# 说陶渊明诗之“一去三十年”

陶渊明著名的《归园田居五首》之一有“误落尘网中，一去三十年”句。三十年，显然与陶渊明的经历不相符。中华书局出版的《陶渊明集》中，逯钦立先生注曰：“乃十年之夸词。十而称三十，古有其例。如《史记·匈奴传》：‘秦灭六国，而始皇使蒙恬将十万之众，北击胡。’《蒙恬传》则称：‘乃使蒙恬将三十万众，北伐戎狄。’可以作证。出仕十馀年，而夸言三十，极言其久。”逯注似未当，《史记》中“十”与“三十”，应为记载不相一致，而非“十而称三十”。

读陶诗，可以看出作者多以自然之语，实记其情，即如该组诗中的“开荒南野际，守拙归园田。……方宅十馀亩，草屋八九间”和“种豆南山下，草盛豆苗稀”之类，皆实记归隐之情。园田，为陶家古田舍，在南山下。另外如《连雨独饮》中的“自我抱兹独，僶俛四十年”，《游斜川》中的“开岁倏五十”，以及《还旧宅》中的“畴昔家上京，六载去还归”，都为实记其情。《责子》诗中，几个儿子甚至各为多大岁数，都以实记之。所以，陶诗“误落尘网中，一去三十年”的“三十年”，应为“十三年”之误。因为陶渊明初仕为“州祭酒”，为二十九岁，时在晋太元十八年（393 年），最后弃彭泽县令之职返里，在义熙元年（405 年），正好十三年，则陶诗该句原本应是“十三年”，后被讹误成“三十年”。

再说，“少无适俗韵，性本爱丘山”的陶渊明，“误落尘网”十三年，已经够长的了，断不会再用“三十年”来形容时间之长。

# “东皋子”之“东皋”辨

隋末唐初隐逸诗人王绩，号东皋子。对此“东皋子”，古今论者一致认为因地名而来，即王绩躬耕、隐居之地叫“东皋”。吕才《东皋子集序》、两《唐书》本传、《唐诗品汇》、《全唐诗话续编》、《全唐诗》、《全唐文》、《四库提要》等，或云躬耕东皋，或云归隐东皋，或云著书东皋，或云游东皋，都毫不怀疑地认为王绩故里有地名“东皋”。惟《唐诗纪事》与《唐才子传》未云“东皋”，只云王绩“自号东皋子”。中国社会科学院文学所《唐诗选》：“东皋，在今山西省河津县，作者隐居于此，因自号‘东皋子’。”山西人民出版社出版五卷本《王绩集校注》也持此说。古今各书所言略同，实则皆本王绩《自作墓志文并序》：“常耕东皋，号东皋子。”



光绪《山西通志·山泉考》引《河津县志》云：“黄颊山在县东北三十五里，即文中子、东皋子隐居之处。……东岩下有石城，城北石壁高四丈，中开一罅，相距尺许，有泉涌出，汇为池，下流即白牛溪也。上有永兴禅寺，为文中子授经地。由溪口折而东，有石楼，有文中子洞。洞北由佛殿陟石梯而上，又架木为梁，其西有王绩洞。峪外土壤广衍，或曰即东皋也。”所述甚详，使“东皋”竟有可确指之处。但皋乃水田、泽畔，山中之田不当称皋。且牛何得往来于石梯、木梁之上？《山西通志》所以如此附会，盖因王绩诗文中每言“北山”，《新唐书》本传、《全唐诗话续编》、《四库总目》皆云“北山东皋”。

王绩《答处士冯子华书》叙其归耕之地云：“吾河渚间，元有先人故田十五六顷，河水四绕，东西趣岸各数百步。……近复都庐弃家，独坐河渚。……孤住河渚，旁无四邻。”吕才《序》亦云：“君河中先有渚田十数顷，颇称良沃，……遂结庐河渚，纵意琴酒，庆吊礼绝，十有馀年。”由此知王绩归耕之地，不在黄颊山，而在河渚。

所以其《答程道士书》云："河中渚田，足供岁酿。"此河渚之田，可称为皋，但在其家之南，而不在东。不见其《游北山赋》云："独居南渚，时游北山。"《答刺史杜之松书》云："僻居南渚，时来北山。"南渚，不当称为"东皋"的。

再则，王绩《无心子并序》云："东皋子始仕，以醉懦罢。乡人或诮之，东皋子不屑也。"是其躬耕故里之前已号"东皋子"矣。

这便出现了问题：王绩故里，究竟有无东皋？王绩之号，究竟缘何而来？

其实，王绩之号，并非来自其躬耕、隐居之地名，而是用典。王绩故里并没有东皋之地，王绩因用典而以"东皋"称其归耕之地。

"东皋"之典，出于三国魏人阮籍《诣蒋公奏记》："方将耕于东皋之阳，输黍稷之馀税，以避当途者之路。"其后西晋潘岳《秋兴赋》即用之："耕东皋之沃壤兮，输黍稷之馀税。"东晋陶渊明著名的《归去来兮辞》亦用之："登东皋以舒啸，临清流而赋诗。"南朝齐孔稚珪《北山移文》："骋西山之逸议，驰东皋之素谒。"梁任昉《赠徐征君》："东皋有儒素，杳与荣名绝。"吴均《同柳吴兴乌亭集送柳舍人》："愿君嗣兰杜，时采东皋薇。"都指隐居不仕。

王绩弃官归里后，决心不再出仕，过起了隐士生活，故以"东皋"称其归耕之地，并以"东皋子"为号以明志。除《自作墓志文并序》外，《野望》诗云："薄暮东皋望，徙倚将何依？……相顾无相识，长歌怀采薇。"《秋夜喜遇姚处士义》："北场耘藿罢，东皋刈黍归。"均寓隐居之意。

王绩之后，诗人们更是多用此典，此与陶渊明、王绩两大隐逸诗人曾用此典不无关系。盛唐诗人王维诗中便多用"东皋"，《送友人归山歌二首》："忽山西兮夕阳，见东皋兮远村。"《酬诸公见过》："屏居蓝田，薄地躬耕。……晨往东皋，草露未晞。"《送六舅归陆浑》："悠哉不自竞，退耕东皋田。"《宿郑州》："主人东皋上，时稼绕茅屋。……虫思机杼鸣，雀喧禾黍熟。"《归辋川作》："东皋春草色，惆怅掩柴扉。"李白《赠崔秋浦三首》也云："东皋春事起，种黍早归田。"大历十才子之一钱起亦数用此典，《早渡伊川见旧邻作》："东皋满时稼，归客欣复业。"《登秦岭半岩遇雨》："且怜东皋上，黍色侵荆扉。"《晚归蓝田旧居》："云卷东皋下，归来省故蹊。"《题张蓝田讼堂》："稍觉渊明归思远，东皋月出片云还。"耿沛《春日即事二首》："数亩东皋宅，青春独屏居。"卢纶《送吉中孚校书归楚州旧山》云"东皋歧路多"，羊士谔《永宁里小园寄沈校书》云"东皋黍熟君应醉"，皮日休《晚秋吟》云"东皋烟雨归耕日"。凡用"东皋"之典者，多与"归"、"归耕"、"黍"、"屏居"等词语连用。由以上所举可知，唐时"东皋"已为常用之典。

唐以后的诗人，诗中亦多用"东皋"之典，不赘举。宋元以至明清，亦数有以"东皋"名集而如王绩者，如宋戴敏《东皋诗钞》、孙宗鉴《东皋杂录》，元马玉麟《东皋先生诗集》，明释妙声《东皋录》，清王曜升《东皋集》、董潮《东皋杂钞》。以"东皋"为号者更多，亦号"东皋子"者便有戴敏、陆淳、冯理、殷仲春、王潜之等。清代著名学者顾炎武《寄次耕》则极明确地写道："尝披秋兴篇，欲作东皋计。"



由上述可知，"东皋子"之"东皋"，并非来自王绩故里之地名，而是来自阮籍《诣蒋公奏记》。所谓"常耕东皋"、"东皋刈黍"，乃用典。后人不察，竟以为王绩故里真有地名曰"东皋"。《唐诗纪事》与《唐才子传》只云王绩"自号东皋子"而不云东皋之地，或计有功与辛文房已疑其用典。

此外，王绩诗文中多次提到"北山"，除上文所引外，《被征谢病》云："还言北山曲，更坐东河滨。"《游山赠仲长先生子光》云："试出南河曲，还起北山期。"《山中独坐自赠》云："幽人似不平，独坐北山楹。"古今论者都谓"北山"指王绩家乡北面的山，即吕梁山南端。《山西通志》与《王绩集校注》等书更实指为北山之某山。

其实，王绩所云"北山"，亦属用典。

"北山"典出南齐孔稚珪《北山移文》。汝南周颙先隐于钟山，后应诏出为海盐县令，欲返经钟山，孔氏便借山灵口气移之不许至。钟山在其郡之北，故云《北山移文》。同朝代人王融《寒晚敬和何征君点》即用以为典："早轻北山赋，晚爱东皋逸。"以"北山"与"东皋”相对，所和之何点，字子皙，当时著名隐士，时人号为“通隐”。其后梁吴均《酬别江主簿屯骑》：“我有北山志，留连为报恩。”又《迎柳吴兴道中》：“所言饱恩德，忘我北山萝。”唐代大诗人杜甫《秋野五首》亦云：“秋风吹几杖，不厌北山萝。”宋徐大正号北山学士，何基号北山先生，程俱、郑刚中，元郭畀、陈澔，皆号北山，明清亦数有人号北山。以“北山”名集者有《北山文集》、《北山小集》、《北山之什》、《北山樵唱》、《北山录》等，有数人之集均为《北山集》。

王绩喜在诗文中用“北山”一词，是因为“北山”已经成为隐居地之代称，这可以从其《游北山赋》得到证明。这篇长赋，洋洋数千言，并非叙其乡北面那座山的山水形势或山中景物，而通篇主要抒其隐逸之情，简直就是一篇隐逸宣言。

王绩诗文中每以“北山”指其隐逸之地，还可以从数用“青溪”一词得到印证。“青溪”亦为隐居地的代称（参本书《释杜甫诗中之“青溪”》），王绩用来指自己隐居之处，《夜还东溪中口号》：“青溪归路直，乘月夜歌还。”《题黄颊山壁》：“别有青溪道，斜亘碧岩限。”《题画嶂背》：“不应须对许，坐惯青溪中。”《游北山赋》：“碧峦之下，青溪之曲。”“东皋”、“北山”、“青溪”，王绩皆用来指自己隐居之处。

弄清“东皋子”之“东皋”以及“北山”为用典，纠正前人及当代学者之误，有助于真正读懂王绩诗文和了解王绩的隐逸思想。

# 说骆宾王诗中之“漳滨”

《骆临海集》卷一《在江南赠宋五之问》一诗，有句云：“秋江无绿芷，寒汀有白蘋。采之将何遗，故人漳水滨。”漳水滨，陈熙晋援引《说文》十一篇所云上党之浊漳、清漳为注，并云：“宋汾州人，故云。”傅璇琮先生《唐代诗人考略》（《文史》第八辑）辨宋之问籍贯，亦引此为据，云：“据陈熙晋笺注，说漳水有浊漳、清漳，浊漳出上党长子鹿谷山，东入清漳，清漳出沾山大要谷，北入河，皆在山西境。”因断定宋之问为汾州人。笔者以为，此注未当。

骆诗云“故人漳水滨”，陈注即谓宋之问在上党漳河边，并云因宋之问为汾州人，所以说他在漳水滨。若以现今省区而言，汾州与漳河同在山西境内，而唐时地域乃以州郡而言，汾州西河郡与潞州上党郡自非一郡，骆宾王因宋之问为汾州人而云其在“漳水滨”，殊不可解。汾州位于汾河之滨，因汾河而得名，且汾河较漳河大而更闻名，骆诗为何不云“汾水滨”而云“漳水滨”？

其实，骆诗乃用前人语，并非实指宋之问在漳水之滨。建安七子之一刘桢《赠五官中郎将》诗云：“余婴沉痼疾，窜身漳水滨。”叙其流落、病居他乡之苦，后世因以“漳滨”、“清漳”代称偃蹇、卧病之异乡。如白居易《病后喜除宾客》：“卧在漳滨满十旬，起为商皓伴三人。”此前居洛阳数月，“漳滨”指洛阳。许浑《下第有怀亲友》序曰：“余下第，寓居杜陵。”诗之尾联云：“无限别情多病后，杜陵寥落在漳滨。”此“漳滨”指杜陵之地。韦庄《婺州屏居蒙右省王拾遗车枉降访病中延候不得因成寄谢》：“三年流落卧漳滨，王粲思家拭泪频。”此“漳滨”指婺州。其他如李端《酬秘书元丞郊园卧疾见寄》：“闻说漳滨卧，题诗怨岁华。”权德舆《寓兴》：“风烟隔嵩丘，羸疾滞漳滨。”李商隐《梓州罢吟寄同舍》：“楚雨含情皆有托，漳滨卧病竟无憀。”温庭筠《感旧陈情五十韵献淮南李仆射》：

“稷下期方至，漳滨病未痊。”司空图《丁巳元日》：“羸带漳滨病，吟哀越客声。”薛涛《酬李校书》：“自顾漳滨多病后，空瞻逸翮舞青云。”李白《感时留别从兄徐王延年从弟延陵》：“伏枕寄宾馆，宛同清漳湄。”许浑《病间寄郡中文士》：“庐橘含花处处香，老人依旧卧清漳。”李商隐《崇让宅东亭醉后沔然有作》与《夜饮》两诗皆有“淹卧剧清漳”句，均指卧病或失意滞留之地。杜甫《哭李尚书》：“漳滨与蒿里，逝水竟同年。”司空曙《哭王注》：“已叹漳滨卧，何言驻隙难。”则指病而死。骆宾王除赠宋之问诗用到“漳滨”外，赠其他人诗亦用“漳滨”，如其集中《夏日游德州赠高四》：“牙弦忘道术，漳滨恣闲逸。”此“漳滨”指德州。

有时因平仄需要，“漳滨”、“清漳”又作“漳浦”，如白居易《梦微之》：“漳浦老身三度病，咸阳宿草八回秋。”罗隐《寄杨秘书》：“漳浦病来情转薄，赤城吟苦意何如。”李商隐《病中闻河东公乐营置酒口占寄上》：“可怜漳浦卧，愁绪独如麻。”又有作“漳水”者，如杜甫《故秘书少监武公源明》：“尚缠漳水疾，永负蒿里钱。”元稹《远望》：“仲宣无限思乡泪，漳水东流碧玉波。”



陈熙晋不识“漳滨”为用典，因《新唐书》本传云宋之问为汾州人，又潞州适有清漳、浊漳，便引之以为注，显然失当。傅璇琮先生亦不当引陈注以证宋之问为汾州人。

又，清钱谦益《短歌送林铨之吴门》之诗，有“昨夜邮中传片纸，清漳孤臣幸不死”句，“清漳”语承前之“经年卧病虞山头”，亦属用典。其族孙钱曾笺注该诗，引《北山经》及郭璞注，云：“清漳出少山大绳谷，至武安县南暴宫邑，入于浊漳。”（见钱仲联标校、上海古籍出版社出版《牧斋初学集》）亦未当，应引刘桢诗。

# “四杰”之称及杨炯初入蜀时间

祝尚书《杨炯初入蜀年考》（《中华文史论丛》1984年第4期），因《朝野佥载》云卢照邻“后为益州新都尉，秩满，婆娑于蜀中，放旷诗酒，故世称‘王杨卢骆’”，定为王杨卢骆“四杰曾经同时在蜀”。又考杨炯《梓州惠义寺重阁铭》开头“大辰之岁，正阳之月”为卯年四月，进而定杨炯丁卯年（乾封二年，667年）曾经在蜀。窃以为此论未当。

祝文所据，主要为“大辰之岁，正阳之月”。而杨炯《铭》开头此二句，并非记己观重阁之时，乃云窦竞与释智海之建佛寺也。《铭》云：“大辰之岁，正阳之月，有郪县宰扶风窦竞，字思眘，昭宣令德，光阐化猷，庶政惟和，万人以理。闲庭不扰，退食自公，远览形势，虔心净域。乃与禅师释智海忘言契道，寓目于长平之山，援飞茎，陟峭崿，削成千仞，壁立万寻。”显而易见，非记作者之游长平山重阁，而是追述县宰窦竞与释智海始议修建重阁或开始修建重阁。《铭》系重阁已成，作者到其地游观之后而作。祝文不当将开头八字定为杨炯在蜀之时。

至于《朝野佥载》所云“王杨卢骆”，是说卢照邻离官开始文人生涯、放旷诗酒后，以文章擅于一时，与王、杨、骆共称“四杰”。四杰，并非谓蜀中四杰，而谓文坛四杰，即《旧唐书·杨炯传》所云：“炯与王勃、卢照邻、骆宾王以文词齐名，海内称为‘王杨卢骆’，亦号为‘四杰’。”

此外，骆宾王乾封二年闲居齐、鲁，并不在蜀，详杨柳、骆祥发《骆宾王简谱》。还有，卢照邻拜新都尉，在总章二年（669年），傅璇琮《卢照邻杨炯简谱》与刘真伦《卢照邻年谱》皆辨之较详，不赘述。那么乾封二年何得“秩满，婆娑于蜀中”？再则，咸亨初，杨炯、卢照邻自蜀抵长安参选时，曾拜见裴行俭，其时四人次序之“王杨卢骆”尚未形成，张说《赠太尉裴公神道碑》称为“骆宾王、卢照邻、王勃、杨炯”。李昉《太平广记》亦记其事：“咸亨二年（671 年），有杨炯、王勃、卢照邻、骆宾王并以文章见称，吏部侍郎李敬玄盛为延誉，引以示裴行俭。”可见，形成“王杨卢骆”的固定说法，乃是此以后事，祝文不当云为乾封二年事。

综上所述，可知四杰指文章四杰，绝非蜀中四杰，不得谓四人必定同时在蜀，更不得谓杨炯乾封二年即已在蜀。杨炯初入蜀时间，应以傅璇琮《卢照邻杨炯简谱》为是，即垂拱元年（685 年）秋冬，坐从父弟神让累，出为梓州司法参军。

# 说宋之问诗的“近乡情更怯”

唐诗中有一首被人们广为传诵的《渡汉江》：“岭外音书断，经冬复历春。近乡情更怯，不敢问来人。”此诗为宋之问之作，堪称佳作。有的选本（如《唐诗三百首》、《唐宋诗举要》）作李频诗，是错的。李频未在岭外任职，且其家乡为睦州寿昌（今浙江建德），从岭南归寿昌，连长江都不过，怎么会“渡汉江”呢。汉江离寿昌一千数百里，绝无“近乡”可言。宋之问久居洛阳，曾两度被贬岭南，此诗为他从岭南北归近洛阳时所作。

《渡汉江》诗，许多选本都选入了，对于“近乡情更怯，不敢问来人”两句，各注本均解释为，反映了游子将要到家时的一种忐忑心理，担心家里发生了什么事。其实，这样的解释是错的，是不了解这首诗的写作背景所致。诗人“近乡情更怯”，不是担心家里发生了什么事，而有着更重要的原因。《新唐书》本传云，宋之问两次被贬岭南，“常忧死别”、“实冀生还”。第一次是“逃归洛阳”，第二次便没能回来，被皇上“赐死桂州”，那么《渡汉江》必是逃归时所作。违背皇上旨意而逃归，自然是罪上加罪，便难免提心吊胆。并且他要逃归的东都洛阳，是他的政敌仍在掌权的地方，他的那些对头知道他“逃归”，能放过他吗？“近乡情更怯”，“怯”在这里也。“不敢问来人”，并不是怕听到家里的什么坏消息，而是怕被人认出，再遭不幸。所以他逃归洛阳后，不敢露面，只好“匿张仲之家”。后来的事实是，他真的再遭打击，又贬岭南，且被赐死。

了解了宋之问写这首诗的背景，便不难理解“近乡情更怯，不敢问来人”的真正含义，从而体会到诗人极度惊恐的心理。

# 关于李白诗中之“安西”

李白《江西送友人之罗浮》诗中有“乡关眇安西，流浪将何之”语，一些论者即以此为据，说李白自称其“乡关”在“安西”，因而断定李白出生地在中亚碎叶。李白出生地，是一个颇有争议的问题，本文不拟对此作探讨，只是欲说明，我们细读李白这首诗，可以发现，作者并未自称其乡关在安西。“乡关眇安西”，是对将赴罗浮的友人而言。

李白全诗为：

桂水分五岭，衡山朝九嶷。乡关眇安西，流浪将何之？素色愁明湖，秋渚晦寒姿。畴昔紫芳意，已过黄发期。君王纵疏散，云壑借巢夷。尔去之罗浮，我还憩峨眉。中阔道万里，霞月遥相思。如寻楚狂子，琼树有芳枝。



这首诗，缪本题下注有“南昌”二字。詹锳《李白诗文系年》系此诗于乾元三年（即上元元年，760年），云是李白流放夜郎途中遇赦而还后，寓居豫章作，当可信。诗开头以山水各有所朝归起兴，感叹地问：不归远在安西的家乡，却要流浪到什么地方去？诗题为“送友人之罗浮”，则此问应为问友，而非自问。我们来看下面的诗句。“畴昔紫芳意”，紫芳即紫芝，紫芳意，指隐居之愿。李白虽性格复杂，志向颇多，但他早年最大最主要并且长期追求、始终不渝的志愿是做宰相：“申管、晏之谈，谋帝王之术，奋其智能，愿为辅弼，使寰区大定，海县清一。”（《代寿山答孟少府移文书》）至于隐居，是功成名就后再退隐，即“事君之道成，荣亲之义毕，然后与陶朱、留侯浮五湖、戏沧州”（同上）。所以，“畴昔紫芳意”，非指作者自己，而指将赴罗浮之友人。“已过黄发期”，李白此时已六十岁，想其友人亦至暮年，故云。这两句说：你早年就怀隐居之志，如何老了尚未得隐。“君王纵疏散，云壑借巢夷。”巢夷，巢父和伯夷，指高隐者，有人以李白供奉翰林时玄宗赐金放还事释此，未当。赐金放还，在天宝三年（744年），而作此诗时，已至乾元三年，“君王”已非玄宗，而为肃宗。更重要的是，此前李白因从永王璘反而获罪于肃宗，本当诛，后经人营救，免死，长流夜郎，乾元二年，即作此诗的前一年，幸遇赦，始得还。作者决不会无视新近之遭遇而去写十六年前被玄宗放还之旧事。况且，罪囚被赦，怎谈得上“纵疏散”呢？再则，刚被赦免之囚，怎好自称“巢夷”呢？显然，“君王纵疏散，云壑借巢夷”，非自指，而指友人，承上两句，说友人如今终得遂其隐退之初衷。所以以下紧接着说“尔去之罗浮”。《太平御览》引《罗浮山记》云：“旧说罗浮高三千丈，长八百里，有七十二石室，七十二长溪，神湖神禽，玉树朱草。”此等云壑，真乃仙境，正合高士隐处。可见“之罗浮”是承上“紫芳意”、“借巢夷”而言。以“尔去”收住以上言友，引出“我还憩峨眉”，“我还”始说到自己，言别后两人相互之思念。楚狂子，作者自谓也。《列仙传》云楚狂接舆好养生，食橐卢、木实及芜菁子，游诸名山，曾久住峨眉。此时作者有暂憩峨眉山之意，故以接舆自比，说峨眉有琼枝可食。这样，从诗的内容条理上看，是极为顺当的。若“乡关眇安西”及“君王纵疏散”系作者自指，则不当接着云“尔去”，而后又言自己欲去峨眉。并且，退而言之，设使“尔去”之前系写作者自己，则全诗只写自己，何得题为“送友人之罗浮”呢？

所以，笔者认为，李白诗中“乡关眇安西，流浪将何之”是对友人而言，非作者自谓。

# 释杜甫诗中之“青溪”

杜甫《答杨梓州》诗云：“却向青溪不相见，回船因载阿戎游。”对于“青溪”，诸家多不注，惟《九家集注》中赵彦材注云：“青溪，应地名偶同。不然指水之青碧为青溪，若绿水白水之义。”又杜甫《赠李八秘书别三十韵》诗云：“莫话青溪发，萧萧白映梳。”赵氏又注云：“青溪言水之色青尔。”青溪，古水名，在金陵（今江苏南京市），通玄武湖，南入秦淮。又荆州临沮（今湖北远安县）亦有青溪，因源出青山而得名。但杜甫二诗均作于蜀，蜀地有浣花溪而无青溪，故赵氏以颜色释之。赵注未当，杜诗之“青溪”，系用前人语。

《南史·刘瓛传》：“（瓛）住在檀桥，瓦屋数间，上皆穿漏，学徒敬慕，不敢指斥，呼为青溪焉。”刘瓛为南齐大儒，授官而不受，隐于檀桥，聚徒授业，因而被弟子称为“青溪”。所隐之地，当为金陵之青溪。后人因以“青溪”为典，用以代指隐逸之处，唐代诗人已多用之。王绩为隋唐之际著名隐士，所隐之地，即其兄隋末大儒王通聚徒授业之白牛溪。白牛溪又名“东溪”，而王绩却数以“青溪”称之。其《游北山赋》云：“碧峦之下，青溪之曲，……信兹山之奥域，昔吾兄之所止。”《答处士冯子华书》称王通门人为“青溪诸贤”。诗中更云：“青溪归路直，乘月夜歌还”（《夜还东溪》）、“别有青溪道，斜亘碧岩隈”（《黄颊山》）、“不应须对许，坐惯青溪中”（《题画幛背》）。初唐四杰之王勃《秋晚入洛于毕公宅别道王宴序》：“青溪数曲，幽人长往。”骆宾王《夏日游德州赠高四》：“白云离望处，青溪隐路赊。”卢照邻亦数用此典，《山庄休沐》云：“田家自有乐，谁肯谢青溪？”《过东山谷口》云：“多谢青溪客，去去赤松游。”刘长卿《夜宴洛阳程九主簿宅送杨三山人往天台寻智者禅师隐居》云：“顷辞青溪隐，来访赤县仙。”钱起《酬川雪后送僧粲临还京时避世卧疾》：“连步青溪几万重，有时共立在孤峰。”最有力的证据，应是杜甫《自瀼西荆扉且移居东屯茅屋四首》之“东屯复瀼西，一种住青溪”，将瀼西与东屯，均称作“青溪”。有的诗人则明显将“青溪”与著名隐逸之地连用，如王维《桃源行》：“行尽青溪人不见，……青溪几度到云林。”张旭《桃花矶》：“桃花尽日随流水，洞在青溪何处边？”许浑《泛溪》：“疑与武陵通，青溪碧障中。”此类例子，唐人诗中还可举出不少，宋元诗中亦不乏其例。“青溪”已为通用之典。其后更有人以“青溪”为号，如青溪野史、青溪居士、青溪先生等。

杜甫之诗，字词多有来历，《答杨梓州》之“青溪”，也属用典，当是借之指眼前之水。

杜诗中之“青溪”，所以不被历代注家认为是用典，显然是因为人们一般不将隐逸思想与杜甫联系起来的缘故。杜甫历来被认为是积极投身报效朝廷以建功名者，不曾有归隐思想。其实，杜甫晚年也曾消极、颓废过的。

杜甫渴望建立功业，“自谓颇挺出，立登要路津。致君尧舜上，再使风俗淳”（《奉赠韦左丞丈二十二韵》），乃是青年时代的事，但四十岁前后的长安十年，使他的理想大受打击。现实始终不给他施展抱负、建立功业的机会。仕途失意，乃至生活困顿，迫使其思想发生变化，志气昂扬，变为失望悲愤，于是便有了“儒术于我何有哉？孔丘盗跖俱尘埃。不须闻此意惨怆，生前相遇且衔杯”（《醉时歌》）、“自断此生休问天，杜曲幸有桑麻田”（《曲江三章》）的不平之鸣和怨愤之辞，甚至喊出了“但使残年饱吃饭，只愿无事常相见”（《病后过王倚饮赠歌》）这样的悲哀之语。尤其安史之乱，使朝廷处于风雨飘摇之中，杜甫本人也成了流离失所的难民，虽有过短暂的安宁，但绝大部分时间是穷愁潦倒，有时竟至穷到拾橡栗、挖黄独充饥的地步。这时的诗人，哪里还谈得上建立功业？即使旧志尚存，也只好默默地埋于心底，哪还好意思说出口呢？经过无情的风雨和可悲的坎坷后，杜甫终于将落魄江湖的自己视同遁迹林泉的隐者了，自称“飘零已是沧浪客”（《惜别行送向卿进奉端午御衣之上都》），是很自然的。而其《答杨梓州》与《赠李八秘书别》正是五十岁以后流寓蜀中之作，因而以“青溪”入诗，指失意隐沦之处，至少也是一种辛酸的自嘲和无可奈何的感叹。因此，不能以地名或水色来释此二诗中之“青溪”。

可惜到了后世，人们竟连“青溪”为典也不知了。王维《青溪》一诗，开头两句为：“言入黄花川，每逐青溪水。”赵殿成注引《通典》与《方舆胜览》，云凤州有黄花川，而亦不释“青溪”，因该地无青溪故也。其实，王维此诗亦是因斯水可隐，而以“青溪”称之。全诗皆言该处山水之好，结末更直言“请留磐石上，垂钓将已矣”，意思已很明显了。李白《宣城青溪》有句为“青溪胜桐庐，水木有佳色”，桐庐为著名隐士严光隐逸之处，此二句意思也很明显，可惜王琦本不但将“青溪”作“清溪”，而且以曾属宣城的池州秋浦县北之水为注，殊牵强。著名注家赵殿成、王琦尚且不解，馀者可知矣。观今人整理前人诗集，有妄改“青溪”为“清溪”者，或云“‘青’一作‘清’”，皆不读诗之过也。

# 说杜诗“几时杯重把”之“重”字

杜甫《奉济驿重送严公四韵》诗之颔联“几时杯重把，昨夜月同行”，叹后会无期，往事难再，允为名句。对于“重”字，仇兆鳌注云：“义从平声，读从去声。”这种注法，在《杜诗详注》中还有一些，如《有叹》诗之尾联“武德开元际，苍生岂重攀”，“重”字下注曰：“义从平声，读协去声。”《王竟携酒高亦同过》之“故人能领客，携酒重相看”与《寒雨朝行视园树》之“林香出实垂将尽，叶蒂辞枝不重苏”，“重”下皆注曰：“义从平声，读用去声。”仇氏如此注，是认为句中之“重”字，应取平声之义，而平声却不合律，于是要读者取平声字之义而读作去声。

以仇氏之注，老杜诗中之“重’字于平仄不合，也就用了，所以只好读时采取读为他音之法以补救。此“读用去声”，亦有人以之为作诗之一法，故今世屡有诗人诗中有不合律之字时便采用此法，在该字下注明“读作某声”。

仇兆鳌之注未当，以下略为说之。

重，《说文》作平声，所以段玉裁注曰：“古只平声，无去声。”后来有平、上、去三读，见《广韵》、《集韵》等，《佩文韵府》分属二冬、二肿、二宋。《广韵》：去声，柱用切，“更为也。”《集韵》：去声，储用切，“再也”。可知古时“重”字取“重又”、“再也”之义时，本有去声之读音。杜甫“几时杯重把，昨夜月同行”、“武德开元际，苍生岂重攀”、“故人能领客，携酒重相看”等句之“重”字，义为“再也”，读即该义之去声，并未义与读音不符。此外，这种情况，唐人诗中多见之，如李白“拔剑击前柱，悲歌难重论”（《南奔书怀》）、张祜“扁舟亭下驻烟波，十五年游重此过”（《题于越亭》）、贾岛“僻寺多高树，凉天忆重游”（《寄无可上人》）、罗隐“当年不得尽一醉，别梦有时还重游”（《忆夏口》）及无名氏

“苕水思曾泛，矶山忆重经”等句，重，均读去声。

是仇兆鳌未注意到去声“重”字“再也”之义，而以为老杜诗中义与读音不符，因而有“读用去声”之类注。今知此类注可不必。若要注，当只注“去声”即可。又，杜诗《奉赠鲜于京兆二十韵》“天高难重陈”之“重”字，仇氏未注。此处“重”字，亦应读去声。

# 说杜诗“莫厌伤多酒入唇”之“伤”字

杜甫《曲江二首》为名作，对于“莫厌伤多酒入唇”一句，仇兆鳌《杜诗详注》注曰：“伤多，伤于酒也。”此释有误，故略为一说。

伤酒，指饮酒过多、醉而伤身。如果该句“伤”作伤酒解，或作伤酒之“伤”，皆为动词名性化，则“伤多”与上句之“欲尽”便不对仗了。其实，该句之“伤”，应为“过”、“太”、“甚”之类意思。吾乡河东（山西南部，与陕西、河南毗邻），尚保留许多古音和古词汇。河东方言中，至今“伤”仍有“过”、“太”、“甚”及“嫌”之意，如“伤大了”、“伤少了”以及常说的反语“（你）伤好了”。对河东方言颇有研究的语言学家王雪樵先生，在《河东方言语词辑考》一书中，对“伤”即有“过分”、“太”、“甚”以及“失之于太……”之释义。宋时河东司马光《与王乐道书》即云：“饮食不惟禁止生冷，亦不可伤饱，亦不可伤饥。”《南史·何逊传》论诗有“质则过儒，丽则伤俗”语，是知“伤”之此义并不限于河东。

唐诗中已多有其例。《河东方言语词辑考》引李商隐《俳谐》诗中的“柳讶眉伤浅，桃猜粉太轻”和齐己《野鸭》诗中的“长生缘甚瘦，近死为伤肥”为证。“伤”与“太”、“甚”相对，互文见义。李商隐“柳讶眉伤浅”，《全唐诗》作“柳讶眉双浅”，或后人不解“伤”字之义以为有误而为妄改也。李商隐《木兰》又曾用“伤”此义：“弄粉知伤重，调红或有馀。”齐己《江寺春残寄幕中知己二首》又有“秋加玉露何伤白，夜醉金缸不那红”句。此外，张九龄《酬王履震游园林见贻》有“江上行伤远，林间偶避喧”句，便是说江上远了点，而来园林间。徐夤《依御史温飞卿华清宫二十二韵》亦有“风态伤红艳，鸾舆缓紫骝”句。值得注意的是，杜甫《雨》中之“前雨伤卒暴，今雨喜容易”，伤，即“过”意。据此可知，杜甫《曲江二首》的“伤多”，指过多、过量（的酒）。如是，则“伤多”对“欲尽”，乃工。“莫厌伤多酒入唇”，是说春花欲谢，尽可以开怀畅饮，不要担心酒饮得过多，而不是说多次醉酒伤身也不要紧。据此亦可知，老杜和唐代其他诗人，曾以俗语、口语入诗。

# 关于"令弟"的用法

清代学者赵翼《陔馀丛考》卷三十七考证古人对"令弟"一词的用法时，云："杜工部诗'令弟草中来，苍然请论事'，是又自称其弟曰'令弟'也。"现今一些辞书与文章即据赵翼语云"令弟"亦可称自己的弟弟。其实，赵语未确，至少其言失之过简。

按，"令"乃敬辞，一般用于对他人亲属之尊称，如令尊、令堂、令郎、令爱等。对于自己的弟弟，不必客气地冠以"令"字。所以客气地尊称为"令弟"者，犹今之所云"弟台"，称从弟、族弟或年龄小于自己的同乡，而非胞弟。赵翼所举杜诗，题为《送从弟亚赴安西判官》，乃对从弟之称。此同南朝谢灵运《酬从弟惠连》之"末路值令弟，开颜披心胸"。



唐人诗中，如此称谓还可举出一些。如杜甫又在《乘雨入行军六弟宅》中云："令弟雄军佐，凡才污省郎。"六弟者，其从弟杜位也，时为江陵行军司马。李嘉《送从弟归河朔》云："故乡何可到，令弟独能归。"李白《赠别舍人弟台卿之江南》："令弟经济士，谪居我何伤。"此台卿，王琦疑为永王璘之谋主李台卿，未知确否，然总非李白胞弟。杜甫又尝称乡弟为"令弟"，如《季夏送乡弟韶陪黄门从叔朝谒》："令弟尚为苍水使，名家莫出杜陵人。"

可见，古人除以"令弟"尊称别人之弟外，也用以尊称己之从弟、族弟、乡弟等，而对于胞弟，是不称"令弟"的。

# 王维“山东兄弟”之“山东”

关于王维的籍里，《旧唐书》本传云其为“太原祁人”，《唐才子传》云其为“太原人”，乃就其郡望而言。王维胞弟王缙，官至宰相，《新唐书》本传云其为“太原祁人”。王维祖籍太原祁县，当无异议。至于王维实际籍里，即其家在何处，尚存疑义。王维集中著名之作《九月九日忆山东兄弟》一诗，题下自注：“时年十七。”该诗系作者重阳日在异乡思念家中诸兄弟而作，题中所云之“山东”，当其故乡，即其十七岁出游时弟妹们所居之处，王维少年时代当亦居住在那里的。

对于“山东兄弟”之“山东”，一般都以为指华山以东之蒲（今山西永济一带），依据是《旧唐书》本传云王维“徙家于蒲，遂为河东人”。姚奠中先生《唐诗札记》（《文学遗产》1986年2期，本文所引姚语，均见该文）对此持异议，认为王诗所云“山东”，非华山以东，而为“函谷关以东”，并考证云：“王维家居嵩山之阳、颍水之北的东溪边上，在今河南登封县东北，是确凿无疑的。”姚文断定王维家居登封东北之东溪，乃举王维诗句“迢递嵩山下，归来且闭关”（《归嵩山作》）、“无才不敢累明时，思向东溪守故篱”（《早秋山中作》）、“春风何豫人，令我思东溪”（《座上走笔赠薛据慕容损》）三例为证。王维确曾居过嵩下，但姚文不能证明嵩下为王维少年时期之所居，便指其地为王维家乡，似难令人信服。而况王维居住过的地方很多，怎能独指嵩下为其故乡？再者，《早秋山中作》又云：“不厌尚平婚嫁早，却嫌陶令去官迟”、“寂寞柴门人不到，空林独与白云期。”用尚子平敕断家事永不复问与陶渊明弃官归隐之典，且云“独与白云期”，该诗分明叙其离官独隐之状，所以不当云其家在嵩下，更不当将嵩下指为王维十七岁时兄弟们九月九日插茱萸以登高的故乡。

那么王维少年时期居于何处呢？王维《偶然作六首》之三云："日夕见太行，沉吟未能去。问君何以然？世网婴我故。小妹日成长，兄弟未有娶……几回欲奋飞，踟蹰复相顾。孙登长啸台，松竹有遗处……忽乎吾将行，宁俟岁云暮。"弟妹尚幼，自己欲外出而不忍，但又不甘于守在家中，决计"将行"。此诗为王维未出仕时所作，亦即十七岁之前在故里作。诗中云"日夕见太行"，则"山东"之"山"，当为太行山。古人所云"山东"，亦多指太行山以东。"孙登长啸台"，赵殿成注引《太平寰宇记》与《大清一统志》，云在太行山脉以西之河内地区。王维少年时期所居距长啸台不远，当亦在河内地区，即今河南省黄河以北地区。

从王维其他诗中亦可看出其家在河内，且更道出具体地点。《杂诗三首》之一云："家住孟津河，门对孟津口。"明言其家在孟津附近。《寄河上段十六》云："与君相见即相亲，闻道君家在孟津。"因见同乡而相亲。孟津，黄河古渡，即周武王大会诸侯之盟津，在今河南省孟县西南、孟津县东北，唐时属怀州河阳县，在河阳南。孟津河，指孟津一段黄河。又《淇上田园即事》诗首句云："屏居淇水上，东野旷无山。"既有田园，当为家之所在。此淇水当非源出林虑县西大号山之淇水，而为《隋书·地理志》所云济源县之淇水，即《水经注》所云之湨水。"淇"、"湨"同。济源在河阳北，淇水南流经河阳入河，当在孟津一带，则此"淇上"，与孟津地望亦合。"东野旷无山"，正记其地西有太行、东面无山之地理。又《渡河到清河作》诗结尾云："回瞻旧乡国，淼漫连云霞。"此"旧乡国"，谓孟津则可，若谓嵩下，不当云"淼漫"。若谓蒲州，蒲州向清河，不当云"渡河"。

此外，葛晓音先生《王维前期事迹新探》（《晋阳学刊》1992年4期）尝以王维诗中所云"金谷"、"竹林"等地名考证云："王维少年时期隐居之处在洛阳东北的郊县。"少年何谈隐居，葛氏所考，当为王维家之所在，其地正在河内，金谷在河阳县。

河内，从行政区划讲，属河北道。就地理位置而言，处黄河中部、河水之东，与因亦处黄河中部、河水之东而得名的河中府（河东郡）毗连，因而易因疏忽而致误。《旧唐书》撰者便可能因粗疏而将王维错作蒲州河东郡人。《新唐书》撰者已知其误，故摒而不用，但又未能详考出其家所在，便较为审慎地将王维籍里付阙。《旧唐书》云王缙为“河中人”，《新唐书》便模棱因之，云其“后客河中”。此“河中”二字，《旧唐书》指何而言，不得而知，《新唐书》则非指河中府（河东郡），当指黄河中部地区，即河内地区。

唐人所著《大唐传载》尝称王维为“王河南维”。王维未官河南府或河南县，故此“王河南”非以官秩称，而以籍里称。孟津一带，唐初属怀州河内郡，高宗显庆二年（657年）改属河南府。《大唐传载》称王维为“王河南”，当因其为孟津一带人而称之。

据上所述，可知王维诗中之“山东”，指太行山以东，其家在河内孟津一带。

# 王维诗中之“东溪”

前文已辨姚奠中先生文所云王维故乡在嵩下之非，关于王维《早秋山中作》与《座上走笔赠薛据慕容损》中之“东溪”，还须一辨。

姚先生因王维二诗中有“东溪”语，便以东溪为其故里，并确指其家在“嵩山之阳、颍水之北的东溪边上”，即《水经注》所云五渡水“导源嵩高县北太室东溪”之东溪边上。其实，王维并非说其家在东溪，“东溪”，乃属用典。

隋末大儒文中子王通与其弟王绩，俱隐于故乡龙门黄颊山。光绪十八年（1892年）修《山西通志·山泉考》引《河津县志》曰：“黄颊山，在县东北三十五里，即文中子、东皋子隐居之处。……东岩下有石城，城北石壁高四丈，中开一罅，相距尺许，有泉涌出，汇为池，下流即白牛溪也。上有永兴禅寺，为文中子授经地。由溪口折而东，有石楼，有文中子洞。洞北由佛殿陟石梯而上，又架木为梁，其西有王绩洞。”王绩《游北山赋》：“碧峦之下，青溪之曲……洞里窥书，岩边对局……白牛溪里，岗峦四峙。信兹山之奥域，昔吾兄之所止。”自注云：“吾兄通，字仲淹，生于隋末，守道不仕。大业中隐于此溪，续孔子六经近百馀卷。门人弟子，相趋成市，故溪今号王孔子之溪也。”又王绩《黄颊山》诗云：“别有青溪道，斜亘碧岩隈。”《夜还东溪》诗云：“青溪归路直，乘月夜歌还。”《山中别李处士》诗云：“为向东溪道，人来路渐赊。”是白牛溪又名“东溪”，同时又被称作“青溪”、“王孔子溪”。王氏兄弟二人俱为著名隐逸之人，世所钦仰的儒者与诗人，所以唐代诗人即多喜用“东溪”一词，或用以代指故里与隐居地，或因其地东面正好有水而称之为“东溪”。如李颀《裴尹东溪别业》：“始知物外情，簪绂同刍狗。”崔曙《颍阳东溪怀古》：“昔时让王者，此地闭柴关。”李白《送杨山人归嵩山》：“长留一片月，挂在东溪松。”《题东溪公幽居》：“杜陵贤人清且瘦，东溪卜筑岁将淹。”岑参《南池夜宿思王屋青萝旧斋》：“安得还旧山，东溪垂钓纶。”《太白东溪张老舍即事寄舍弟侄等》：“主人东溪老，两耳生长毫。”钱起《同严逸人东溪泛舟》：“子陵江海心，高迹此间放。”其下又有“垂纶”、“贞逸”、“方外游”等语。耿沣《夏日寄东溪隐者》：“惆怅多尘累，无由访钓翁。”《登鹳雀楼》：“终年不得意，空觉负东溪。”《春日题苗发竹亭》：“犹忆东溪里，雷云掩故扉。”于鹄《山中寄樊仆射》：“却忆东溪日，同年事鲁儒。”卢纶《落第后归终南别业》：“不及东溪月，渔翁夜往还。”卢象《家叔征君东溪草堂二首》：“水深严子钓，松挂巢父衣。”皎然《杼山禅居寄东溪吴处士冯》：“青云何润泽，下有贤人隐。”方干《东溪言事寄于丹》：“惟君壮心在，应笑卧沧洲。”岑参又有《宿东溪王屋李隐者》诗，方干又有《东溪别业寄吉州段郎中》诗，王建有《雨中寄东溪韦处士》诗，白居易之《东涧种柳》诗，诗中将“东涧”改称“东溪”：“不种东溪柳，端坐欲何为？”以上“东溪”，皆谓隐居之处，所以多与“物外”、“方外”、“旧山”、“故扉”、“别业”、“处士”、“渔”、“钓”等词语连用。王维《东溪玩月》更是通首写隐逸之情。唐之后诗文中用“东溪”之典者更多，兹不赘举。后世更有以“东溪”为号、以“东溪”名其书者，如甘泳、黄亢、高登、谢常、姜立刚、沈英、樊曙江等人皆号“东溪”，《东溪集》、《东溪稿》、《东溪蔓语》、《东溪日谈录》、《东溪草堂词》等书皆以“东溪”为名。



因此，不能因王维诗中有“东溪”语，便以“东溪”为其故里，更不当指嵩山太室东溪为王维故里。

# 说薛据《早发上东门》

在盛唐诗坛上，薛据是一位颇有名气的诗人，与王维、杜甫为好友，杜甫尝撷其句入诗，并盛称其为诗坛“盖代手”（《寄薛三郎中》）。惜薛据诗作流传下来的极少，故不为后世所重。

薛据里籍，两《唐书》无载，《唐才子传》云其为荆南（今湖北恩施、湖南常德一带）人，《唐诗纪事》云其为河中宝鼎（今晋南万荣县之宝鼎、荣河一带）人。一为长江之南，一为黄河之北，今人马茂元、储仲君诸先生已有辨，倾向于宝鼎说。按薛据有《早发上东门》诗（《全唐诗》卷二百五十三），《河岳英灵集》题作《落第后口号》，此诗可证明其为宝鼎人。薛氏诗云：“十五能文西入秦，三十无家作路人。”宝鼎在黄河东岸，对岸即陕西，其地有芝川古渡，由芝川可达成阳，故云“西入秦”。“上东门”，或失意而东归也。若其为荆南人，当云“北入秦”。《唐才子传》云薛据为荆南人，想是因其曾客居该地而致误。杜甫《别崔潩因寄薛据孟云卿》云：“荆州过薛孟，为报欲论诗。”《寄薛三郎中》云：“子尚客荆州，我亦滞江滨。”可知薛据曾客居荆南。

上文所举《早发上东门》，《全唐诗》卷一百三十五又作綦毋潜诗。按此诗非綦毋潜诗。綦毋潜为荆南人，离家之秦，当云“北入秦”，怎能云“西入秦”？且按律该句第五字应仄，“北”字较“西”字更当。再者该诗有“时命不将明主合”句，与薛据“丈夫何不遇”（《怀哉行》）、“道在君不举，功成叹何及”（《古兴》）句意同，从该诗之怨望意亦知为薛据诗。陈铁民先生于《唐才子传校笺》中云该诗为綦毋潜诗，并据以推测其生年，未当。

# 说大漠落日

香港《大公报》“艺林”副刊第1022期有刘逸生先生文，说唐代著名诗人岑参边塞诗《武威送刘丹判官赴安西行营使呈高开府》中“天穷超夕阳”一句，是说：“在天空的尽头，下山的太阳应是要再向下落的，可是太阳没有向下落，这就像天的尽头更超出夕阳之外。”“这是太阳不下山的另一种写法。”因此断言：“这是我国诗人第一次写出塞北地区日不落的奇景。”

刘先生之说未当，本人乙亥夏曾有河西之行，亲见大漠落日之景，于岑诗有真切的理解，所以略为辩之。

“天穷超夕阳”，从字面看，并看不出“太阳没有向下落”的意思。夕阳，即落日，若真是“无落日”、“日不落”，那就不当成称为“夕阳”了。刘先生引法国人弗拉马利翁的《大众天文学》以说明地球北部有些地方夏天无落日，即我们通常所说的白夜现象。但该书分明说的是在北纬66.3度的地方以至北极，而岑参诗中所写刘判官从武威出发到安西行营时路上所见，这段路约在北纬38度到40度之间，距北纬66.3度尚极其遥远。河西一带，夏天夜比以南地区要短些，但决不存在白夜现象，即使白昼最长的夏至日，也仍然有夜，这一点是肯定无疑的。况且岑参诗中又有“夜静天萧条，鬼哭夹道旁”、“置酒高馆夕，边城月苍苍”、“红泪金烛盘”等语，怎能说太阳不落而无夜？

本人与一些诗友的河西之行，正好经过武威至安西这段路程，这是通向西域的古丝绸之路的一段，也就是岑参所熟悉的、刘判官要走的路。岑参诗中的“马疾过飞鸟，天穷超夕阳”，是说马快胜过飞鸟，天边比夕阳远。天穷，指天的尽头。刘先生所说“天的尽头超过了往下落的太阳”，是对的，但是不该再发挥出“太阳不落”之意。据本人亲历，这段路在祁连山外戈壁滩中，有许多地方极为空旷，尤其是焉支山以西至安西，往往向西、向北一望无际，即所谓大漠，也就是岑参诗中所说的“大荒”。大漠落日，不同于内地，不是如人们平常所看到的落入山后、林外，即所谓“下山”，而是“入地”，好像太阳就要落入滩中，而夕阳之外，仍是大漠。这是落日之景极远而给人造成的错觉，正如高天旷野中飞奔的马，看起来比空中的飞鸟还快，同时也是对地旷、马快的夸张。岑参在西北地区多年，数度任职安西幕中，对这种大漠落日的壮景极为熟悉，以“天穷超夕阳”五字写之，简练而雄浑，后人不当错会其意。

# 说韦应物《赋得暮雨送李胄》

2001年高考语文试题（全国卷）有韦应物《赋得暮雨送李胄》诗，以测考生古诗欣赏能力。惜命题者于该诗欣赏有误，而使考生无所适从。以下略为说之。

命题者将《赋得暮雨送李胄》定为“一首写送别的诗，但主要篇幅却是写景”，同时举出四首诗，要考生指出哪一首与韦诗“写法相同”。实际上四首之中无一首与韦诗写法相同。被命题者定为“相同”的是“苍苍竹林寺，杳杳钟声晚。荷笠带斜阳，青山独归远”。刘长卿此诗，系寻常送人之作，题为《送灵澈上人》。而《赋得暮雨送李胄》却是诗题限定了只能写暮雨，并出送别之意。与韦诗“写法相同”的，应是人们所熟悉的白居易的《赋得古原草送别》。此是命题者对诗题中“赋得”二字缺乏了解所致。



命题者又给出四项赏析，“恰当”的三项，其一为：“首联……照应了诗题中的‘送’字。”其实首联与白居易诗首联“离离原上草，一岁一枯荣”一样，只是切题中之“赋得”，并没有“送”之意，且“照应”一般指诗文后面文字与前面文字相呼应，而不用于开头与题目。其二为：“全诗第一句直接点明‘微雨’，而后面主要是通过对船帆、鸟羽、天际、大树的描绘来烘托蒙蒙细雨……”对于这首诗的赏析，不能漏了重要的“暮”字，且“船帆、鸟羽、天际、大树”也欠准确，诗中之“帆”，指船，而非单指帆。“冥冥鸟去迟”，怎么能是写“鸟羽”？“鸟去”，鸟儿暮归也（因平仄关系用“去”而不用“归”）。以天际、大树来说海门、浦树，也不甚准确。可知此项赏析不但不“恰当”，而且多有误。据此分析，知其三“写船帆被细雨打湿而变重，鸟翅因沾雨而无法轻巧地飞翔……”也不“恰当”。而考生若以此三项中的一项为“不恰当”，虽答对了，却要被判为错，这不是太亏了吗？如此之题，便是让教古典诗词的大学教授来答，恐也只能徒唤奈何。针对韦诗出了如此之题，显然是命题者读古诗太少的缘故。

《赋得暮雨送李胄》，实即写暮雨也，所以全诗紧紧围绕“暮雨”二字。首联“楚江微雨里，建业暮钟时”，即说“雨”与“暮”也，并点明地点。第二联“漠漠帆来重，冥冥鸟去迟”，亦是说“暮雨”，“漠漠”，雨也；“冥冥”，暮也。第三联“海门深不见，浦树远含滋”亦然，“不见”，暮也；“含滋”，雨也。尾联“相送情无限，沾襟比散丝”，始点出“送”字，然亦不离雨。正如白居易的《赋得古原草送别》，主要写古原草，尾联始出送别之意。

# 说韩愈雪诗之“琼瑰”

琼，《说文》释曰：“赤玉。”琼瑰，即珠玉，先秦歌谣有“赠我以琼瑰”句，《晋书》有“厚赠琼瑰”语。因古来每以珠玉喻称文字，故而又以“琼瑰”称诗文，如罗隐《县斋秋晚酬友人朱瓒见寄》“中和节后捧琼瑰”、苏东坡《送郑户曹》“新诗出琼瑰”。所以古人诗文中“报琼瑰”之“琼瑰”，或指珠玉，或指诗文，当视具体语境而定。古人又以“琼瑰”喻米粒，如皮日休《正乐府十篇·卒妻怨》：“况当札瘥年，米粒如琼瑰。”此外，还有以“琼瑰”比喻眼泪和其他的。

“琼瑰”虽然可以喻多种东西，但因“琼”系赤玉，所以不当用来形容颜色之洁白。宋代学者程大昌《演繁露》即云：“用琼比梅、雪，皆误。”《麈史》云：“《说文》以琼为赤玉，比见人咏白物多用之。韩愈雪诗曰：‘若非焊鹄鹭，定是屑琼瑰。’又‘马蹄踏作琼瑶迹，为有诗仙凤沼来’。将别有所稽邪？岂用之不审也？”韩愈《咏雪赠张籍》句，《全唐诗》作“定非焊鹄鹭，真是屑琼瑰”。此非韩愈“用之不审”，更非“别有所稽”，而是以“琼瑰”喻米粒，说下雪真如下粟米，与“天雨珠”、“雨珠玉”差似，所以与“焊鹄鹭”相对。王安石《甘露歌》即有“真是屑琼瑰”语，全用韩愈句以咏雨，而与雨的颜色无关。韩愈《酬王二十舍人雪中见寄》，《全唐诗》作：“三日柴门拥不开，阶平庭满白皑皑。今朝踏作琼瑶迹，为有诗从凤沼来。”此“琼瑶”，显然不是还指上句之白皑皑，而是指马蹄踏翻处，因杂有湿泥之色，所以说“琼瑶迹”，其实是为了借“琼瑶”二字喻王舍人的来诗。

可知，韩愈诗之“琼瑰”不误，后人不当错会其意而以为据，误以“琼瑰”喻雪。

# 贾岛“独行潭底影，数息树边身”刍议

以苦吟出名的晚唐诗人贾岛，诗中颇多警句，其最为人所称道者，当推“独行潭底影，数息树边身”。对此二句，作者尝云：“二句三年得，一吟双泪流。”但也有人提出异议，以为此二句与全诗联系起来看，却算不得佳句。清人施闰章在《蠖斋诗话》里说：“余谓此语宜是山行野望，心目间偶得之，不作送人诗，当更胜。”今人潘述羊《写作掌故杂谈》（四川人民出版社 1983 年版）也说：“既是送人诗，而且似乎还是送别诗，就不该写和尚‘独行’与‘数息’。”

贾岛这首送人诗，题作《送无可上人》，全诗为：

圭峰霁色新，送此草堂人。麈尾同离寺，蛩鸣暂别亲。独行潭底影，数息树边身。终有烟霞约，天台作近邻。

既为送别之作，说被送之人“独行”、“数息”当然欠妥。而问题在于这“独行”、“数息”是否如前之论者所言，是指无可上人。鄙见以为，此联并非指无可，而是写送别无可上路后，作者自己独行野望、徙倚徘徊之情的。

我们来看这首诗。“圭峰霁色新，送此草堂人。”唐代有圭峰禅师，为华严宗第五祖，这里圭峰指佛地，即寺院所在之所，此联是说送无可离此他往。颔联“同离寺”、“暂别亲”，便是同时写两个人的。贾岛亦为僧人，法名无本，所送的僧人无可，为贾岛之弟。想是作者和其弟到离寺院很远的野外才依依作别，所以说“麈尾同离寺，蛩鸣暂别亲”。别亲，当双指二人，既是说无可别兄而去，也是说作者看着弟弟渐行渐远，路转影逝。两人已分手了，那么以下两句，当然不是想象无可在途中的情形，而应是写自己。且“独行潭底影，数息树边身”分明是说漫步野外，悠然独行，而无可在行路，不会有此闲散之情的。只有作者送走其弟后，若有所失，不免产生一种孤独、闲寂之感，才会在潭边踽踽独行，并数次倚树怅望、遐想。此联的妙处在于不独写了自己送走弟弟后独自漫行而归之情，更表现了避世之人的性情和志趣，真有点野鹤孤云的味道。尾联则紧承此意，进一步明确表示出自己对于山水之恋情，谓终久要南去，与无可共住天台山，照应前之所言分别，收结全诗。从最终要与无可共住天台山，又可证明颔联“暂别亲”同时指自己之别弟。

这样，统观全诗，前两联写送别，写兄弟二人，后两联则写作者自己。“独行潭底影，数息树边身”抒写作者送别无可后的情状，自是千古名句。

# 次韵诗非元稹首创

关于次韵诗之始，前人数有始于唐代元稹、白居易之说。如宋人程大昌《考古编·古诗分韵》谓："唐世次韵，起元微之、白乐天。"张表臣《珊瑚钩诗话》讲得更为具体："前人作诗，未始和韵。自唐白乐天为杭州刺史，元微之为浙东观察，往来置邮筒倡和，始依韵。"严羽的《沧浪诗话》也说："古人酬唱不次韵，此风始盛于元、白、皮、陆。"清人赵翼《瓯北诗话》亦持此论。至今代陈声聪《兼于阁诗话》仍称："诗次韵，始于唐之元、白、皮、陆，而盛于宋之苏、黄。"今人卞孝萱先生《唐代次韵诗为元稹首创考》（《晋阳学刊》1986年第4期）进而考证出次韵诗系元稹首创，并云创始时间为元和五年（810年），创始之作为元稹在江陵府所作《酬乐天书怀见寄》等五首。

实则元、白之前，大历十才子中的卢纶、李益之间便有次韵相酬之作。李益有《赠内兄卢纶》诗："世故中年别，馀生此会同。却将悲与病，来对郎陵翁。"（《全唐诗》卷二百八十三）卢纶和诗《酬李益端公夜宴见赠》为："戚戚一西东，十年今始同。可怜歌酒夜，相对两衰翁。"（《全唐诗》卷二百七十七）

据傅璇琮先生《唐代诗人丛考》（中华书局1980年版），卢纶卒于贞元十四年、十五年间（798年—799年），《酬李益端公夜宴见赠》当作于贞元中，可见我国古典诗歌中的次韵之体至迟在贞元年间就出现了，所以不得谓次韵诗始自元、白，更不得云为元稹首创。

如果将唐以前非格律诗用韵全同者也算作次韵诗，那么次韵相酬之作的出现更可提前到南北朝时期。《洛阳伽蓝记》载，南齐王肃奔魏后被招为驸马，故妻谢氏以诗寄怨："本为箔上蚕，今作机上丝。得路逐胜去，颇忆缠绵时。"公主作诗代王肃答云："针是贯绅物，目中常纴丝。得帛缝新去，何能衲故时。"

# 关于白居易持斋事

《文史》第二十七辑曹汛先生《白居易持三长月斋诗事小考》云：

> 白居易晚年奉佛，经考证，自五十五岁以后，每年三长月（即正、五、九月）他都要持斋戒，断荤腥、停饮酒，还要绝宾友……直到七十五岁寿终为止。

事实并非如曹文所言。查《全唐诗》中白居易诗，卷四百五十四有《七年元日对酒》五首，自注“今年六十二”，为大和七年（833年）作。其年又有《洛中春游呈诸亲友》一首，诗云“须怜岁又新”，是新正之作，中有“连盘酒慢巡”之语。卷四百五十七有开成三年（838年）所作《与梦得沽酒闲饮且约后期》，白氏时年六十七，尾联云：“更待菊黄家醞熟，共君一醉一陶然。”与梦得相约九月痛饮。卷四百五十九《喜入新年自咏》云“老过占他蓝尾酒”，自注“时年七十一”，作于会昌二年（842年）正月。卷四百六十会昌六年（846年）正月所作《六年立春日人日作》云“亲故欢游莫厌频”。由此看来，白居易并非五十五岁（即宝历二年）后每年三长月都持斋戒。



曹文考证云：

> 白居易《夜归》：“皋桥夜沽酒，灯火是谁家。”《仲夏斋居偶题八韵寄微之及崔湖州》：“腥血与荤蔬，停来一月馀。肌肤虽瘦损，方寸任清虚。”《九日寄微之》：“去秋共数登高会，又被今年减一场。”此三诗俱为宝历二年（826年）所作。是年正月十五，白居易还与宾友夜游饮酒，仲夏五月始持长斋，九月又持长斋，重阳节登高饮菊花酒的传统活动，也因持斋而免掉了。

由此而得出白居易自宝历二年五月开始持三长月斋的结论。此考证尚嫌证据不足。《夜归》虽有“灯火”之语，但是否即为元夜灯火，尚难肯定。《九日寄微之》并未提及斋戒事，是因病未去登高，怎能作为九月持斋之证？若为第一次在九月持斋，何得言“又被今年减一场”？此“又”，指病也，即诗开头所云“眼暗头风”。

从曹文所举之例，亦可看出其考证欠严密。

白居易《闰九月九日独饮》：“自从九月持斋戒，不醉重阳十五年。”曹文云是“会昌元年（841年）所作，从宝历二年五月开始持三长月斋，到会昌元年作此诗，正好过了十五年”。其实，从宝历二年五月到会昌元年闰九月，不算“独饮”之重阳，已过了十六个重阳节了，怎能说“正好过了十五年”？若如曹文所言，白氏诗云“不醉重阳十六年”才对。

白居易《早春持斋答皇甫十见赠》：“帝城花笑长斋客，三（原注：一作二）十年来负早春。”曹文云：“此诗作于开成三年（838年），反推到初持长斋之宝历二年，首尾恰好十三年，‘三十年’应为‘十三年’之倒误。”前面《闰九月九日独饮》之十五年，实算，此处之十三年，又虚算。只取所需，不惮自相矛盾。其实，将开成三年春算在内，反推到宝历二年五月，也只十二个早春。再则，《早春持斋》诗为绝句，岂不知“三十”改作“十三”，平仄不合律了。显然，白氏诗中之“三十（或二十）”不能改作“十三”。

白居易持斋事，曹文未举出任何记载，只是因洪迈《容斋随笔》云奉佛者三长月茹素，白氏集中有语及斋戒之作，便云白氏持三长月斋，未能服人。持三长月斋，据曹文所云，应是全月斋戒，下月朔日即可饮酒，而白氏《仲夏斋居》云“腥血与荤蔬，停来一月馀”，斋居非只一月。又白氏有《二年三月五日斋毕》之作，曹文云“三月”为“六月”之误，是五月斋戒，那“五日斋毕”又如何解释呢？又白氏《二月一日作赠韦七庶子》诗有句云：“明朝二月二，疾平斋复毕。”正月持斋，何二月初斋毕？

由上述可知，曹先生之考证未精，其说未可信。因此，曹文因《全唐诗》编者将白氏《仲夏斋戒月》编在“到杭州后作”诗内，而未编在宝历二年后，便云其“误也”的批评，也就不能成立。其实，《全唐诗》中白居易诗之编次，乃依《白氏长庆集》，而《白氏长庆

集》则为白居易本人所编。

关于白居易持斋事，在没有发现其他资料记载和未能作出确切考证前，还是审慎为好，不可遽下断语。

# 从薛能诗看其里籍

薛能，字太拙，诗颇自负，官至工部尚书，然两《唐书》无传，至今未发现关于其里籍的有关记载。宋人晁公武《郡斋读书志》与计有功《唐诗纪事》云为汾州人，所以《唐才子传》、《全唐诗》诸书以至现今有关各书，均因之而云汾州（今山西汾阳一带）人。晁公武与计有功云薛能为汾州人，大概因其《留题汾上旧居》有句云“乡园一别五年归”、“可怜榆柳尚依依”，《怀汾上旧居》有句云“素汾千载傍吾家”。中华书局出版《唐才子传校笺》即因此两诗而证薛能为汾州人。但只要稍加辨析，就可以发现此两诗均不足为据。因为两诗所云“汾上”即南北贯穿山西境内的汾河之“汾”，而非汾州之“汾”。

读薛能诗，不但发现汾州说有误，而且可以看出，薛能里籍应在蒲州河东郡。

薛能《麟中寓居寄蒲中友人》云：“边心生落日，乡思羡归云。”《夏日蒲津寺居》云：“故国有馀梦，省来长远游。……天晴岂能出，春暖未更裘。”“乡思”、“故国”，所言再明确不过了。蒲津，地名，在蒲州城西，自古为黄河关津。从这两诗句可知其家在蒲州。又，《蒲中霁后晚望》云：“浊水茫茫有何意，日斜还向古蒲州。”《送刘驾归京》云：“蒲多南去远，汾尽北游深。”蒲州因蒲多而得名，汾水于蒲州之汾阴县入黄河，此显系在蒲州送别。未见薛能在蒲州为官或客居蒲州的记载，所以从此三首诗亦可知其故里在蒲州。

薛能还于《关中送别》云：“黄河淹华岳，白日照潼关。若值乡人问，终军贱不还。”华岳、潼关，在河西，与蒲州仅一河之隔，为蒲州西出或自关中东归必经之地。又《下第后春日长安寓居》云：“关东归不得，岂是爱他乡。”此“关东”当指潼关或蒲津关之东，即蒲州。即使就四塞之函谷关而言，亦指所在地之东，蒲州正当其地。

若其家乡在汾州，不当云归关东的。又《送李倍巡官归永乐旧居》云："羡君归去五峰前。……曾约道门终老住，步虚声里寄闲眠。"永乐亦为蒲州地名，五峰即条山五老峰。此诗似云作者曾与李倍相约归河东学道。从此数诗亦可看出薛能为蒲州人。

此外，薛能又有《寒食有怀》，诗云："晋聚应搜火，秦喧定走车。谁知恨榆柳，风景似吾家。"汾州距陕西较远，景物都殊，而蒲州与陕西相邻，风景风俗皆似，故此"吾家"不应指汾州而可指蒲州。又其《并州》云"少年流落在并州"，汾州与并州毗邻，汾阳曾属太原府，自汾州到并州，不当云流落。蒲州距并州较远，可言流落。又有《送马戴书记之太原》，有句云："一曲大河声，全家几日行。……镇北胡沙远，途中霍岳横。"当为马戴被辟掌书记赴太原时作。《唐才子传》云马戴为华州人，相送之处应即上文所举华岳、蒲津一带。薛能若为汾州人，断不至以"胡沙"称太原一带。又《晚秋送无可上人》云："河声才淅沥，旧业近潺湲。"无可为长安人，少年出家，此近河之"旧业"当指薛能之旧业。从这几诗也可捕捉到薛能家在蒲州的信息。



所以，笔者认为，薛能非汾州人，而为蒲州（即河东，今晋南运城地区）人。汾阴薛家为河东强族，唐以前同姓已有三千家，历代所出人材极多，薛能之出身或与汾阴薛家有关。薛能若为汾阴人，则《留题汾上旧居》、《怀汾上旧居》之"汾上"二字，甚确。

# “吞凤”与“吐凤”

《中州学刊》1987年第2期钟伊洛《吞凤与吐凤》云：《西京杂记》记扬雄著《太玄经》，梦吐白凤凰集于《玄》上。而李商隐《为濮阳公陈许举人自代状》却云“人惊吞凤之才”，因“一时误记”而将“吐凤”写作“吞凤”。并举李群玉与王彦泓诗中之“吞凤”，云是因李商隐之误，“竟成为后世之典故”。

按李商隐将“吐凤”作“吞凤”，并非误记。这是因为“吞”、“吐”虽互为反义词，但此二字常连用，高手随意挥洒，信手拈之，将“吐凤”变用为“吞凤”，而其本意未变，更不致使人误解或产生歧义。这种变用，在古典文学中不乏其例，如东晋庾阐《扬都赋》有“彭蠡吞江，荆牙吐濑”语，而南宋方岳却将“吐濑”变用作“吞濑”，《舟次严陵》云：“潮急仍吞濑，更寒不过城。”又古人形容江流纳川通湖之气势，多云吐纳，而韩愈《岳阳楼别窦司直》却云“吞纳”，钱仲联先生释韩愈此诗，即引郭璞《江赋》“吐纳灵潮”与郦道元《水经注》“吐纳川流”为注。又《列子·黄帝》记赵襄子狩于中山，见一人从石壁中出，杜甫以“出石壁”为典（《夜听许十一损诵诗爱而有作》），而黄庭坚却变用为“入石壁”（《戏题戎州作余真》）。

再者，“吞”与“吐”，有时还出于近体诗平仄格律需要，如钟文所举李群玉《感兴四首》之“子云吞白凤，遂吐太玄书”与王彦泓《感怀杂咏》之“埋文有家惭吞凤，避债无台敢食鱼”，又如杨汝士《戏柳棠》之“文章漫道能吞凤，杯酒何曾解吃鱼”，皆因“吞”为平声、“吐”为仄声，是处当平而用“吞”字，并非因李商隐误用而也跟着误用。李商隐《喜舍弟羲叟及第上礼部魏公》便云：“朝满迁莺侣，门多吐凤才。”下句第三字应仄声，所以用“吐凤”而不用“吞凤”。

# “腊梅”与“蜡梅”

每见今人咏梅而用“蜡梅”一词。女词人俞浣萍、邵荣杰咏梅词中有“腊梅”，《二十世纪诗词文献汇编》（巴蜀书社 2009 年版）编者以“腊梅”为误，而替她们改作“蜡梅”。究竟该写作“腊梅”还是该写作“蜡梅”呢？

诗人最爱咏梅花，我们读古代诗词文献可知，原本是写作“腊梅”的。以唐人诗句为例，杜牧《正初奉酬歙州刺史邢群》：“越嶂远分丁字水，腊梅迟见二年花。”薛逢《奉和仆射相公送东川李支使归使府夏侯相公》：“寒柳翠添微雨重，腊梅香绽细枝多。”崔道融《江上逢故人》：“故里琴樽侣，相逢近腊梅。”用的是“腊月”之“腊”，显然因其冬季开花故也。“蜡梅”一词后出，见于宋人诗词。苏轼《次履常蜡梅韵》：“天工点酥作梅花，此有蜡梅禅老家。”是赵履常原作与东坡次韵诗均作“蜡梅”。陈与义有《蜡梅》诗多首。关于“蜡梅”，宋末元初方回《瀛奎律髓》云：“先是未有蜡梅之号，元祐中，苏、黄在朝，始定名。山谷有《蜡梅》诗，自书诗后云：‘京洛间有一种花，香气似梅花，亦五出，而不能晶明，类女工撚蜡所成，京洛人因谓蜡梅。本身与叶，乃类蒴藋。’”据此，“蜡梅”之名应是北宋开封人所起，因苏轼、黄庭坚等元祐年间始用之而传开。但这香气似梅、花与叶类蒴藋的“蜡梅”，却不是梅。南宋范成大《梅谱》即云：“蜡梅本非梅类，以其与梅同时，香又相近，色酷似蜜脾，故名蜡梅。”明李时珍《本草纲目》对蜡梅的介绍与范成大同，应为权威发布：“此物本非梅类，因其与梅同时，香又相近，色似蜜蜡，故得此名。”又说蜡梅花有三种，宋时皆称为“黄梅花”。以今之植物分类学来看，蜡梅不但不是梅，而且连梅花所属的蔷薇科也不是。苏东坡“天工点酥作梅花”句，正是说它像梅花，毛滂《蜡梅》词更是说“风流不与江梅共”。赵长卿词明言写梅花且用“疏影、暗香”之典，题作《腊梅》。韩元吉用“梅花妆”典之词，题亦为《腊梅》。尤应注意者是黄庭坚《送何君庸上赣石》诗，开头一句即为“腊梅开尽欲凋年”，其下复用何逊与梅花之典云：“梅花恼人已落尽，真成何逊醉扬州。”所以宋代诗人笔下，既见“腊梅”，又见“蜡梅”。明清之际张岱《陶庵梦忆》亦既忆“腊梅”又忆“蜡梅”。

由此可以明了，苏轼、黄庭坚所谓“蜡梅”，本非梅类，与“腊梅”并不是一回事。所以，咏梅之作的“腊梅”，不当误作“蜡梅”。宋人词牌有〔腊梅香〕，则更不能写作〔蜡梅香〕。

《现代汉语词典》原收“腊梅”而无“蜡梅”，因古今人笔下又每有“蜡梅”，修订版则“腊梅”与“蜡梅”皆收，“腊梅”注作“同‘蜡梅’”，“蜡梅”注云“也作‘腊梅’”。不作细究而模棱两可，则更添混乱也。

# 关于辛弃疾词中的“见底道”

辛弃疾《品令·族姑庆八十来索俳语》一阕，有“甚今年、容貌八十岁，见底道、才十八”语。《语文研究》2001年第2期卷首刊北京大学中文系袁毓林先生《稼轩词中“见底道”的结构和意义献疑》文，引述吕叔湘、黄丁华二先生关于“见底道”之解，予以评判。吕先生以“底”为“的”，谓“见底道”即“见的道”，为主谓结构，“见底道，才十八”意为：看见（这位族姑）的（人）说（她）只有十八岁。黄先生认为“见底道”即闽南方言“见在讲”（“尽在说”），为偏正结构，“见底道，才十八”意为：（这位族姑）总是说（她自己）只有十八岁。袁毓林认为，吕先生的解释与上句的“八十岁”相抵牾：见了容貌八十岁的老太太，愣说她只有十八岁，情理上说不过去。又以闽南方言分析黄先生所云“见底道”即“见在讲”，觉得亦未可信。末云此句之解，尚为“悬案”。

实则并非悬案，而甚清楚也。

稼轩系济南历城人，词为寿族姑之作，黄氏以今之闽南方言索解，已大错，何须从读音分析其有无道理。宋人以“底”作“的”，多种工具书皆已载明，乃为常识，自当以吕说为是。至于说“十八”与“八十岁”相抵牾，是未读懂上句也。“甚今年、容貌八十岁”，“甚”者，疑问之辞，什么、哪里之意。“甚”字诗词中常用作疑问词，而非表示程度之副词，此亦常识。该句意为“什么容貌八十岁”，亦即“看上去哪有八十岁”，与下句“见到（你）的（人）都说只有十八”，意极协调。再者，该词为寿族姑之作，所以不当释为“说（她）只有十八岁”，而应释为“说（你）只有十八岁”。

# 说陆游诗中的“丁字犹恨曲”

陆游《剑南诗稿》卷一《寄陈鲁山正字》有句云：

丁字犹恨曲，朋字竟须正。

钱仲联先生注释“丁字”句曰：

《庄子·天下》：“丁子有尾。”《释文》：“李云：‘今丁子二字虽左行曲波，亦是尾也。’”（《剑南诗稿校注》，上海古籍出版社 1985 年版）

笔者以为，钱先生所注未当，陆诗所用之典，系出《晋书·苻坚传》：

太元七年，坚飨群臣于前殿，乐奏赋诗。秦州别驾天水姜平子诗有“丁”字，直而不曲。坚问其故，平子曰：“臣丁至刚，不可以屈，且曲下者不正之物，未足献也。”坚笑曰：“名不虚行。”因擢为上第。

姜平子的“丁”字“直而不曲”，即下部不是竖钩，而是竖。放翁用此典，是因陈鲁山司正字之职，借正字而说到做人，“恨曲”，即“恨不直”也。下句“朋”字“须正”，也是就做人而言，典见《明皇杂录》，而非指字的笔画。所以其下以“愿君试思之，鱼鲁何足订”作结，要陈鲁山首先考虑做人的道理，至于鱼鲁之讹，却并非要紧之事。

《剑南诗稿》卷十五《书生叹》有“丁字不识称农夫”句，钱先生注引《旧唐书·张弘靖传》：“谓军士曰：今天下无事，汝辈挽得两石力弓，不如识一丁字。”亦误，应引《晋书·苻坚传》有关语。姜平子所写“直而不曲”之“丁”字，其实是古“下”字。姜氏不知此为古字，苻坚本一粗人，当然更是不识，而将姜擢为上第。后世遂有“丁字不识”、“目不识丁”之谓。

另外，黄遵宪《人境庐诗草》卷三《近世爱国志士歌》有“武门两石弓，不若一丁字”句，钱仲联先生之笺注，引《旧唐书·张弘靖

传》之“今天下无事，汝辈挽得两石力弓，不如识一丁字”，是对的，但不当解释为：“一丁字者，一个字也。”张弘靖语，乃用《晋书·苻坚传》之典。“识一丁字”，非“识一个字”，而为略识些字之意。陆游《剑南诗稿》卷四十六《晚兴》有“挽弓从笑识丁字”句，亦可知“丁字”之“丁”不是“个”也。

# 说元好问诗的“掠社钱”

元好问《家山归梦图三首》其一为：

别却并州已六年，眼前归路直于弦。春晴门巷桑榆绿，犹记骑驴掠社钱。

诗明快易懂，惟末句“掠社钱”须注。对“掠社钱”的注释，林从龙先生《遗山诗词注析》（中州古籍出版社1991年版）云：“古人以立春后第五个戊日祭土神，称‘春社’，这天击鼓撒钱，儿童以抢钱为乐。”中国展望出版社出版的《元好问诗词集》之注与《遗山诗词注析》大体相同，也以“掠社钱”为抢拾所撒之钱。但撒在地上的钱，必是孩子们在地上抢拾，绝不可能在驴背上抢拾。又元好问《雪中自洛阳还嵩山》诗有句云：“梦里西家掠社钱。”社日击鼓撒钱，当在可供游乐的公共场所或巷道，决不会在某家。可见元好问所云“掠社钱”显非指孩子们抢拾所撒之钱。

调查山西方言，知“掠”有“收取”之义。如因公益事业或群众性活动（一般为按理应收取，属公众自愿而非官府摊派）向各家收取钱或粮物之义，也就是将各家当出的钱物（多无严格数量规定、可多可少）收集起来。山西至今仍有这种说法，如闹社火或办其他事，需用钱或物时则说：“向各家掠一些。”要救助遇灾难的邻里则说：“向每户掠一点钱。”掠，山西有的地方又叫“起”。元好问诗中之“掠”，即指收取。北宋司马光，亦今山西人，奏议中数有“掠钱”语，虽非谓社钱，但亦此义。不知是江苏方言“掠”亦有此义还是因元好问句，钱谦益《迎神曲》有“伏腊鸡豚掠社钱”句，亦以“掠”指收取。社日活动所需之钱是向各家收取的。《东京梦华录》卷八云社前“市学先生预敛诸生钱”作社日时用项，陆游《书喜》诗也云“社钱易敛庆秋成”。又陆游《思北邻韩三翁西邻因庵主南邻章老秀才》诗云“不见此翁催社钱”、《晚秋出门戏咏》诗云“庙史犹来索

社钱”、《雨晴风日绝佳徙倚门外》诗云“白发庙巫催社钱”，郭珏《社日》诗云“止酒聊输祭社钱”，皆可证。由是可知，社钱指各家为社日活动所缴之钱，“掠社钱”是向各家收取社钱。并由此知道元好问热心于公众事业，年轻时在家乡曾干过替邻里众人收社钱的差事。这类差事，通常都是尽义务，没有任何报酬。

# 关于丁澎《送张坦公方伯出塞》诗

《秋雨散文》中，有一篇《流放者的土地》，谈清代流放大批人士到东北之事。文中所引《送张坦公方伯出塞》一诗，有误。

该文谈到，清初杭州诗人、主考官丁澎因科场案被流放东北时，他的朋友张缙彦曾来送行。没想到三年后张缙彦也被流放东北，而且流放地比丁澎更远，所以经过丁澎的流放地时，两人相见欷歔，感慨万千。张缙彦继续北行时，丁澎有《送张坦公方伯出塞》诗相送。这是一首五言律诗，所引全诗为：

> 老去悲长剑，胡为独远征？半生戎马换，片语玉关行。乱石冲云走，飞沙撼碛鸣。万方新雨露，吹不到边城。

读这首诗，可以发现，这不是送被流放者的诗。诗题为《送张坦公方伯出塞》，“方伯”，为官衔之别称，对于负罪而被流放的人，一般已不称其旧官衔。再则也不是送人往东北的诗。“出塞”，即往长城以外。若真是在东北送人更往东北去，送别之地已在长城之外了，怎么能说“出塞”呢？

细审诗意，原来这是一首送人往西北的诗。除诗题中有“出塞”一词外，诗中还有“边城”一词，古人诗中的“出塞”与“边城”，多就西北地区而言，这是因为西北地区的特殊历史环境造成的，就如人们常说的古代边塞诗，即指产生于西北边塞地区的诗。此外，此诗又有“玉关”、“碛鸣”等词。玉关，即玉门关；碛鸣，即戈壁大漠的风声，均是写西北地区之语。因此可以断定，《送张坦公方伯出塞》，不是送人往东北之诗，而是送人往西北戍边之诗。余秋雨教授未弄清诗意而引错了。

# 读龚自珍《己亥杂诗》札记

## “织女愁”

龚自珍《己亥杂诗》之二十一为：

满拟新桑遍冀州，重来不见绿云稠。书生挟策成何济？付与维南织女愁。

诗下自注云：“曩陈北直种桑之策于畿辅大吏。”诗是说：满以为冀州已到处是新桑，谁想重来时却看不到那片片绿色。自己当初所陈之策什么作用也没起，而只好让维南织女去愁了。“织女愁”，中华书局“中国古典文学基本丛书”之《龚自珍己亥杂诗注》（刘逸生注）释曰，织女发愁，是因为“北方不种桑，不能生产丝绸，丝绸的供应责任都压在南方织女身上”。这样理解未当。按常理，作为织丝之女，是不必考虑国家的丝绸供应的，更不会想到北方不能生产丝绸而加重自己所负之责。她们考虑的应是自己的生产与收入。“织女愁”其实是说，北方种桑不多，不能满足南方对蚕丝的需求。

南方丝织业发达，但古来蚕丝主要靠北方供应。



## “新蒲新柳三年大”

《己亥杂诗》之二十四为：

谁肯栽培木一章，黄泥亭子白茅堂。新蒲新柳三年大，便与儿孙做屋梁。

诗后自注云：“道旁风景如此。”关于此诗之理解，《龚自珍己亥杂诗注》以为诗人在借此讽刺三年一考的科举制度，说封建王朝企图从科举中找到国家的栋梁之材。实则此诗是因路边所见风景而生感。他返乡途中，看到某处道旁多是简陋的茅草亭屋，而那里所植的树，多是杨柳之类容易成活、生长快的树木，长上几年就勉强可以用来盖茅草房。叹惜当地人们为何不栽种可盖坚固之房的树木，即有用的材木。龚自珍是一位颇有政治才干和抱负的诗人，于经济民生多所关注，如果他来做那里的地方长官，一定会要求当地改种有用的材木，以逐渐改善人们的居住条件。

诗无达诂，可作多种理解，如果说此诗还有所隐喻的话，那也只能是讽刺不肯作长久之计者，而不能因诗中的“三年”而联想到三年一度的科举考试。

## “销尽劳生骨”

《已亥杂诗》之九十一后二句为：

可知销尽劳生骨，即在方言两卷中。

《龚自珍已亥杂诗注》释此两句曰：“可知道‘积毁销骨’这个道理，就在两卷《方言》里也可以体会出来。《史记·张仪列传》：‘众口铄金，积毁销骨。’意思说，集中众人的话，能够熔化金属；积聚毁谤语言，硬骨头也能销蚀尽净。作者据此认为由于语言不通，势必产生误解，假如是许多人的误解，就能毁掉一个无辜的人。”

此理解有误，与诗人原意不符，以下略为说之。

“销尽劳生骨”之“销骨”，注释者错当作了“积毁销骨”之“销骨”，所以就引出了语言不通之误解可毁掉一个人的理解。其实，古人诗文中所谓“销骨”，并非都是指毁谤对人的损害，如杜荀鹤诗之“天地空销骨”句、元好问诗之“不必相思尽销骨”句，可知此“销骨”非彼“销骨”也。劳生，语出《庄子·大宗师》：“劳我以生。”指多劳苦之人生。劳生骨，即辛劳之身，意谓此生之辛苦。“可知销尽劳生骨，即在方言两卷中。”是说此生许多的劳苦，都付与这两卷《方言》（作者撰有《今方言》）之中，也就是古人常说的心力尽于某书的意思，与毁谤和误解并无关系。

## “屠牛”

《已亥杂诗》之一百二十三为：

不论盐铁不筹河，独倚东南涕泪多。国赋三升民一斗，屠牛那不胜栽禾。

此为忧国忧民之作，感叹农民负担过重。国家规定农民所交赋税为三升，而实际上农民交的却是一斗。诗意较为明显，惟“屠牛”二字须斟酌。

《龚自珍己亥杂诗注》释“屠牛”曰：“干屠牛的营生”，似有误。这里屠牛，应指杀牛，该句就“栽禾”而言，意思是说，把牛杀了，去干别的营生，难道不比种庄稼强吗。如果说“屠牛”理解作种庄稼以外的营生，那其他营生多的是，何须单说屠牛的营生呢。古人诗中多有“卖牛买剑”之说，不愿种庄稼了，可以将牛卖掉，这里不说“卖牛”而说“屠牛”，其意更深，是说大家都不愿意种庄稼了，连牛也没人买，所以就“屠”了，去干别的营生。此句是说农民被逼得没有办法。

诗中说“国赋三升民一斗”，其实当时有些地方农民交的已不止一斗，而到了二斗三斗。各级官吏尤其是下层官吏如此严重地盘剥农民，农民不堪重负，难怪要弃农而谋别的营生。龚自珍此诗，是对当时乡村状况的真实反映和深切慨叹。



## “朱提山竭亦无权”

《己亥杂诗》之一百七十五为：

琼林何不积缗泉，物自低昂人自便。我与徐公筹到此，朱提山竭亦无权。

诗下自注云：“近日银贵，有司苦之。古人粟红贯朽，是公库不必皆纳镪也。予持论如此。徐铁孙大令荣论与予合。”当时农民交纳赋税，必须交白银，不能交铜钱。诗人主张公库不必尽储银，而应如古代一样，可用铜钱交赋税，以便民。朱提山，在四川，古以产银著名。对于末句“朱提山竭亦无权”，《龚自珍己亥杂诗注》释曰：“出银子的朱提山便是枯竭了，白银也发挥不了它的权力。”将“权”释作今之“权力”，误。以下试为说之。

权，《广韵》和《玉篇》均释作“秤锤也”。《广雅·释器》也说“锤谓之权”。《论语集解》：“权，秤也。”是“权”即秤锤，又指秤，又引申为称东西之轻重。所以古时“无权”一词，亦多谓无权度、无权变，如《晋书·宣帝纪》：“多谋而少决，好兵而无权，虽提卒十万，已堕吾画中，破之必矣。”后来所谓“权势”、“强权”之“权”，也是从其本义引申而来。故“朱提山竭亦无权”之“权”，同陆游《山行赠野叟》“官租先众吏无权”、《秋怀》“税足吏无权”之“权”，而不当作今之“有权无权”、“权势”之“权”解，释为白银的权力，而应为《周礼·考工记》“可权可量”之“权”，为动词“称”之意。“无权”，指无须衡权，即不用计较银多银少或银贱银贵也。该句意思是说，（我与徐公认为，改以铜钱交赋税，）即使朱提山之银开采已尽（指银子更缺或没有了银子），也不用去管它了。

## “斗大高阳酒国春”

《己亥杂诗》之三百一十为：

使君谈艺笔通神，斗大高阳酒国春。消我关山风雪怨，天涯握手尽文人。

诗中之“斗大”，《龚自珍己亥杂诗注》释曰“斗样大的高阳县城”。此理解有误，以下略为说之。

古人虽有“斗城”之说，以形容城之小，但“斗大”往往形容某物之大，如《三国志·姜维传注》说姜维“胆如斗大”，《晋书·周觊传》有“金印如斗大”语。显然不能以“斗大”形容城之小。该诗是写饮酒的，作者于诗下注云：“陈笠雨明府饯之于高阳。笠雨名希敬，海昌人，以进士为令，史甚熟，诗古文甚富。”所以这里的“斗”，应为“斗酒”之“斗”，指酒具。古人之斗，除盛粮食的斗外，还有舀酒盛酒之具，如《诗经》有“酌以大斗”句，古时多有“斗酒只鸡”语。《古诗十九首》有“斗酒相娱乐”句，唐代诗人王绩好饮酒，被称为“斗酒学士”，李白有“斗酒强然诺”句，王维有“斗酒呼邻里”句，杜甫有“李白斗酒诗百篇”句。

据古人关于“斗”的用法，可知龚自珍诗中之“斗大”，乃就酒具而言，而非以斗形容某物的大或小。高阳以古有“高阳酒徒”而出名，所以人们以“高阳酒徒”指好饮酒狂放不羁之士。“斗大高阳”

意谓在高阳以大觥饮酒，指痛饮。陈明府“史甚熟，诗古文甚富”，为与龚自珍相得之文人，在高阳请龚氏饮酒，两人开怀痛饮，所以有“酒国春”之谓。

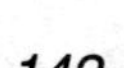

# 读钱钟书《谈艺录》札记

## 关于李壁改苏舜钦诗

钱钟书先生《谈艺录》（补订本，中华书局1999年版，下同）谈及李壁（字雁湖）注王安石诗时说："卷四十七《黄鹂》云：'娅姹不知缘底事，背人飞过北山前'，雁湖注引苏子美诗：'娅姹人家小女儿，半啼半语隔花枝'；按《苏学士文集》卷八《雨中闻莺》曰：'娇騃人家小女儿'，雁湖改字以附会荆公诗，尤不足为训。"钱先生所云或有未当。按李壁注王安石诗甚认真，《四库提要》称"非穿凿附会者比"，岂有改字以附会之理。李壁为宋人，与苏舜钦相距只一百多年，既然引苏氏诗句"娅姹人家小女儿"，必有所据，想是所见苏氏此诗与今所见者不同。古人作诗，作成后又修改，甚至多次改动，乃为常事，所以所传每有字词不同者。本人搜集、整理傅山集，多见傅山手稿，有同一首诗而两次所书不同者，也有一首中某处可同用的两词并存者。今人作诗，也多有这种情况。我们读古人诗常常发现有的字词各本不同，而从句意、格律讲又都未有不妥，大多正属于这种情况。所以不当因为与现今所见本不同而轻易责怪前人。其实李壁之注中与今本不同者，正为有用的资料。

## 关于李壁"臆改"《真诰》语

王安石《酴醾金沙二花合发》诗中有"我无丹白知如梦"句，李壁注引《真诰》卷三："若丹白存于胸中，则真感不应。"实则《真诰》卷三并无此语。卷二有"苟有黄赤存乎胸中，真人亦不可得见"之语，钱钟书先生《谈艺录》批评说这是李壁"臆改欺人"。钱先生接着又说，《云笈七签》卷三十三载孙思邈《摄养枕中方·学仙杂忌》，其中有"若丹白存于胸中，则真感不应"语。此语与李壁所引全同，由此可知钱先生不当责李壁“臆改”，而应指出其“误记”。

## 关于陆游“钩摘”皮日休句

陆游《江楼醉中作》有“死慕刘伶赠醉侯”句，“醉侯”出皮日休《夏景冲澹偶然作》：“他年谒帝言何事，请赠刘伶作醉侯。”属于用典，钱仲联先生《剑南诗稿校注》即引皮诗为注。然钱钟书先生于《谈艺录》中指摘陆游“钩摘”皮氏诗中“新异语”。又将陆诗十数联与宋人之句对比，说陆氏“沾丐本朝名作”，“不无蹈袭之嫌”，正所谓陆诗《九月一日夜读诗稿有感走笔作歌》所云“残未免从人乞”也，语稍刻薄。在谈及《瓯北诗话》摘陆游佳联分为“使事、写怀、写景”时，钱先生又云：“此等以及前所举十数联，貌若写景写怀，实为运古，瓯北尚未能细辨也。”批评赵瓯北，又以前所责陆游“钩摘”、“蹈袭”为“运古”。究竟是“蹈袭”，还是“运古”？赵瓯北正以“死慕刘伶赠醉侯”为“使事”。其实，“使事”与“运古”为一回事，也就是用典，可见钱先生所论有些自相矛盾。



## 关于“江水方东我独西”

《谈艺录》批评陆游“沾丐本朝名作”，所举之例有《小市》诗中“客心尚壮身先老，江水方东我独西”语，说苏轼《送欧阳主簿赴官韦城》诗已有“江湖咫尺吾将老，汝颍东流子却西”句，用《北史·魏本纪》孝武帝“此水东流而朕西上”语。又说清人“屡运使之”。因此褒苏轼而贬陆游等说，东坡为“伐山手，放翁以下皆只伐材”。实则唐初诗人杜审言《渡湘江》即有“独怜京国人南窜，不似湘江水北流”句。笔者想起游河西时，沿疏勒河西行至敦煌，游莫高窟、阳关后而东返，因疏勒河正流向玉关，而我等欲游玉关而未能至，不觉有“水仍西去我东还”句。其时只是因水而得句，并未想到用典和前人之句。这是因人情同一，而与古人合，即《谈艺录》中所说的“暗合”。因此可知，陆游及清人，并不一定是因苏东坡之句而效之，苏东坡也不一定是学的杜审言，不当俱以“沾丐”贬之。

## 也说王国维《杂感》之“敷水条山”

《谈艺录》云：

> (王国维)《杂感》颈联：“驰怀敷水条山里，托意开元武德间”，即仿放翁《出游归鞍上口占》：“寄怀楚水吴山里，得意唐诗晋帖间”句调。不曰“羲皇以上”或“黄、农、虞、夏”，而曰“开元武德”，当是用少陵《有叹》结句：“武德开元际，苍生岂重攀。”“敷水条山”四字，亦疑节取放翁《东篱》诗：“每因清梦游敷水，自觉前身隐华山”，以平仄故，易“华山”为“条山”。然“敷水华山”乃成语，唐于邺《题华山麻处士所居》即云：“冰破听敷水，雪晴看华山。”静安语迹近杂凑，属对不免偏枯。

愚意以为，钱钟书先生所论未当，对于该联之解，实枉诬王国维先生。以下略为辩之。

王国维诗中“敷水条山”为两名词并列，故以“开元武德”对之，而不当以“黄农虞夏”对之，更不当以“羲皇以上”对之。若作“敷水华山”，于平仄并无碍，此句第三字应仄，而“敷”为平声，所以第五字仄声“华”正好救之，读来亦顺畅，不算违律。所以不用“敷水华山”而用“敷水条山”，亦非属对偏枯而杂凑，乃因诗意所定也。《水经注·河水》：“(敷水)南出石山之敷谷，……又北径集灵宫西。《地理志》曰：‘华阴县有集灵宫。’”因知敷水为华山之水，敷水与华山乃指同一地，所以于邺诗曰“冰破听敷水，雪晴看华山”，陆游诗曰“每因清梦游敷水，自觉前身隐华山”。陆游更有“华山敷水本闲人，一念无端堕世尘”(《梦中作》)、“双鹭斜飞敷水绿，孤云横度华山青”(《闻西师复华州》)句。而王国维诗既云“驰怀……里”，当不能惟指一地，至少应是某一带地方。再者，“开元武德”非同一年号，而为相去不远的两个年号，指一个时期，所以出句中与此相对者为某一带的两个地名最佳，而不当同指一地，故而王国维用“敷水条山”。若作“敷水华山”，则无异于“驰怀华山里”，于意未当。所以用“敷水条山”者，是因为“敷水”(即华山)与“条山”

(即中条山，又名“首阳山”) 为隔黄河而相对的两地。陆游对“唐诗晋帖”的“楚水吴山”亦同此理，指吴楚一带山水。并且前人诗文中每有以华山、中条对举或连用者，如许浑《秋日赴阙题潼关驿楼》：“残云归太华，疏雨过中条。”陆游《梦游》：“条华朝驱云外骑，河潼夜听月中鸡。”悼独孤策诗：“气钟太华中条秀，文在先秦两汉间。”“先秦两汉间”、“唐诗晋帖间”及王国维之“开元武德间”，属同一句式。

钱钟书先生只顾征引资料而未细审诗意，故有此误。其实，“敷水条山”亦为成语，钱先生博闻强志，竟不忆陆游《睡起已亭午终日凉甚有赋》有“颇闻王旅徂征近，敷水条山兴已狂”句，而错责王国维先生。

又，钱先生“附说”云：

> 杜荀鹤诗中“华山”之“华”即读平声；如《费征君墓》云：“不知三尺墓，高却九华山”，又《送李明府》云：“惟将六幅绢，写得九华山。”

此处所云亦未当。安徽九华山与陕西华山，为两地名，两“华”字读音不同，前者阳平，后者去声，钱先生不当引彼山之“华”以证此山之“华”。

# 说钱钟书诗中之“二仲”

钱钟书先生《槐聚诗存》有《偶见江南二仲诗因呈振甫》一首：

> 同门才藻说时流，吟卷江南放出头。别有一身兼二仲，老吾谈艺欲尊周。

诗后有注：“挚仲洽、钟仲纬。”

有论者（钱钟书先生的无锡同乡）因注中之挚仲洽、钟仲纬俱非江南人，与题中的“江南”二字不合，而于1999年7月7日《中华读书报》发表《〈槐聚诗存〉注释一误》。拙见以为，注中之“挚仲洽、钟仲纬”并无误，以下略为说之。

批评者称，《槐聚诗存》之注，“据说是编者出的力、钱钟书拒绝代庖也无用”，未知何据，此“据说”恐未确。因为从诗集中未看到有人为之作注的说明，按惯例若非作者自注便应注明注者为谁。再者从集中其他注文看，诗后之注应为钱先生的自注，而非他人所加。作者自己所作之注，是不可轻易怀疑的。而且《槐聚诗存》另有杨绛手抄线装影印本，诗下亦有此注，明明无误。

其实，钱先生诗题中的“江南二仲”，并不指注中的挚仲洽、钟仲纬，而指当代著名学者兼诗人钱仲联、王瑗仲（即王蘧常）二先生。“二仲”之称，其来久矣。著名诗论家陈兼与先生《荷堂诗话》曾记：“钱仲联……早年与王瑗仲执教于无锡国学专修部馆，有‘江南二仲’之目，刻有《江南二仲诗集》。”蒋松亭当年酬王瑗仲诗即有“江南二仲传名久”句。“二仲”之说广为文史界所知。钱钟书先生因偶见到江南二仲之诗而有此作。“别有一身兼二仲”的“二仲”，却不是指题中的“二仲”，而是别指名字中也带“仲”字的挚仲洽、钟仲纬。挚仲洽，即挚虞，晋代长安人，著有《文章志》、《文章流别集》等书，可目为文章学家。钟仲纬，即《诗品》的作者、著名诗评家钟嵘，南朝梁时河南颍川人。钱先生所以借六朝此“二仲”来喻所尊之“周”，即其《谈艺录》的编辑周振甫先生，是因为周先生为名编辑，以品第文章和评论诗词著称，所以说他“一身兼二仲”。批评者否定该注的又一理由为挚、钟“都不以诗名传世”，是未读懂该诗，以两“二仲”为一“二仲”。其实正是因挚、钟二人不以诗名世而以文章学与诗评名世，钱先生才以之称誉周振甫先生。因为以挚、钟为“二仲”，为钱先生自己的称法，既非现今所称的江南“二仲”，也非古人诗文中常见的杜陵“二仲”（羊仲、求仲，指可与交游之友或芳邻，见《三辅决录》及《南史·陶潜传》），所以特予注明。

可知，钱钟书先生偶见到“江南二仲”之诗，因此“二仲”而想到彼“二仲”，所以作了此诗以呈振甫，其意已明之于诗题中。

# 关于苏曼殊二诗的诠释

吴小如先生《诠诗榷疑》（《文汇读书周报》第804期）谈到《燕子龛诗笺注》时说：“今人每以己意妄议古之作者，不惟自襮其不学，且易导读者入误区，未免两失之矣。”所言甚是。惟文中对苏曼殊两诗之诠释，似皆有误。《燕子龛诗笺注》，笔者尚未读过，今惟以吴先生所诠，略申鄙见。

曼殊诗《题〈静女调筝图〉》：

> 无量春愁无量恨，一时都向指间鸣。我已袈裟全湿透，那堪重听割鸡筝。

吴先生将该诗诗意诠为，“谓弹筝之人亦有道者，弹筝固其馀事；而其人之学问修养，姑寓于弹筝之中。”甚牵强。对于诗之末三字，吴先生以“割鸡”为典，引《论语·阳货》之“割鸡焉用牛刀”释之，大谬。孔子“割鸡焉用牛刀”，言治小何须用大道，即今所谓“杀鸡焉用牛刀”，虽为听到弦歌之声时而说的话，但那弦歌为教民之礼乐，乃大者，而吴先生所说之弹筝却为馀事，即小者，两意正相反，故知“割鸡焉用牛刀”与弹筝风马牛不相及。割鸡筝，见李贺《公莫舞歌》：“华筵鼓吹无桐竹，长刀直立割鸡筝（有的本子误作“割鸣筝”）。”注：“筝用鹍鸡为弦，其声如割。”可见是就筝之弦与声而言，而非杀鸡之“割鸡”。诗中之“袈裟全湿透”，指经历风波或劫难。《洛阳伽蓝记》记，佛行化时，龙王瞋怒，兴大风雨，佛僧袈裟表里全湿。曼殊此诗，名为题画，实抒己之情也，谓愁恨中的自己已不堪再听筝中愁恨之声。

《春雨》诗，为曼殊之名作：

> 春雨楼头尺八箫，何时归看浙江潮。芒鞋破钵无人识，踏过樱花第几桥。

吴先生云：“盖鄙意以为首句乃作者闻楼头有吹尺八者，然后想到归国无期。”其实朱大可以为是诗人“在楼头吹箫”，是对的。古人以为箫声最能传递人之心声，故以箫声为“人籁”，有“箫心”之说。古诗文中之箫，为抒情之具，常用来表征心事与幽怨，如壮志未酬、思人、怀乡等，所以龚自珍《湘月》词有“怨去吹箫”语。尺八箫，据《逸史》记，唐明皇梦见终南山某院布施，有狂僧寻至其院，院有老僧曰，汝主昔在院，爱吹尺八。谪在人间，今限满当归，可持尺八付之。明皇梦中之尺八箫，僧人所吹之箫也。曼殊为僧人，故以“尺八箫”入诗（至于诗人会否吹箫及所吹是否尺八，则不必细究也）。“春雨楼头尺八箫”，诗人于楼头对着潇潇春雨吹箫，哀婉的箫声诉说着怀思故国之情。此“尺八箫”与其下之“芒鞋破钵”，最能道出诗人在异域孑然一身之况。

以上或亦妄说也，还请吴先生与诸方家见教。

# 黄鹤楼与奥略楼

毛泽东词作中，有一阕〔菩萨蛮〕，题目是《登黄鹤楼》，写作时间为 1927 年。所以多年来每有文章谈伟大领袖当年登黄鹤楼时如何如何，皆误。其实毛泽东并没有登过黄鹤楼。黄鹤楼清光绪十年（1884 年）被焚毁后，黄鹄矶上便只有黄鹤楼遗址而没有黄鹤楼了。现在人们所登的黄鹤楼，是 1985 年重建的，毛泽东怎么可能登黄鹤楼呢?

此是毛泽东不知黄鹤楼早已焚毁，而错把长江边的奥略楼当作了黄鹤楼。

奥略楼原名“风度楼”，清光绪三十四年（1908 年）湖北地方乡绅和学界为纪念张之洞离鄂入京而建，随后因张之洞的建议而改名为“奥略楼”（取自《晋书·刘弘传》“恢宏奥略，镇绥南海”）。1955 年建武汉长江大桥时被拆掉。奥略楼矗立于黄鹤楼故址附近，也高三层，建筑造型与黄鹤楼有某些相似之处，而且还悬挂了黄鹤楼的“南维高拱”匾额及“爽气西来”、“大江东去”之联。一些不详史实不知底细的人，自然难免把奥略楼错当作黄鹤楼。毛泽东 1927 年所登的“黄鹤楼”，必奥略楼无疑，因为那里再没有其他像样的楼了。国民政府司法行政部部长王用宾 1937 年曾登该楼，有《汉皋中秋二首》，第一首颔联为：“携樽烂醉晴川阁，呼月同登奥略楼。”楼名不误。

关于毛泽东该词之题，如今各种本子都作《菩萨蛮·黄鹤楼》，应是新中国成立后隆重发表时有人发现了问题，于是去掉了“登”字，算是为尊者讳。而毛泽东所书原稿，却无法改也无人敢改，所以如今人们看到的毛泽东手书，词末依然为“调寄菩萨蛮 登黄鹤楼 一九二七”。

# 为君一说“杏花村”

“清明时节雨纷纷，路上行人欲断魂。借问酒家何处有？牧童遥指杏花村。”唐代诗人杜牧的这首《清明》诗，竟在今世文坛和商界造成了极大的迷茫和争论。这就是许多人想要弄清楚而迄今并无结果的一个问题：杜牧诗中的“杏花村”究竟在何处？

据说全国现有二十多个杏花村，杜牧所说的“杏花村”究竟是哪一个杏花村？多年来争论的文章实在太多了，综观各文之说，主要表现为两种观点：一为山西汾阳杏花村说，理由是该村酿酒始于北魏，已有一千五百多年历史，汾酒又为中华名酒；一为安徽贵池杏花村说，理由是那里也酿酒，而且杜牧曾在池州任过官。贵池说者驳汾阳说者：两《唐书》本传和《杜牧年谱》均没有杜牧到过汾阳一带的记载。汾阳说者举杜牧《并州道中》一诗为证，贵池说者又说《并州道中》也并不可靠。如果再深入一步探究，《并州道中》尚见于杜牧《樊川别集》，而《清明》一诗，《樊川诗集》、《别集》和《全唐诗》却都没有收录，所以难免有人怀疑此诗是否真系杜牧所作。



在没有更可靠资料的情况下，我们还是姑且将《清明》当作杜牧之作，但一定要用读诗的方法正确来读。

首先应该指出的是，“杏花村”三字，杜牧诗外，还见于唐时其他诗人诗中。许浑《下第归蒲城墅居》有句云：“薄烟杨柳路，微雨杏花村。”薛能《春日北归舟中有怀》有句云：“雨干杨柳渡，山热杏花村。”温庭筠《与友人别》有句云：“晚风杨叶社，寒食杏花村。”宋代大诗人苏轼《陈季常所蓄朱陈村嫁娶图》也有句云：“我是朱陈旧使君，劝耕曾入杏花村。”因为朱陈村在徐州，所以又有人欲以此来证明杜牧所说的“杏花村”在徐州。其实，杜牧诗中的“杏花村”，并不是村名，而是指杏花盛开的村庄。《四库提要》即云：“盖泛言风景之词，犹之杨柳岸、芦荻洲耳。”

我们如果多读一些古典诗词，就可以发现，古代诗人们作诗，对于如村名山名之类地名，诗题和序中一般实用其名，而诗句却较少实用，往往是以景色或特点来代替其名。我们假设那个有酒肆的村庄叫“北辛村”，杜牧诗句如果作“牧童遥指北辛村”，便显呆板无味，而作“杏花村”，则景象明媚，意境顿出。此即古人常说的诗贵含蓄、忌直白，亦即今人所谓意象须佳。杜牧的《清明》诗，与许浑、温庭筠等人诗，因为均是春日之作，其时杏花正开，所以多与杨柳对举，指开有杏花的村庄为“杏花村”。宋代名词人周邦彦《满庭芳·忆钱唐》之“酒旗渔市，冷落杏花村”、王沂孙《一萼红》之“罗浮梦觉，步芳影、如宿杏花村”，显然均指杏花盛开的村庄。清代名家朱彝尊《虞美人·寒食太原道中》有“今年寒食又横汾，又听饧箫吹入杏花村”句，是汾河两岸多有“杏花村”也。清代诗人祁琳《杜曲》诗有“杏花村里酒旗斜”之句，也写卖酒的杏花村，指长安城南的杜曲。这种写法常见于古人诗中。与“杏花村”用法相类者，是“黄叶村”。苏轼《书李世南所画秋景》：“扁舟一棹归何处？家在江南黄叶村。”陆游《枕上偶成》：“放臣不复望修门，身寄江头黄叶村。”又《秋夜舟中作》：“沽酒黄叶村，炊饭红蓼岸。”还有“绿杨村”，如李商隐《越燕二首》：“将泥红蓼岸，得草绿杨村。”雍陶《塞路初晴》：“新水乱侵青草路，残烟犹傍绿杨村。”诗人并不是说某村庄之名为“黄叶村”、“绿杨村”，而是以所见之景言之。这样的用法还很多，如顾况《听山鹧鸪》：“夜宿桃花村，踏歌接天晓。”李商隐《赠从兄阆之》：“荻花村里鱼标在，石藓庭中鹿迹微。”来鹄《宛陵送李明府罢任归江州》：“菊花村晚雁来天，共把离觞向水边。”翁洮《和方干题李频庄》：“海气暗蒸莲叶沼，山光晴逗苇花村。”方干《阳亭言事献漳州于使君》：“平明疏磬白云寺，遥夜孤砧红叶村。”此外还有“桃杏村”、“橘柚村”、“薜荔村”、“苎萝村”等等。更多见的是“夕阳村”，指夕阳下的村庄，而绝不是说那个村子叫“夕阳村”。诗人作诗的这种手法或曰习惯，至今亦然，如海南诗人周济夫，便曾以“楝花村”指其家所在的加道村。

由上述可知，杜牧若深秋时节重经作《清明》诗之地，并又有诗，则前曾沽酒的那个村庄，便不再是“杏花村”，而为“黄叶村”或“菊花村”了。明乎此，便知道杜牧所说的“杏花村”与地名并无关系。

不论汾阳、贵池，还是其他什么地方的杏花村，作为文化开发或商业宣传，而借杜牧所云“杏花村”一用，如杏花村汾酒集团早已将牧童杏花作为汾酒商标，二十多年前贵池县政府也提出“将杏花列为县花”、“把贵池变成杏花城”的构想，都无不可。但大可不必为一并非村名的“杏花村”而徒费笔墨、交争不已。尤其是作为研究探讨之文字，切不可不讲读诗之法，而把古人诗句当作地名记载来作考证。这样的考证，杜牧如果地下有知，当会骇笑的。

# 从“评点”到“点评”

“点评”一词，如今在汉语里已是大行其道，从报刊、书籍到会议、活动、电视节目，以至社会生活，可谓无处不有。这一近年才广泛使用的新词语，究竟始于何时、谁人所创？一般人却是不知道的，所以有必要一说。

这一新词语，始自诗词界，系河南老诗人林从龙先生所创。

上世纪九十年代初，林从龙先生鉴于传统诗词日益繁荣，与人合编了一本当代诗人诗词选，且欲仿照古人选集，带评。古来于诗文、书籍，有“评点”之说，“评”是评语，“点”是圈点，即《四库全书总目提要》所云“圈点评识”，为我国文化传统中极有特色的读书之法。此法较多为读书人所用，甚受学界重视，而成为“评点学”。南宋刘辰翁曾评点杜甫、王维、李贺、陆游诸家之作，颇为后人称道。又有以“评点”作书名的，如明代归有光的《史记评点》及清代冯舒、冯班的《二冯评点才调集》。读书时予以评点较为方便，而如果要将圈点印入书中，那就只能影印。若排版印刷，一则颇麻烦，二则失其韵味。所以林先生等选编的诗词集，只有评，而无圈点。这样，称之为“评点”显然不妥，于是他就改为“点评”，书名作《当代诗词点评》。所以霍松林教授便于序中特别予以说明：“《当代诗词点评》采取了变通办法，易‘评点’为‘点评’，所谓‘点’，并不指‘圈点’，而是‘点明’、‘点破’之类的意思。点到即止，要言不烦，故评语一般都很简短。”“点评”一词就这样出笼了。

《当代诗词点评》1991年5月由中州古籍出版社出版，很快售馨，次年8月增订再版。由于该书深受诗词界欢迎，“点评”一词也就开始在诗词界流传，随之扩散到诗词界以外，并且很快成为流行词语，以致许多对传统文化了解不多的人，竟然只知道“点评”而不知道“评点”。

# 新诗的致命伤

新诗的前景究竟如何，是否真如某些人所说的那样，已走到了尽头，不好遽下结论，但近年来新诗的不景气，以至衰败不堪，却是不可否认的事实。与新诗形成鲜明对照的，是旧体诗词的日渐复兴。不少论者认为新诗“迄无成就”的主要原因在于，新诗为舶来品，没能继承民族的传统形式，不如旧体诗那样朗朗上口，整齐好记。又有论者说是因为新诗如白开水，缺乏韵味。还有论者说这是近年来一些新诗诗人自己将新诗搞坏了。更有许多人将新诗之衰败，简单地归罪于经济潮的冲击。须知各种文学门类，包括传统诗词，都无一不经受着经济潮的无情冲击。



关于新诗衰败的种种原因，可能都不无道理。其实新诗几十年前的那种辉煌，是不正常时期的非正常现象。新诗最终丧失读者，到了今天这种地步，似乎是很自然的。因为新诗本身有着与生俱来的严重缺陷，也可以说是致命伤，这便是缺乏真情。关于这一点，我们不妨与传统诗词作以比较。

传统诗词虽经长达半个多世纪人为的压制，但依然拥有众多的读者。不要说《唐诗三百首》、《宋词选》等选本一直畅销，就连《诗词格律》和《诗韵新编》之类关于作诗填词的书，也发行量惊人。许多写新诗的人，也如当年的闻一多一样，“勒马回缰作旧诗”了。近十几年来，诗词界更是出现了五四以来从未有过的兴盛之象。因诗词拥有众多的爱好者，《中华诗词》已成为中国第一大诗刊。传统诗词具有如此顽强的生命力，除了形式等原因外，我以为最重要的一点是诗词的抒写真情。

各种文学门类中，诗应是最富感情的文体。诗必须以情动人，此情，应建立在真的基础上，真和情，是诗的生命。“好诗不过近人情”，至真的东西，才可近人情。若失其真，便谈不上情，怎么能感人呢？所以“诗缘情”是我国诗学一个古老的命题，缘情而绮靡，情真出好辞，已是古今诗人所公认的原理。诗能感人，皆因其情真意妙。这一点，可以从唐诗中得到启示。唐代诗歌，除少数应制诗外，大多是诗人真情实感的表露，是真情所使而为诗。这真情，便是现在所说的创作冲动。看他们那各种题材、各种内容的诗，或兴或怨，皆真情使然。他们作诗，较为自由和随便，一般不是为了完成任务，也并非要拿什么地方去发表，当然也无稿酬，更不可能以诗去争取什么头衔、级别、待遇。即使科场赋诗或为博取时名而作诗，那也是力求将诗写得优美动人，可以流传后世，而决不会瞎编乱造。所以唐人诗作中，极少无病呻吟与装腔作势之作，没有多少假话空话，因而写出了大量爱国、积极献身报国、颂扬正义及忧国忧民、揭露黑暗、鞭挞时弊、抨击贫富悬殊、反对战争的优秀诗篇，有不少已成为千古绝唱。即使送别、怀乡、闺怨之类诗，因是真情所发，也是那样感人，不乏名作。就连山水诗，也非常动人，名篇迭出。这样的诗，才能使人爱读，才有生命力。古代诗歌这种抒写真情的优点，被后世诗人较好地继承，是近年诗词得以复兴的一个重要原因。

而新诗，从一开始就如小说、剧本一样，是一种文学创作，而且后来成为受到官方重视和扶持的文学创作。虽然新诗也有着诗人的生活感受，有的叙事诗还以某人或作者本人为创作原型，有文学创作所要求的“真实”，但此“真实”与彼真实是不同的。多年来号召作家诗人深入基层“体验生活”，无疑是对的，但这种体验，再深入也还是为了创作而去“体验”，比起诗词的“记录”功能，毕竟差远了。何况现在许多新诗的创作连“体验”也谈不上了。须知诗是不能虚构、设计、编造的。我们从传统诗词中一般可以看出作者极真实的思想感情乃至具体经历。如诗人学者胡迎建所著《一代宗师陈三立》，如实地讲述了陈三立的一生，便主要依据传主的诗作。正是因为诗词具有史料价值，所以历来有“以诗证史”之说。而从一个新诗作者的诗作，只能看出他发表了多少诗及各是些什么题材，但决不会知道他的具体经历和真实而细致的感情，当然更不能据之为作者写传。旧体诗不受重视，能解除禁锢已属万幸，近年的繁荣，如“野火烧不尽，春风吹又生”的原上草，完全是自发的行为。至今中华诗词学会也还为“三无”民间团体，而且是在各地自发成立许多学会和诗社的情况下才建立的，不能享受作协（诗协）那样的待遇。新诗则不同，多年来一直受到认可与重视，有地点有编制更有经费，诗作可以评奖，诗人可以因写诗而拿工资、评职称以至做官。所以在新诗界，一般不是“愤怒出诗人”、“忧患出诗人”，而是为了创作甚至为了当诗人而作诗，至少是作为一种“工作”来从事的。难怪写新诗者必须考虑写出来的诗能不能发表、能不能获奖，这样就多了时代和政治的声音，少了诗人的真感情。难怪一些新诗读起来给人一种在会议上发言的感觉，也难怪曾有人将“批林批孔”的诗稍改一下就成了“反击右倾翻案风”的诗，后来再改一下又成了批判“四人帮”的诗。诗词遭冷遇，反倒因祸得福，可以仍如古人那样，属于个人行为，有如日记，而完全真实。所以真正的好诗词，往往是不发表的，而是在少数好友间传阅，甚至只是如日记一样存于箧底，连传阅也谈不上。我的大学老师罗元贞先生因酷爱诗词而被投进了监狱，在监狱里还是不断作诗填词，自然为一般新诗作者所不解。新诗若得不到发表，似乎便失去了创作的意义。而“创作”出来的诗，缺乏诗最本质的东西，不易打动读者的心。相声、小品中常见的虚假的长长的一声“啊——”显然是对新诗缺乏真情的讽刺。

社会上假的东西越多，人们越是追求真的东西。新诗如小说、剧本一样负有使命受到重视，是其幸，但为“创作”，没有诗词那样的真，又为其大不幸，为其最终失去读者的致命伤。而这致命伤，目前似乎还没有有效的疗救之药。

# 叁 ◎

# 书窗断想

# 何为“小康”

“小康”一词，近年来使用的频率很高，尤其是中共十六大报告提出全面建设小康社会的目标后，更是频繁出现于各种报刊书籍中。而人们对“小康”的理解，似普遍有误。只有弄清该词的含义，才好正确使用，所以这里略为一说。

许多人对达小康目标的理解，就是增加经济收入，能够衣食无忧或更好一点而至裕如。所以有人将联合国粮农组织提出的相关经济标准译为“小康标准”。其实，古来所谓小康，一是温饱，一是安乐。温饱是前提，安乐是目的。康，《尔雅·释诂》：“安也。”《礼记》、《国语》、《荀子》、《楚辞》等典籍之注，也都释为“安”。此外，又有“乐”、“和”、“逸”等义。可见安乐是“康”的重要内容。也就是说，在“小康”的含义中，安乐与温饱同等重要，甚至更在温饱之上。所以古人对小康的理解是：有一定资财可以安然度日。古人所谓小康之世，指禹、汤、文、武、成王、周公之治，以天下为家，虽然政教修明，人民康乐，但还是逊于五帝时的大同之世。依然主要就人民安乐而言，而不是主要或单就温饱而言。后世以“小康社会”指社会建设达到大同理想之前一阶段，自不能失其康乐之义。《现代汉语词典》将“小康”解释为：“指可以维持中等水平生活的家庭经济状况。”显然不对头，或曰欠准确，因此使许多人误以为“小康”只是就经济状况而言。

由上可知，“小康”并非只是指达到一定经济状况，十六大所说的“小康社会”应也不是单着眼于进一步提高居民生活水平，而含有使人民安乐之意。可惜我们许多文章谈到小康社会的目标时，都只讲社会经济发展，而不及人民安乐之义，无疑欠全面。应该清楚，我们的小康目标不能单以经济收入达到何种程度来衡量，还须包括让人民安乐，不受欺侮骚扰，不担惊受怕。如果民主权利得不到保障，不断遭受贪官恶吏的盘剥侵害，老是担心有人依仗权势来找麻烦，或害怕被偷被抢，没有安全感，没有个好心情，那么即使收入再多、生活条件再好，也还不能算小康。

# 何为“读书人”

不论古代还是现今，“读书人”都是一个褒义词，所以许多读书人以此为荣，更有许多识字的人以读书人自居。那么究竟什么样的人才算得上读书人呢？

《深圳特区报》“文化空间”版曾刊齐霁文，开头一句为：“在旧时，大凡读书人是很受人尊敬的，如今几乎人人读书，也就彼此彼此。”齐文之意，凡读书者，皆为读书人。此或代表了人们的普遍看法。还有人将“读书人”当作了“读者”的同义词，如《新民晚报》关于上海文庙书市的数次报道，均云“读书人”黑压压一片。这样的理解无疑是错的。《现代汉语词典》的解释是“指知识分子；士人”，虽比上述两报文章的理解要好些，但也仍欠准确。

“读书人”，虽然其前提是识字，有些文化，能读懂书，但其本质却是就精神、道德、行为而言，并不是说只要识得一些字，可以读书看报，便是读书人。据本人理解，古人所说的“读书人”，应有书卷气、书生气，甚或被人讥为“书呆子”，但有其人生信仰与道德标准，看重人格与尊严，能安贫乐道，能洁身自好，能孝亲友弟，能忧国忧民，能仗义执言，不低三下四，不攀龙附凤，不见利忘义，不弄虚作假，不为虎作伥。结合现今文化界状况，那就还有不哗众取宠不欺世盗名不作秀不剽窃之类。读书人又有清高、孤傲、自负、散漫等算不得缺点的缺点。所有这些，都是“读书人”区别于“文人”之处。用来骂人的“满口仁义道德，一肚子男盗女娼”一类话，便是说某人虽识字读过经而为文人，但却算不得读书人。现今一些人，上过大学，能给领导当秘书，能跻身官场甚至管着许多读书人，有时也还看看书，但却不能叫读书人。有些人不但有较高的文化水平，且能舞文弄墨，甚至还有着种种桂冠，但却没有读书人须有的品质，那么充其量只能说是个文人。其中德行之差者，便是人们常说的无

行文人。

所以，不能凡是文人皆可称为读书人。作一个读书人，也并非是件容易的事。

# 名人与名士

读古人书，好多回掩卷而想到这样的问题：为什么如今名人甚多而却没有名士？

前贤有句云："从古江山闲不得，半归名士半英雄。"将闲散潇洒的名士与创造时势的英雄同等看待。晋代似乎是个制造名士的社会，名士很多，袁宏还专门撰有《名士传》一书。此后名士不但代有其人，而且成为一道特殊而绵长的文化风景线。以至民国时，仍不乏名士，毛泽东便曾有绍兴名士多的话。

不知是因为没有名士了，还是不解名士之义，如今许多人将名士与名人当作了一回事。如有篇《并州名士》的文章便这样讲："并州大地，人杰地灵，两千五百多年来，在这块古老的土地上涌现出许许多多彪炳史册的著名人物……"清华大学校庆，有报道题为《清华九十华诞　四海名士云集》，说清华大学校庆，多位世界名校校长、诺贝尔奖获得者和百馀位院士参会，而用了"知名人士"一语。皆以名人为名士。杜甫在历下亭有句为："海右此亭古，济南名士多。"近闻山东启动"打造名士"的工程，想要"造"出许多名士来。所谓名士，恐还是就名人而言。

何谓名士？晋时太原王孝伯言："名士不必须奇才。但使常得无事，痛饮酒，熟读《离骚》，便可称名士。"这话似乎欠确当，名士哪能只是无事、饮酒读《离骚》。《世说新语》载：袁恪之与人谈论某人时说："门庭萧寂，居然有名士风流。"又载王导关于某人语："此君风流名士，海内所瞻。"均将名士与"风流"二字连于一起。还有一句名言更是说："是真名士自风流。"看来关键在于"风流"二字。但彼风流不是此风流，古人所谓风流是诗酒风流，而非如今的裙边风流。名士风流，不只是才华才气的表现，还是人格、道德和精神的体现。所以除了多才多艺而风流倜傥外，还要有高雅的风度和气质，不慕荣利，清高而有气骨。这样方可被人看重，称为名士。对名士的理解，借用诗人的话，是“采菊东篱下，悠然见南山”；是“杏花疏影里，吹笛到天明”；是“彩笔题诗半醉中”、“亦狂亦侠亦温文”；是“久已浮云看富贵”、“到眼荣枯不入诗”；是“宠辱从来两不惊”、“一蓑烟雨任平生”；是“渐生华发还贪酒”、“阅尽沧桑不解愁”；是“直道本知天可恃”、“寸心那得愧平生”；是“只言一寸丹心在”、“留将泪眼哭苍生”；是“天生我材必有用”、“不使人间造孽钱”；是“高歌青眼无馀子”、“一春花鸟总关心”；是“片心高与月徘徊”、“不知身外有浮名”；是“莫怪公卿不我知，我自不知渠是谁”，更是“千首诗轻万户侯”、“天子呼来不上船”。简而言之，是“一种风流但自持”、“添得人间一段奇”。

对我们传统文化有所了解的人，当都知道名士与名人绝对不是一回事。常见的《现代汉语词典》对“名士”的解释是：“指以诗文等著称的人”、“指名望很高而不做官的人”，欠准确，而大体不错。但两条解释前均加了“旧时”一词，便是认为今世已无名士了，或曰今已不需要名士了。可知今之许许多多名人，都是算不得名士的。也可知如今是不会有名士的。有趣的是，在没有名士的今天，“名士”一词却大行其道，使用的频率极高。几乎每个大一点的城市都有各种各样的名士馆、名士饭店、名士俱乐部，名士手表、名士眼镜、名士家具、名士服饰甚至名士鞋之类，也都随处可见。还有名士刊物、名士杯比赛等。你若上网一查，就知道如今“名士”竟与贪官和经理一样多。当然，谁也知道，此名士绝非彼名士。某俱乐部入会者须先交十万元，故有诗人讽刺曰：“如今识得真名士，腰缠十万打网球。”此等“名士”，最俗不过了。

名士是一种特殊的文化现象，需要其产生和存在的条件，现今社会似乎已没有了这种条件。且以吴宓先生为例，以其学问其诗，还有他的志趣和性情，而且又在大学教书，有似古之名儒，按说是完全可以作名士的，但观他 1959 年 9 月 19 日之诗，《感时》一首有“禾枯”、“堤毁”、“枵腹”、“渴病”以及“政淫”等词，尾联为：“强说民康兼物阜，有谁思古敢非今？”而同日又奉中文系领导之命，写了一首《国庆十年礼赞》，用了“红”、“东风”、“成功”等词，至有“兵学工农人竞奋，棉粮煤铁产同丰”这样的句子。在当时那种情况下，他不得不写。不得不写的，还有他的“检讨”。可知吴宓先生可以做名教授名学者名诗人，而惟独不能做名士。虽说如今已不像极左时期那样要求人们用同一种思维思考、用同一种语言说话，而有了较多的自由，甚至可以如个体户那样做自由撰稿人，但还是不大适合名士存在、不能产生名士。如吾友钱志熙教授，经纶满腹，擅诗词，又生性淡泊，不求闻达于诸侯，正合做名士。然平日极忙，且须遵校中清规戒律，也是可以做名教授名学者名诗人，而终难为名士。此等诗人，处北京大学尚不能做名士，遑论其他？所以曾有诗友说：“我们入山到中镇诗庄小住，做几日名士如何？”我笑而问道：“岂有‘几日名士’之说乎？”

还有，在以金钱为主导的商业化社会里，人们已较为实际而注重实利，没有多少人会看重什么名士。真所谓“名士如画饼，不足以充饥”。有位名作家在一次关于妇女的演讲中说，现今妓女的素质也不如以前了。语虽刻薄，但讲的却是事实。如今就连女子的求爱与择偶，也绝大多数不慕才华与气质，而看重权势与钱财。多数人，尤其是当权者，更是喜欢察言观色、阿谀奉承之徒，讨厌狷直清高之士。这样的现实，这样的风气，谁还肯做名士呢？难怪许多人如清代袁枚所讥笑的那样，“不知名士为何物”。

北京诗人赵京战对名士的见解是：我们不能有古代名士那样的才华和气质，达不到那样的极致，但若果有其才情的十分之一，就应将这十分之一发挥到最大。赵先生是退而求其次，这话，倒也不错。

我总以为，一个人口众多、文化丰富的社会，一个欲逐步推行民主、倡导自由与和谐的社会，是应该允许名士存在的，哪怕只有少数几个也好。我们不应让后世读者笑话我们这个时代没有名士。

# 却是文章差得力

陆放翁《剑南诗稿》有绝句《夜读吕化光“文章抛尽爱功名”之句戏作》一首，后两句为：“却是文章差得力，至今知有吕衡州。”吕化光，唐代诗人，即王叔文政治集团的重要人物吕温，化光为其字。他因奏劾李吉甫而遭贬，最后被贬为衡州刺史，死于任所，有《吕衡州集》。他的诗集中有一首《友人邀听歌有感》，开头两句为：“文章抛尽爱功名，三十无成白发生。”其他诗中又有“但自立功名”、“功名谁复论”、“术浅功难就”之类的话，赠友人诗又有“期君碧云上”、“期君自致青云上”等语，刘禹锡《吕君集纪》也说他“遂拨去文字”以致力仕途，可见是一个很看重功名的人。放翁读吕温诗，因其“文章抛尽爱功名”而有上述诗句。虽为戏作，却道出了一个重要的道理，这就是文章往往比功名更能使人名垂后世。吕温虽一心追求功名，而他被后人所知，并不是因为他的功名，其实是得了文章之力。这种情况，古来例子太多了。



陆放翁《读书》一诗又有句云：“古人已死书独存，吾曹赖书见古人。”这就是《史记》太史公语所说的“著书以自见于后世”，也就是现今人们常说的“书比人长寿”。我们的古人，历来很看重著述，曹丕称文章为“不朽之盛事”，杜甫云“文章千古事”，朱熹称著书传世“足不朽”。《三国志》也有使撰“不朽之书”以“垂之百世”的话。南朝宋裴松之奉诏注《三国志》，完成后，最高统治者对他最高的称赏也是“不朽”二字。古人谈到文章与书时，多用“不朽”一词，是因为人生不过百年，而文章与书的生命力却可长到千秋万代以至永远，所以有“不朽”之说。古代许多王侯将相，尽管在世时可以耀武扬威、穷奢极欲，但死后便湮没无闻，不为人所知。而许多文士，却因其文字得以名垂后世。龚自珍《己亥杂诗》有一首为：“荒村有客抱虫鱼，万一谈经引到渠。终胜秋磷亡姓氏，沙涡门外五尚书。”沙涡门即北京广渠门，门外五里许有地名五尚书坟，却不知各为何许人也。龚氏觉得，荒村的那位穷书生，只要写下一些有用的文字，便胜于那五个连姓氏也没能留下的尚书。《金楼子》说：王仲昔在荆州著书数十篇，荆州坏，尽焚其书，今在者一篇，知名之士咸重之。虽然只留下一篇，但也可赖之而传其名。其实，更有以一首诗而名传后世者，最著名的例子是唐代诗人金昌绪，只一首《春怨》，二十个字，被后世传颂不已，而其名也就垂之千古。

当然，也有人说并不欲其文字不朽。这样的人，古时有，今时也有。如我的同事高增德先生，就自谦其作无甚价值，无须流传后世，而冀其速朽，所以名其斋为“速朽斋”。但观其搜集资料、伏案写作之认真，可知他实际上还是希望其作不朽。

可以不朽之著述，于社会于后世的作用，此且不论，只从作者本人来说，已是多么重要，所以古人有“三立”之说，视“立言”与“立德”、“立功”同等重要，更有人以为文人首当著述。这反映了一个文人的人生态度。古今凡正经文人，都期望其所作能给自己留下身后的好名声，所以作诗撰文著书皆极认真，而不敢有丝毫马虎。“吟安一个字，撚断数茎须”、“为求一字稳，耐得半宵寒”、“板凳要坐十年冷，文章不写一句空”，这样的态度，真教人感动。可惜到了如今，写文章出书，在不少人来说，竟如儿戏。“无错不成书，”“天下文章一大抄，”甚至有人竟然将其不恭乃至“玩”，公之于众，以致有老先生发出“堕落至此、为之浩叹”的慨然之语。这样的作者，并非不懂自己物化后著述还将留在世上的道理，而是有一种“后现代化”了的勇气：既不怕今人嗤笑，也就不怕后人嗤笑。

# 古人眼中的著述

撰文著书，为令人向往之举，所以有不少人热衷于著述而不辞辛苦地爬格子、敲键盘，学者、作家、诗人以及编辑等职业，一般也较为受人尊重。但同古时候相比，则相差太远了。古人有“三立”之说，把“立言”，即著述，看得与“立德”、“立功”同等重要，清代大臣王士禛甚至认为“文人才士首应撰述”。著书立说历来被视为极神圣的事业。其受重视的程度，如今一般读者是想象不到的。

读古代文献，可以看到许多这样的记载，某人拜官而不受，甚至屡召不起，却居于乡间或山里著书。还有许多当官的人，弃官归里静心著书。这样的行为，今天在很多人看来，自然绝对难以理解。许多古人所以如此，是特别看重著述，甚至把著述看得比功名和爵位还重要，是重视功业与身后的声名，而不是只看重眼前的权势与利益。虽然追求功名与仕宦是读书人的普遍做法，但“恐修名之不立”则是更为普遍的意识。唐代诗人吕温，是把功名看得特别重的一位，甚至在诗中明言“文章抛尽爱功名”。陆游读了吕温该诗后，有诗云：“却是文章差得力，至今知有吕衡州。”说吕温被后人所知，是因其诗文，而不是什么功名。陆放翁道出了古人的一种重要看法，这就是著述往往比功名更能使人名垂后世。像吕温这样因文字而名垂后世的例子，古来太多了。这就不难理解古人的弃官著书之举。如清代段玉裁，四十六岁时去官归隐，卜居苏州枫桥，闭门著书，积数十年之精力，成《说文解字注》等书多部。只《说文解字注》一书，就是一件大功业，使这位段金沙不但名重一时，而且垂之千古。这样著名的例子，古代也有很多。

古时不但有许多如段玉裁这样的人，而且不少帝王和王子王孙，也看重著述并为写文章的好手。曹丕便视文章为“经国之大业、不朽之盛事”，写得一手好文章，其父与其弟曹操、曹植，更是文坛高手，故有“三曹”之称。梁元帝性爱书籍，颇重声誉，勤于著述而所著甚多，曾自豪地说：“我韬于文士。”从曹魏到唐五代，不少皇帝便是诗人或著作家，此风一直延续到清代。清乾隆帝极爱作诗，所作虽欠佳，但数量之多，可谓空前。许多宦至宰相的大人物，同时又为名诗人名作家大手笔，而甚看重其所著述，如元稹自云“惟惜平生旧著书”，司马光自称“精力尽于”《资治通鉴》，这样的例子几乎各朝代都有，连少数民族入主中原的元与清也莫不如此，这就是《晋书》所说的“虽显贵而著述不废”。帝王将相著书之习，对世风产生了深远的影响。

因此，在许多古人看来，著述比科第、功名、仕宦还重要。唐代女诗人薛涛，地位甚低下，但却有“诗家利器驰声久，何用春闱榜下看”之语，把诗的成就看得比举进士还重要。她不但不怎么看得起功名，而且对于位居宰辅者的诗，也敢嘲笑。唐时极看重诗名，于是有因某人诗名而追赠其头衔之例。清代龚自珍，称赞两位诗人的诗“郁怒清深两擅场”后，有“如此高才胜高第，头衔追赠薄三唐”之句，认为高才已胜高第，无须追赠什么头衔。此并非只是龚氏的诗人之语，从他告诫其子的“肯肩朴学胜封侯”可以看出，为其真实看法。像龚自珍这样才气飞扬的人，是不一定看得起当官者的，而对于诗写得好有真才实学的人，则一定尊敬。

现在人们虽然也将著述看得较重，但已不可与古人同日而语，更不会看得比官位还重。获得博士文凭教授职称者去争一个处长或副处长位置的现象，在我们的大学里竟成风气，便是很好的说明，可知如今不会有弃官著书者。如果有谁辞去书记或市长之职而专心著述，人们会觉得不可思议，甚至以为此人神经出了毛病。古今对于著述的看法，相差竟是如此之大。

# 读书的境界

以前读杜诗，有一句并不为多少人留意的诗，却给我留下了很深的印象，这就是《寄彭州高三十五使君适虢州岑二十七长史参三十韵》中的“花屿读书床”。那是杜甫卧病秦州时寄著名诗人高适、岑参的一首长诗，该处几句为：“岂异神仙地，俱兼山水乡。竹斋烧药灶，花屿读书床。”

老杜所谓读书床的“床”，仇兆鳌《杜诗详注》释为睡觉之床，未当，此“床”应为杜甫他诗中“临阶下马坐人床”的“床”，系胡床，即可坐可倚躺的交椅。神仙地与山水乡，指高、岑二人所在之地。高在剑阁外的彭州，地近长江，多水又多山，岑所在的虢州，旁有荆山与鼎湖。唐时的山与水，自然都是美的。“花屿读书床”，应是说在水旁的一个山头，开着花的山坡上或树丛间，放一把交椅，诗人坐在那里，悠闲地读书。杂着花香的清新空气，无人干扰的宁静氛围。这是杜甫想象两位友人闲来读书时的情形，其实也是他自己以为最好而向往的读书环境。古人通常所说的读书，也是真正意义上的读书，大抵是这样的境界，或以这样的境界为向往。所以古代大儒读书处多在远离尘嚣而景色幽美的山中，因此也就有“读书山”之说。笔者就曾寻访过几位前贤的读书处，那山色，那静谧，尤其是如今最难得的清新空气，都教人向往不已，每次总是恋恋而不欲归。

“花屿读书床”的读书，自然多属漫无目的的随心而读。身闲心静，愿意读经就读经，想读史就读史，或者拿出友人寄来的诗作欣赏，兴来时也可能朗声吟成一首新作。陶渊明的“好读书，不求甚解”，即是随心而读，并不很费力的意思。读书时也不必总是正襟危坐，大可随便一些。古人每以所读之书置床头，庾信所云“书卷满床头”，老杜所云“散乱床上书”、“身外满床书”，便都说明枕上亦读书之处。孟浩然有“日长闻读书”句，黄庭坚有“日长宜读书”句，是悠闲读书显然又有打发时光和消遣的意味。这种轻松悠闲的随心而读，或即古人所说的“老闲犹有”的“读书心”。古人有“书癖”、“书痴”、“书颠”之谓，觉得“读书便佳”、“读书最乐”，甚至以为“有工夫读书，谓之福”，当都是就轻松悠闲的读书而言。古时士子为科举而头悬梁、锥刺股，与今之青少年为升学而拼命读与记，均为大苦事，可视为特殊情况，为极不正常之读书。

我们现今的读书，已鲜有古人那样的境界。生态环境普遍遭破坏，没有安静幽雅的“花屿”且不说，只从读者个人来说，便没有古人那样的心境。一般所谓读书，应该是无目的的，至少是功利性不很强，应出于一种爱好，是生活或生命的需要，是一种乐事，是“欣然忘食”而不是废寝忘食。可惜现今人们一方面已难得从容，另一方面读书的目的性，或曰功利性，似乎太强了。为了求职为了提干为了职称为了生意，甚至为了面子，为了讨上司或异性欢心，各各有着明确而迫切的目的，自然也就谈不上读书之乐了。曾有不少人坦言自己硬着头皮学外语只是为了应付考试，又每有炒股者为了取胜或捞回损失而汲汲求助于传授机宜之书，以至有盗墓者去翻难以读进去的考古与文物方面的书籍。有的人读了几本书就要求得到什么收益和好处，甚至读着一本书的同时就想着得到相应的回报，把读书当作了付出或牺牲，在与书神作交易。这种被迫或急功近利的读书，自然都绝无轻松与兴趣可言。

笔者并非反对为掌握某项知识或解决某个问题而读书，只是认为，读书不必太苦，尤其不要急功近利，而应具备正常的读书心态。其实，只有正常地读书，书读得多了，才能得到真正的充实，这就是《易经》所说的“多识前言往行，以蓄其德”。朱子有段话，竟像是特意为今人说的，不能不抄在这里：“书虽是古人书，今日读之，所以蓄自家之德，却不是欲这边读得些子，便搬出做那边用。……读得一书，便做得许多文字，驰骋跳掷，心都不在里面。如此读书，终不干自家事。”

如果仿照王国维做学问与填词的三种境界说，将读书也分做三种境界的话，那么“大江流日夜，客心悲未央”，为科举为升学之苦读

及被迫读书也。“举头望明月，低头思故乡”，目的与功利性较强而无乐趣之读书也。“采菊东篱下，悠然见南山”，正常之读书也，亦即最佳心境之读书。

# 从“鸡栖树”谈到读书

《北京晚报》有文报道发生于重庆的一件奇事：邓某养的几只鸡晚上飞到树上去栖息。并惊奇地说，邓某和该文作者观察多日，竟未见一只鸡过夜时从树上跌下来。

笔者读后也觉着甚奇，奇的不是鸡夜里栖于树上，而是《北京晚报》竟以鸡栖树为奇。

以鸡栖树为奇，更甚于古时辽东有人以白头猪为奇。《东观汉记》说，辽东某人看见猪生的小猪，头为白色，甚异之，便携往京城，要献给皇帝。走到我的家乡河东，看到一群群白猪，才知道自己少见多怪，怀惭而还。还是在我的家乡河东，鸡夜里栖于树上乃是常见的事。晚上每有淘气的孩子用土块掷树上的鸡，扰了鸡的好梦。甚至有偷鸡贼夜里于巷中树上抓谁家的鸡。鸡栖息于树上，是因为鸡属于鸟类，天生就是在枝或架上过夜的，所以一般人家往往在大门后架一木棍，供鸡夜里栖息。鸡用一只爪撑在木棍上睡觉，也绝不会掉下来。如今为了家庭卫生，改作了鸡窝，也仍在窝内给鸡架着木棍，所以一直有鸡“上架”的说法，“鸡上架了”，是说天色将晚；“鸡上架迟”，则预示天气变坏。鸡如果受了惊吓，或因拥挤、燥热等原因，对主人为它安排的栖息处不满意时，便会飞到树上去栖。重庆那位邓某，想是缺乏常识，将鸡与猫狗一样对待，要它卧于鸡舍内的地上，鸡只好到树上去栖息。现今养鸡场将鸡关于笼室里，鸡也只好无奈以从了。

如果因生活经验少而不知鸡栖树的常识，那么读书时该会了解到的，因为鸡栖树的记载和说法，自古以来就是书里所常见的。《三国志·魏书注》有“殿中有鸡栖树”语，以栖于树上的鸡喻人，已成典故。《北史·河间王孝琬传》载有“白杨树头金鸡鸣”的民谣。《神仙传》说祝鸡翁养鸡千馀头，暮栖树，昼放散食。唐颜师古《急就篇注》说，皂荚树，一名鸡栖。鸡栖树，更多见于古人诗中。早在汉代，乐府诗中即有“鸡鸣高树巅”句，张衡诗也有“鸡鸣庭树枝”句。魏阮籍《咏怀诗》有“晨鸡鸣高树”句，晋陶渊明著名的《归园田居》有“鸡鸣桑树巅”句。梁简文帝萧纲《鸡鸣高树巅》诗有“鸡鸣天尚早”句，刘孝威《鸡鸣篇》有“埘鸡识将曙，长鸣高树巅”句。杜甫《湖城东遇孟云卿复归刘颢宅宿宴饮散因为醉歌》有“庭树鸡鸣泪如线”句，均指鸡在树上报晓。杜甫著名的《羌村三首》还有傍晚“驱鸡上树木”句，《恶树》诗有“鸡栖奈汝何”句。白居易《送鹤与裴相临别赠诗》要鹤“夜栖少共鸡争树”。陆游著名的《老学庵笔记》曾记宋时淮南一带有“鸡寒上树”的谚语，他在浙江故乡之作不但有“老鸡喔喔桑树巅”、“膊膊庭树鸡初鸣”句，更有“老鸡栖树已三鸣”句。古人因鸡常栖于树上，而以“鸡”与“树”组词，诗文中多有“鸡树”之说，此读白居易、李商隐诗即可知。又因鸡多栖于桑树上，而将桑树叫作“鸡桑”，此读陆龟蒙、陆游诗即可知。古来许多关于鸡栖树的文字，想一个读书人或多或少都会看到一些的。



生活中经常见到、书籍中经常讲到的常识，怎么就会当作“奇事”呢？更令人不解的是，《北京晚报》刊出该文后，又曾见好几家报纸予以转载，说明不少编辑也视常识为奇异。这里所反映出的知识和读书方面的问题，倒是应引起我们的思考。

# 切勿妄责前贤

批评名人，尤其是批评古代名家，以显示自己的水平，近年来似乎渐成风气。古之名家并非不可批评，虽说他们已不能为自己辩解了，但只要批评得在理，还是应该讲出来。可惜不断看到的一些批评前贤之文，一般是尽量挑点所谓的毛病，而以居高临下的口气横加指责。更有等而下之者，是因为未读懂或者读不懂前贤之作而乱发议论，全不知“读书尚友”、“识前言往行”之古训。如《教师之友》2002 年第 6 期所刊傅婷婷长文《〈游褒禅山记〉不堪作教学范文》，便为很有代表性之例。《游褒禅山记》的作者王安石，系“唐宋八大家”之一，该文为古文名篇，傅婷婷之指责，自然会招不少读者一读。



《游褒禅山记》开头一段说：“所谓华山洞者，以其乃华山之阳名之也。距洞百馀步，有碑仆道，其文漫灭，独其为文犹可识，曰‘花山’。今言‘华’如‘华实’之‘华’者，盖音谬也。”傅文指出，这三句话，“竟有明显文理病句二，妄言独断者一”。从而提出此文不应当选入中学语文教材。而待读其所述理由后，却教人不觉哑然。

且看傅文关于“病句”之批评。其一，“所谓华山洞者，以其乃华山之阳名之也”。山之阳指山朝南的一面，与洞名有何关系？傅文紧接着引了高中语文教科书的注释：“南宋王象先《舆地纪胜》写作‘华阳洞’。看正文下句，应作华阳洞。”这就是说，王安石文中的“华山洞”，很可能为后世传刻之误，当为“华阳洞”，因其在华山之阳而得名。湖南人民出版社出版的《历代游记选》，未知此文据何版本，即作“华阳洞”。傅女士怎么能借这样的“问题”来指责王安石呢？其二，“其文漫灭，独其为文犹可识”一句，既说“漫灭”，又说“可识”，“这叫什么话”？而指该句为“明属无理不辞的病句”。这是傅女士不知，“其文漫灭”之“文”，指碑上所刻之字，“为文”，指所写的文章，即碑文里的话。漫灭、漫漶，指字或图形因风化磨损等原因不清楚不易辨认，并非已“不存”。该句是说，碑上字已漫漶，只有碑文中的“花山”二字还能认得出。傅文所指责的“妄言独断”，是指“今言‘华’如‘华实’之‘华’者，盖音谬也”。王安石据碑文中的“花山”二字，说如今的“华”成了“华实”之“华”，读音有误。傅文指责王安石“不知‘华’即‘花’，妄生山名正谬之辨”。此是傅女士只知“华实”可指花与果实，却不知古人有“华实不相副”、“华实相称”、“华实兼”等语，也就不解王安石所说“华实”之义。她甚至连“华”字的读音也弄不清，竟然说“华岳”的“华”与“花”同音。据此可知傅女士未能读懂该段话，便来指责王安石，而且说了许多大不敬的话，如“不学不慎”、“大言欺人”、“文理不通”、“全无逻辑”、“狂妄独断”等。只一个“妄”字，便用了多次。

傅文指责王安石的那些话，才真是“这叫什么话”！如此“以古为敌”，殊令人不解。



本人曾写过一篇关于“误读”的文章，谈读书时有些文字容易被领会错意思，只有书读得多了，方可避免误读。傅婷婷对王安石文的批评，不属“误读”，而是没能读懂。读不懂王安石这篇文章，本没什么，以后或可读懂的，但不该以其不懂和无知来严词指责王安石。她还进而指责高中教材的编注者“无胆无识”，岂不知她这样的“胆识”，只能贻笑大方。教人实在想不通的是，傅婷婷怎么就没想一想，王安石作为古代著名文学家、诗人，《游褒禅山记》又为古代散文名篇，怎么会糟到她所认为的那种地步，尤其是王安石岂能不知“华”可指“花”。也没想一想，该文被后世公认为佳作，难道历代那许多著名文人都未看出王安石这些“明显”的错误吗？

此外，傅文还指责《游褒禅山记》“全篇内容漫无中心，东拉西扯，行文凌乱”，文意“浅薄”，甚至斥王安石所讲道理为“废话”，实是不负责任的信口开河，全然不怕读者笑话。

动不动就指责前贤、以指责前贤为快事的风气，万不可长。

# 关于信的感慨

北京有关方面成立组委会向全国征集家书，将挑选优秀者藏入国家博物馆。家书如今也成珍稀之物，而用了“抢救”一词，令人颇多感慨。有识之士担心人们以后连信也不会写了，不无道理。而我的忧虑，不是以后，却是眼下；不是因通讯手段的现代化，而是因为汉语文化知识的缺失。一些理工科大学生和一般知识分子写不好信自不必说，这里且举几例文化层次较高而著书立说者书信的出人意料处。

我的一位同乡，本地某大学中文系毕业，曾在多种报刊发表过作品。一次他找我商量他的工作问题，并拿出准备商之于父亲的信让我看。令人惊奇的是，他落款时在自己的名字后写着一个“示”字！我告他：“示”是长辈对晚辈写信所用之辞，你给父亲写信，末了不写“稽首”之类也罢，怎么竟写了个“示”字？他甚感不好意思，坦白地告诉我，是见父亲来信这样写的。当我知道他的父亲是位农民时，便不客气地批评他写信竟不如种庄稼的父辈。

重庆某大学中文系的一位副教授，研究生毕业，也发表过不少文字。他寄来一篇稿子，那信封上收信人一行赫然写着“马斗全先生敬收”。他分明将自己的“敬”，错成了要收信人“敬”。不瞒读者说，不论他发表过多少文字，这“敬收”二字，就使我对其水平先有了一点了解。而在我所收著书立说者的来信中，要我“敬收”或“敬启”的竟有好些封。最近收到的一封，来自北京金台西路二号，要我“敬启”。近又收外地某先生寄其生日自寿诗，信中要我“伏和”，读之甚令人惊讶。“伏”，“伏地”、“俯伏”之“伏”，是较“敬”更谦敬之字。古人奏议和书信中常有“伏奏”、“伏读”、“伏见”等语，乃卑者对尊者所用之谦辞，多用于对皇上所言。这位先生的索和信将本应称己之“伏”错作了要对方“伏”。其实，他若一定要用“伏”字，可说自己“伏望”、“伏蒙”之类。若欲表示恭谦，可云请“俯和”。

以下则要非常遗憾地谈到上海某名牌大学人文学院一位博士后给敝刊编辑部的来信。来信者是研究中国古代文学的，从信中知道，他已取得高级职称，发表、出版过好几百万字的撰述，并数次出国。而他来信开头的称谓为“贵刊:”，令人颇感新奇。“贵刊:”二字，实即“你刊”之敬称，而非敝刊之名，信中可以说“贵刊如何”，上款却不当如此称呼的。更令人不解者，致祝时“祝”字抬头写，下一行的“编安”却靠后写。信末的致敬致祝之语如何写，应是再寻常不过的常识了，竟也出错。

与上举以“贵刊”作称谓相类者，是《瞭望》周刊（海外版）1990 年第 19 期卷首所刊鲍某《北京书简》，开头的称谓为“吾兄”。据信的内容知道，这位鲍先生是上过大学的，不但写了这样的信，而且还交与《瞭望》刊出，展示到海外去。此期《瞭望》是因黄遵宪事在香港学者梁怡然先生下榻处看到的，同时看到内地有关方面复梁先生的信，结尾“此致”下为“××××宣传部”之落款，是不解“此致”二字之意也。



其他无须多举，仅此几例，即可看出如今一些文人写信的水平，也真该为我们这个时代一叹。出现这类问题，实际是文化知识欠缺和汉语水平较差所致，应归罪于多年来对中华文化的轻视和近年来日渐严重的浮躁之风。记得我上小学时，课本上就曾讲过如何写信，所以小时候虽然不写信，但“此致”、“敬礼”之类该如何写，还是知道的。莫非后来的课本上已没这些内容了。即使课堂上没学过，但作为一个舞文弄墨者、一个生活中的人，亲友的来信总该看过吧。总之，这样的差错出现在宣传部秀才、大学教师、博士后的信中，真教人不知说什么好。一个连信也写不好的人，所撰写的书和文章，怎么会有较高的质量呢？还有，他教出的学生的写作水平，也难免令人忧虑。

需要说明的是，我这里举出这类问题，是提醒和希望读者尤其是负有解惑、立言使命的大学教师，写信时不要出错，并无半点儿暴露别人缺点的意思。因为如今的文人（包括大学教授）不但中文水平普遍降低，而且接受批评的精神也普遍较差，有了此类差错或其他硬伤，并不一定欢迎别人指出。虽则明知有些人不太欢迎批评而仍要写此文者，实在是不能已于言，真切希望一些写信时出过此类差错的人此后不再错，所以还请上述写信者鉴谅。

# 文化传统与语文教育

上文谈到我们一些大学毕业生乃至大学教师书信知识之缺乏。这些被认为是文化水平较高者写信时的种种差错，实在出人意料。而写信，古来乃中国文人最起码最实用的技能。对我们民族的文化传统接受甚少，连信也写不好的人，我们能说他是一个合格的大学毕业生吗？更不要说博士后、刊物编辑、大学教授。对于这种现象，谁能不深感忧虑呢。

而后来从网上得知，在海峡那边，我国的台湾省，不但极少或不存在上述令人瞠目结舌的情况，而且那里的中学生一般也不会出现这样的差错，自然令人欣喜而多感。这欣喜和多感，具体来自台湾一些中学的语文试题。



台湾凤山国民中学 2000 学年度第二学期某次国文考试，高雄五福国民中学 2002 学年度第二学期某次国文考试，淡水国民中学 2003 学年度第二学期某次国文考试，高雄市立中山高中 2004 学年度第二学期第二次定期考试，都涉及信封中栏的缮写格式，有“某某人敬收”或“敬启”以及“台启”、“钧启”、“大启”等词语的用法，要学生判断何者正确。信开头的称谓与末了的问候、致敬，有“吾兄”、“足下”以及“道安”、“台安”、“福安”、“叩上”等，乃至有“领谢”、“璧谢”、“踵谢”等，以检查学生是否知道其该如何用。以此推知，台湾其他一些中学的国文考试也会有书信方面的内容。无论学生在考试时答对还是答错，总归经过这样的考试后，学生们便知道了那些写法何者为对、何者为错，而懂得书信的通常写法，在以后的工作和与人交往中，就不会出错了。这当然是台湾中学生之幸，同时也是我们的传统文化之幸。为了可爱的汉语和源远流长的中华文化，我们真应感谢台湾教育界的那些有心人。

台湾中学关于古典诗词知识的国文试题，也对我们有所启发。如前面谈到的凤山国民中学，某次月考便举出首句不入韵且有的韵脚读音与今之读音已不同的唐诗《游子吟》，要学生指出韵脚是哪几个字。又如高雄市立前金国民中学某次月考，有两道题为：一首“五绝”加上二首“七绝”共有多少字？由“故人西辞黄鹤楼”一句可知老朋友将要去什么方向？他们要求学生能够知道传统诗词的大体知识和阅读方法。而大陆语文考试关于古典诗词的内容，往往有些教人摸不着头脑，而甚感奇怪。这里且以 2001 年高考全国语文试卷的相关内容为例来作分析，即可见一斑。

2001 年高考全国语文试卷，所出古典诗词为韦应物的《赋得暮雨送李胄》。命题者对该诗不甚了了，所出题不得要领，致使考生只有答错了才能得分，谁若比较后还算选择得有点道理，则要被判为错，这岂不是太荒唐了吗？（参本书《说韦应物〈赋得暮雨送李胄〉》）出了这样的高考语文试题，原因何在呢？台湾的国文试题，目的显然是要学生掌握有关知识，而大陆的语文试题，似乎不是为了测试学生的有关知识，更不是为了切实继承传统，而主要为了借之来判分数，所以尽量将试题弄得似是而非，不好捉摸，这样方可区分考生得分之高低。谁知绕来绕去，竟连命题教师自己也给绕进去了。这样的语文试题同时也反映出，因长期以来不重视传统文化，我们的中学教师乃至有关“专家”的古典诗词知识也甚令人担忧，连正确理解一首唐诗也做不到。

对联同诗词一样，也属民族文化传统之瑰宝。2004 年高考，广东省 34 万考生面对一道并不难的对联题，没有一人能对出合格的对句。语文试题让考生对对联，自然是为了检查有关技能。旧时私塾幼童能对句，因有这方面的训练。如今平时并不注意楹联知识的传授，更无实际的练习，恐中学教师中也没多少人能对出合律的对句，却为什么要给中学生出这样“刁钻”的题呢？无一人能对，这道题不等于白出了吗？

最近的也是众所周知的例子，是前不久宋楚瑜先生清华大学演讲时，清华大学校长当众读错黄遵宪诗和随后该校教授刘江永再次读错的事以及将“赠送”说成“捐赠”、“小篆”称作“小隶”。名牌大学校长与教授的人文水平今已到了这等地步，不能不深刻反思我们的学校教育，尤其是语文教育。

在关于中学生书信知识、诗词和对联知识这些传统文化知识方面，我们的教育界确实值得反思。民族文化传统在不断丧失，无疑是教育的失败。我们的高考语文试题已多次受到激烈批评，然而却不见改进或曰不知该如何改进。台湾教育界有不少地方值得借鉴和学习，加强两岸教育和文化交流，刻不容缓。而真心热爱我们的汉语和传统文化，真正注重素质教育，应是问题的关键。

难道我们能让许多文人对民族文化传统知之甚少，甚至博士后和大学教师连信也写不好的现象，一直继续下去吗？

# 不学诗　无以言

2003年下半年，中镇诗社因中学教材诗词作品比重过小，而决定向教育部提出增加诗词内容的建议，并曾委托两位社员精选可作教材的优秀诗词若干首，作为推荐篇目。后因考虑到有关官员未必能真正认识到诗词教育之功用，更未必会采纳一个民间诗社的建议，而寝其事。近日公布的《国家“十一五”时期文化发展规划纲要》强调重视优秀传统文化的教育和传承，提出在中学语文课程中增加传统诗词的比重，同时提出在社会教育中广泛开展吟诵古典诗词活动，以提高全民族的人文素养，中镇诗社诸诗人自然甚感欣慰。

让国人尤其是青少年多接受一些传统诗词教育，确实非常必要。

传统诗词不同于现代意义的文学创作作品，而是诗人思想感情的如实表露，是诗人胸襟、识见、品格的集中表现，也是作者人生的真实记录。“诗言志”、“诗缘情”、“第一要襟抱”、“不失其赤子之心”等，是诗的创作原则。孔子对诗的简洁概括是：“一言以蔽之：曰思无邪。”正由于此，《诗》被列为六经之首。与诗相连的是高尚与文明。诗的化育作用，显而易见。爱诗、学诗的人多了，便可以促进社会风气的好转。自古及今，诗词为我们中华民族的文化和文明建设作出了重要贡献。真不能想象，设若没有传统诗词，中华民族的文化和精神将是怎样一种状况。以至今日，“高雅”仍为人们赞赏诗词之辞，就连讽刺某人的“附庸风雅”，其实也是对诗的称颂。还有，“腹有诗书气自华”，饱读诗书的人，自然气度不凡，更为无数事例所证明。叶嘉莹女士在重庆大学作报告时，学生们惊叹道：叶教授七十多岁了，还这么漂亮！“漂亮”一词并不准确，其实她们惊讶的是叶教授腹多诗书而显示出的气质。这种气质，是绝对学习或模仿不出的。

化育作用之外，诗词在人文素养方面的功用，也非常重要。诗作为古典文学之精华，与史堪称中华传统文化两大中心支柱。作为一个中国人，如果对中国历史知之甚少，或对传统诗词接触不多，自然无人文素养可言。

如果当代文人能多读一些古典诗词，稍具备一些诗词常识，就不会有很多人把“有意栽花花不发，无心插柳柳成阴”这样一些常见的名句错作其他各种写法了，中央电视台和各大报纸就不会经常出现各种各样诗词方面的错误，许多旅游景点就不会悬挂教人忍俊不禁的拙劣对联。普通文人且不论，便是一些知名作家、教授，也会因缺乏诗词知识而出错。如果知道诗词有其格律，不谙此道者是作不出的，刘心武就不会闹出将黄庭坚名句当作自家诗句的笑话，何况“桃李春风一杯酒，江湖夜雨十年灯”还用的是特殊格式。如果稍懂平仄格律，王春瑜就不会将王维的名句“行到水穷处”错引作“行至水尽处”，王泉根就不会将常说的“吟安一个字”错引作“吟稳一个字”。如果了解一些对仗常识，知道“南北”不能对“冒充”，李景端就不会把杨宪益自撰联的“难比圣贤”错作“南北圣贤”予以公开，而让杨宪益觉得“好像是我又在讽刺别人了”。如果懂得一些诗韵常识，知道“下”、“者”同在上声“二十一马”，章培恒就不会说陈子昂名篇《登幽州台歌》不押韵。如果余秋雨能多读一点古典诗词，了解“出塞”、“边城”、“玉关”、“碛”等词含义，就不会把清人丁澎送张缙彦去西北之诗当作去东北之诗来讲说了。以上均为文化名人，笔下却难免此等错误。更有位包立民，在某大报谈对联之文，不但因岁数比自己大的书联者称己为“兄”而惊喜，而且不知何为集句联，也不解对仗是怎么回事，致使误抄对联而错以“八九”对“一用”。经读者指出，他又于该报登出《闻过则喜》以纠正，可惜还是弄错了，教人觉得好笑。可知即使一些文化素质较高者，也断不可缺了诗词素养。



以上并非指摘诸位先生之错，而是以之说明诗词于人们人文素养之重要。孔老夫子曾诫其子孔鲤说：“不学诗，无以言。”今之文人，不学诗可乎？

# 书画家不可不知诗

在我国传统文化中，诗书画是连为一体的，古人培养书法和绘画人材莫不先从诗起步，以诗文修养为基础，来促进书画技艺的提高，这似已为常识。所以古代许多有成就的书法家或画家，都同时又是诗人。

而目前书画界的状况却不是这样了，书画似乎已与诗渐渐分手了，这在六十岁以下的书画家身上表现得尤为明显。像启功、林锴这样诗写得极好的书画家，已属凤毛麟角。这固然由于诗词数十年被冷落，但也有培养方法的失误。许多人只学习书法或绘画而不知诗，致使题画诗越来越少，好的诗书画作品则更少见。习书画者不习诗，更少读古人书，致使有些书画家文化功底太差，每每令人惋惜。例如关于李清照的一部电视剧中，一演员能书，却将陆游名句“五千仞嶽上摩天”之“嶽”字错作“狱”，且读作“狱”，是不懂陆游诗所致。更有可笑者，河南一书法家将一大幅书法作品献给朱仙镇岳飞庙，字还写得不错，可惜竟将岳飞的“岳”字写错了，而此书法家偏又是岳武穆的后裔，也姓岳。看到此书法家将岳飞和自己的姓错写作“嶽”，不免使人感到滑稽而可哀。与此相类，北京居庸关所建碑廊，刻古近代名人咏居庸关诗作，书丹之书法家水平太差，讹误触目皆是，如将“白发”写作“白發”，将“万里”写作“万裏”，将“谁云”写作“谁雲”，将“征鞍”写作“徵鞍”，甚至将常见的“神州”写作“神洲”。近数见书法家所书诗句和画家的题画诗，不但根本不懂格律，而且那语句也甚教人奇怪，不知我们的书画家何以竟写出了那样令人匪夷所思的句子。

郑州市黄河游览区筹建黄河碑林时，向各地书法家征集作品，据有关负责人讲，让人大失所望的是，竟有许多都是“黄河之水天上来”，所书除古人诗外，几乎没有像样的新作。于是只好求之于诗词界，找能书法的诗人，或请诗词家与书法家联手完成。四川有人携一件明人绘画请京门某知名书法家题诗，该书法家不能诗，只好诌了几句题之，又因从不题诗而题错了地方，致使行家看后大喊可惜。凡此之类，都颇耐人深思。

书画与诗的分手，已令人担忧，而更令人不安的是此风大有愈演愈烈之势。近年不少省市为了发展文化艺术事业，成立了相应的机构，因为不懂诗与书画的关系，还因为书画可以赚钱而诗看不到经济效益，所以大都为书画院（只有四川等少数省的领导人有眼光或曰懂行，为诗书画院）。而由此造成的重书画轻诗的风气，将为害更烈。

当年与张大千齐名而有“南张北溥”之称的诗书画大家爱新觉罗·溥儒，在台湾收书画弟子时，要求必须能诗，对于不懂诗者是不收的。于此可见这位艺术大师在培养人材方面的远见卓识。愿我们有关人士能意识到目下书画与诗脱节的严重危害，认真予以纠正。否则，就此下去，书画界的状况将不堪设想。

# 胜过长篇论文的短诗

笔者曾在一文中谈到自己读书时尤爱读古人一些笔记和批注。这是因为，古人读书学问之所见，一般只用数十字甚至一二句话说出即可，而今人却一定要撰为论文，写成几千字乃至逾万字的长文。甚至并无创见，也能鼓捣出好几千字的"论文"。看这些空泛冗长、了无新意之文，远不如读古人简短的笔记和批注有益。

爱读关于学术的短文和批注外，我还爱读一些好的咏史、论事之诗，尤其是绝句。有些绝句，虽然不过那么短短四句，价值却比如今常见的所谓论文大得多。

请看以下几首绝句。

唐代诗人皮日休的《汴河怀古》："尽道隋亡为此河，至今千里赖通波。若无水殿龙舟事，共禹论功不较多。"此诗说：人们都说隋朝因此河而亡，而此河至今仍在通航。如果不是炀帝荒淫骄纵数次劳民伤财巡幸江南，那开河之功真可与大禹相比。将隋炀帝开运河的历史功过说得再清楚不过了，却是何其简略，读之而又多有意味！

唐代诗人罗隐的《西施》："家国兴亡自有时，吴人何苦怨西施。西施若解倾吴国，越国亡来又是谁？"作者不独为西施辩诬，更是对古来"女人祸国论"的有力批驳，读来令人信服，却又轻灵如此，教人爱读。

宋代诗人石延年的《南朝》："南朝人物尽清贤，不是风流即放言。三百年间却堪笑，绝无人可定中原。"批评南朝偏安一隅而士人却只惯风流与放言，于恢复大业毫无用处。虽含感慨与讽刺，而持论公允，意甚深远。

宋代有位李九龄，所作《读〈三国志〉》一诗甚好，可作为论文之范本："有国由来在得贤，莫言兴废是循环。武侯星落周瑜死，平蜀降吴似等闲。"人材于国家之重要，二十八字说尽，读来何等畅快明了，无疑远胜于如今许多论人材重要性的长篇大论乃至“专著”。

古人这样的诗很多。今人也不乏这样的诗，这里略举中镇诗社诗人几首。陕西汉中有拜将台，为刘邦拜韩信为大将处。杨启宇《拜将台》诗为：“向背徒劳说蒯通，假王犹要汉王封。一从拜将登坛后，便在刘三掌指中。”说韩信不听蒯通利害之劝，而请求刘邦封己为“假王”，被斩时方“悔不用蒯通之计”。其实，他从登坛而接受刘邦“大将”之位起，便已在刘氏的掌握之中了。关于韩信与刘邦的关系，寥寥四句便全说透了，又甚好读。杨启宇又有《挽彭德怀元帅》诗：“铁马金戈百战馀，苍凉晚节月同孤。冢上已深三宿草，人间始重万言书。”总结历史、批判极左，感叹如此大冤案平反何太迟，何其深刻，何其感人。王玉祥的《长平古战场》诗，也颇有见解：“千年血战说长平，草木于今尚带腥。莫向史迁疑数字，君王谁肯惜生灵！”长平之战，坑降卒数十万，为战争史上第一大惨事。坑杀的人数，《史记》或云“四十万”，或云“数十万”，有的书中又有六十万、三十万之说，迄无定论。此诗说，没必要非得追究到底坑杀了多少人，无论是四十万还是三十万，其性质是一样的，都充分反映了统治者视人民生命如草芥的残暴本质。一语揭示了问题的关键。又其《山海关》：“游人登览恨难平，但罪当年一总兵。纵使闭关终拒虏，可能李顺亦朱明。”人们都将李自成之败退归罪于吴三桂，但从历史发展的角度看，即使吴三桂归顺李自成而闭关拒清，那李自成所建立的，也不过是与明一样的封建王朝，于社会进步无补，所以不必太怪罪吴三桂。这几首诗，也皆可作历史论文来读。

读这类诗时，总使人不由得想到，我们的学者撰写论文，实在应该学习一下古今诗人的笔法，意必新且深，而文字却是要尽量简洁。

# 说诗人气质

每见有文章赞誉我们国家是怎样的一个诗的国度，有“诗国”的美称，但在现实生活中，已没有多少人真正喜欢读诗了。“诗人”的称号同“作家”一样，已不再是桂冠，诗人的经济收入则比作家要糟得多，所以如今已没有多少人看得起诗人了，欲努力而成为诗人的人更是少得可怜。但人们在口头上却仍往往对诗和诗人表示好感，“诗人的才华”、“富于诗意”、“诗意般地”等语，即是证明。“附庸风雅”的批评，其实也是对诗人和诗的褒奖。常见的话是称赞某人风度翩翩或气度不凡，“像个诗人”。最高的赞誉则是说某人具有“诗人气质”。

由此使人想到诗人气质。

老诗人刘逸生先生对后辈诗人谈诗时，强调说：诗人的气质十分重要。这应是老先生的终生感悟和切身经验。但对于“气质”的具体理解，并不是每个人都清楚或大家有着明确而基本一致的看法。

复旦大学关于诗的一次活动中，有人郑重提出：诗人气质就是享受生命、享受人生。听了教人有些摸不着头脑。《光明日报》曾有文章说：诗人气质主要表现为诗情，而诗情的核心为诗心。这诠释显然不得要领，至少教人听不明白。《作家文摘》曾有文章谈某人的诗人气质，将诗人气质当作了能在讲话中引用古人诗句或背诵唐诗，更是不知气质为何物。常用的《现代汉语词典》将“气质”一词解释为“风格；气度”，当是认为气质主要指人的风格、风度、气概、气魄等。台湾的《中文大辞典》解释为“特殊气象”，意思应是一样的。

现实生活中，人们已看不起诗人，不愿意如诗人那样穷，但却希望具有诗人气质，有着美的仪表。看来大多数人对诗人气质的理解，与辞典所解释的“气度”、“气象”还是较为接近的。

这样的理解和解释似乎欠准确和欠全面。其实，所谓气质，乃精神世界之外化，主要指精神。据本人感觉，刘逸生先生所说的气质即主要指精神。读过不少谈及诗人气质的文章，似乎也都主要就精神而言。所以本人以为，诗人气质，除风度、气象外，还主要指精神，或将“风度”、“气象”主要理解为精神。也就是说，既指显于外的仪态，更指蕴于内的精神。古人评论诗人时，多用到“襟抱”、“胸次”等词，也是主要就精神、识见、思想等而言。还有，前人“腹有诗书气自华”和“是真名士自风流”的名言，似乎也可以说明这个问题。

另外，只要我们具体分析某个人的诗人气质，就可以发现，气质主要是就精神而言的。当代诗人中，李汝伦先生是位极富诗人气质的人，其实他的形体瘦得几乎可以被风吹倒，也并不讲究衣着，大是令人倾倒处，全在于他身上的那种“气”。同李汝伦一样瘦的，是自称不会温柔的曹长河。北京有诗词组织搞函授，收费后却将批改的活儿“层层转包”，曹长河不但绝不肯依样倒手也赚一次钱，而是虎着脸，对上门来送“好事”者说：“从哪里来，还哪里去！”虽有些让人难堪，诗人气质却甚可爱。有位周济夫，中年诗人，我们第一次见面，是在长江轮上，只见他凭栏无语凝望，旁若无人，一任思情奔涌，挥笔即有好诗成，给人一种深沉和超凡脱俗之感。但从其衣着和外貌看，实乃芸芸众生中极普通的一个，并无什么引人注目处。他的诗人气质，似乎正来自极普通的形象，所谓“每从朴实见风流”是也。

每个诗人的气质，又各有不同。总的来说，诗人气质应包括热情、灵气、高雅、光明磊落、不媚俗、不失人格与尊严、刚直不阿等等。陶渊明不肯向乡里小人折腰而去种豆南山下，李白的豪气与傲骨，张祜的千首诗轻万户侯，苏东坡的超然，龚自珍的飞扬，甚至苏曼殊读拜伦诗时的歌哭等，都属诗人气质的表现。陈寅恪所追求的“独立之精神，自由之思想”，敢于坚持己见和拒权贵于门外，更是诗人气质。这些精神或曰性格，显然比具有不凡的仪表更难得，更令人爱，自然也就不易多见。这也是有些人虽会作诗可称之为诗人但却不一定具有诗人气质的原因所在。

如此看诗人气质，则这种气质，有时是会“害人”的。不媚俗，自然就得不到别人能得到的东西；刚直不阿，则意味着还要失去许多本属于自己的东西，甚至招来杀身之祸。是气质实与人的利益乃至命运相关。古往今来，这样的例子实在太多了，无须赘举。

可见具有诗人气质，并非易事，远非谈谈气质问题那样轻松。凡诗人和有此奢望的人，都应该首先从“内”培养或塑造自己的气质，同时还要有以种种牺牲作代价的勇气。可以肯定的一点是，具有诗人气质的人多了，文坛和社会的“气象”就会好一些。

# 章太炎为何说胡适没有学问

中国人民大学国学院等单位联合举办的“十位国学大师”网上评选活动，无论是弘扬国学之创举，还是涉嫌炒作，总之引起了文化界的关注和议论。评选结果，胡适、章太炎均入选（十位之排名，胡居第三，章居第七）。这使人想到了章太炎、胡适的国学成就及相互比较。

很多人都知道，曾有人骂胡适没有学问，而在这些批评者之中，就有章太炎，还有国学成就同样很大的章太炎的弟子黄侃。胡适的学问，何其了得，他当时以至如今在学术界和文化界的地位，无可否认，那么章太炎还有黄侃为什么会说他没有学问呢？



章太炎说胡适没有学问，并非不顾事实的意气之语，而是就我国固有之学，亦即现在被炒得很热的国学而言。章太炎作为传统的学问家，所看重的是传统学问，而不是新学。当年清华国学院的几位著名导师中，没有章太炎，不是他的学问不够，乃是因为他坚持传统的大儒授徒形式，而排斥现代教育体制，谢绝了清华的聘请。国学的看家本领或曰最基础的学问，是小学，所以章太炎认为，治学必从小学始，所谓“最初门径”，亦即胡适极看重的汉学家杨联陞所云“要通经学不得不通小学”。章太炎属于清代古文学派，早年曾师从俞樾，就读于杭州诂经精舍，潜心于小学和古文经典，继承的是戴震、段玉裁、王氏父子一脉相传的治学风格。国学是需要坐几十年冷板凳的艰苦之学，其难度远非各种现代之学可比，只有真正的国学家才能体知。因此，章太炎对胡适的治学方法和学问数有微辞，《致柳翼谋书》甚至有这样的话：“胡适所说《周礼》为伪作，本于汉世今文诸师；《尚书》非信史，取于日本人；六籍皆儒家托古，则直窃康长素之唾馀。此种议论，但可哗世，本无实征。……长素之为是说，本以成立孔教；胡适之为是说，则在抹杀历史。”不惟批评，简直是严厉的谴责了。即便是胡适那部备受赞誉的《中国哲学史大纲》，章太炎也评价甚低："诸子学术，本不容易了解，总要看他宗旨所在，才得不错；如但看一句两句好处，这都是断章取义的所为，不尽关系他的本意。"

同样骂胡适没有学问，并且对胡适很是不敬的黄侃，幼承家训，又得从名师，治学刻苦严谨、一丝不苟，毕生精研文字、训诂、音韵、经学等，对《说文》、《广韵》尤为精熟，和其师章太炎同被称为乾嘉以来小学之集大成者。我们只从他的《量守庐论学札记》所列须趁三十岁以前读毕之书，即可看出他心目中的学问是什么：《十三经注疏》、《大戴礼记》、《荀子》、《庄子》、《史记》、《汉书》、《资治通鉴》、《通典》、《文选》、《文心雕龙》、《说文》、《广韵》。很明显，他看重的是小学、经学、诸子学、史学、文学，亦即清儒所谓国学。

胡适的治学之道，与章太炎、黄侃完全不同。他受的是新式教育，走的是留学一路，所修专业为哲学，所信奉的是实验主义，没有国学家必须的小学训练和经学出身。胡适所开的"国学最低限度"书目，没有《史记》、《汉书》，却有《三侠五义》、《九命奇冤》之类，不用说国学家会皱眉而摇头，即便一般读书人，也觉得有些不可思议。还有，能诗也是国学家的基本功之一，章太炎、黄侃还有王国维、陈寅恪、钱仲联、钱钟书等国学家都能诗，胡适则没有这方面的功夫，所写为白话体新诗。所以从国学的角度来看，章太炎和黄侃说胡适没有学问，自有其道理，并非无端贬毁。若不站在国学家立场，不是主要就国学来谈学问，那么胡适的学问和水平，有目共睹，谁敢轻视。山西作家韩石山的"读胡适长学问"之说，当然是就胡适新文化方面的成就说的。

探究和了解一下章太炎说胡适没有学问的问题，有助于我们较为准确地理解国学和国学家的含义。

# 治古典文学与新文学之难易

对于王瑶先生所说“研究新文学是很难成为一个不朽的第一流学者的”的话，舒芜先生曾在《读书》（1997年第5期）刊文表示异议，说：“研究新文学，为什么就很难成为第一流的学者呢?”对于这个问题，我以为王瑶先生的话是极有道理的，应是经验之谈。

是否第一流学者，不是看他有多少文章和著作，或者是否在本学科名列前茅，而往往以社会影响或曰人们的评价为标尺，主要取决于他的学术水平是否属第一流的。现在人们所谓学问，实际上已形成了一种心理定势，即多指对传统学科、主要是古代文史知识的掌握。这一则因为传统学问观的影响，再则因为从事古典文学研究难度较大，没有真功夫是不行的。



从事古典文学研究和新文学研究，显然有难易之分。研究古典文学（传统习惯文、史不分，所以研究古代史与此同理），因为年代久远，资料缺乏，以及语言文字的差异，所以难度较大。再则古典文学研究，是在历代学者反复研究后的进一步研究，例如杜甫，前人著述之多、研究之深之细，简直到了无以复加的地步，再出成果谈何容易。又如《红楼梦》研究，已成一门专门之学，即“红学”。而新文学作家和作品，由于基本上属于初始研究，困难自然要少些。所以当代文学研究，与当代史研究一样，相对要容易些，易于出成果。文化界对古典文学研究文章，皆以“论文”称，而对于新文学方面的文章，则多以“评论”称，虽然并不一定恰当，但无疑反映了人们对两者看法上的差异。另外，在古典文学研究界，赏析文章是不被视为研究成果的。而搞新文学研究的人，赏析文章或曰评论文章乃是当然的研究成果。

再从学者方面来说，搞古典文学研究的人，若偶尔插手或转向新文学研究，一般都得心应手，所以不乏古典文学研究者新文学研究文章写得极好之例。而专门从事新文学研究的人，若转而搞古代文学研究，则大多力不从心，出成果甚难，不少人则不敢问津。有的人写写新文学方面的文章还可以，如若接触古典文学，怕连文献也读不懂了。另外，如今从事新文学研究尤其是从事当代文学评论的人较多，而从事古典文学研究的人却越来越少，也能说明一些问题。

还有，一些水平有限而欲写文章、出书以学者自居者，只能从新文学方面入手，正所谓“好介入”。这些人及其文章也影响了新文学研究的声誉。

舒芜先生举鲁迅先生为例，说鲁迅的《〈中国新文学大系小说二集〉序》“不也同样是第一流的么?”这里舒芜先生似换了概念，将学者换作了某项成果。鲁迅先生之所以不朽，能够写出这样的序，是因为他的全部学力，而不是因为他的这篇序或新文学研究使他成为第一流的学者。若仅凭该序或新文学研究，鲁迅是很难被视为第一流学者的。

因此，我们尽管可以说行行出状元，并且新文学（包括当代史）研究界也不乏优秀专家，但第一流的学者，还是绝大多数出于古典文学（和古代史）研究界，所以功力深厚者一般都如王瑶先生，愿意搞“古”。王瑶先生如果未因时代原因而改变研究方向，那他在学术界的地位一定更高。

# 从《陈寅恪诗集》与《吴宓日记》谈起

已经作古的陈寅恪先生和吴宓先生，近年受到文化界和读书界的特别尊崇，他们的著作自然也深受读者欢迎。因《陈寅恪诗集》和《吴宓日记》，使人想到整理名家遗稿问题。

《陈寅恪诗集》由陈寅恪先生之女陈美延、陈流求整理，清华大学出版社出版。四年之中印了三次，足见甚受读者欢迎。但想不到该书竟有不少错误，如“海外熊林各擅场，王前卢后费评量”一联，“王前卢后”为“卢前王后”之误；“翠幕奇葩满眼新，炎方西序总如春”一联，“西序”为“四序”之误；“药里那知来日事，花枝犹忆去年春”一联，“里”为“裹”之误；“鐘陵总道神仙侣，谁解鸾萧是隐沦”一联，便错了两处，“鐘陵”为“鍾陵”之误，“萧”为“箫”之误；“乱眼睛云间晚霞”中，“睛”为“晴”之误；更有一些字，因是手写，如范姓的“范”、屋簷的“簷”，与印刷体小有差别，没想到该书竟依样画葫芦地“造”出错字。这些错误中，有不少是因形近（繁体）而致误，还有一些是常识性错误，说明整理者水平较低。至于将一首七律末句“留得诗篇自纪元”的“元”错作“年”，而使该诗韵脚出现了两个“年”字，就更是说不过去了。

正当我为陈寅恪先生诗被弄错多处而深感惋惜时，中国社科院的李洪岩先生告曰，《吴宓日记》整理错误更多，而且以常识性错误居多。例如不知柳宗元的“三戒”为何，不知“书目答问”为书名。“南史”、“北史”、“元史”等不标作书名，而贾瑞看的“风月宝鉴”却标作书名。甚至连常见的“四库全书总目提要”也不知为书名，且将“总目提要”错作“目录提要”。至于弄错字、断错句，及人名错讹，更是多得无法标举。《吴宓日记》由吴宓之女吴学昭整理，三联书店出版，目前已出六册，没想到书中错误竟是如此之多。将这套有着重要资料价值的书，弄得错误百出，真是教人无法可想。

名家遗稿由作者的子女来整理，因整理者既对作者负责，又熟悉作者情况，自然比由外人来整理要好得多。但承担整理工作的子女，须是有能力整理者，否则便适得其反。陈寅恪两女在《后记》中说："我们不专文史，更不是诗人。"既如此，那就不该担负这力难胜任的工作，而应请治文史的诗人来整理。至于搞政治出身的吴学昭，缺乏应有的文史知识，那就更不该不知深浅地来整理父亲遗稿。陈女和吴女，因为力有不逮，整理的父亲遗著错讹较多，出版社编辑又因水平或责任心的原因，未能纠正，致使出版的书质量较差，是件令人十分遗憾的事。这样的书，不但对不起已故的作者，也对不起读者，对不起学术文化界。

如果当初陈女和吴女将搜集和保存的父亲遗稿交付合适的学者，请可胜任者整理，该有多好。那样，《陈寅恪诗集》和《吴宓日记》自然不会是目前这样的质量。以陈先生和吴先生的学术地位和人格，愿意为其整理遗稿的学者，应是大有人在的。

# 关于学术文化世家的思考

中国人民大学出版社出版了“文化名门世家丛书”，读其中的《德清俞氏》后，掩卷而思，不禁为名家之后未能继承其家所擅之学而甚感惋惜。

古来众多的学术文化世家，为中华学术文化的发展做出了非常重要的贡献。世家现象，已成为中国文化一大景观。陈寅恪先生有“学术文化与大族盛门不可分离”之语，今虽不一定要提倡大族盛门，但为学术文化计，家学承传即世家现象，还是非常必要的。而通过《德清俞氏》一书，却使人惊异地看到，此种优秀的家学承传现象正在衰亡，几尽绝迹。此书著者俞润民、陈煦夫妇，尤其是作为俞平伯先生之子的俞润民先生，尤有代表性。通过此书之所著，可知有的世家之后不但未能继承前辈之学而成为优秀学者，而且对前辈之学甚为生疏。



俞润民引用俞樾文或与俞家有关之文时，把一些并不难懂的句子也给断错了，如将“曾以‘书白集后’命题”标点为“曾以书白集，后命题”；将“吾浙左江右湖，为东南胜”标点为“吾浙左江，右湖为东南胜”；将“秦氏《五礼通考》，其中辩证旧注者”标点为“秦氏五礼，通考其中，辩证旧注者”。如此之类破而不可读之句及一些明显误字，均说明俞润民不但未能继承俞家所擅之学，而且连一般古文知识也明显欠缺。最不可解者，俞樾、俞平伯数有“正句读、审字义”语，此为其朴学之家法也，也为文史学者之常用语，而俞润民似竟不解“句读”之义，照录该语后自己叙述时，皆改作“正读句、审字义”。俞樾关于《红楼梦》之语，“《船山诗草》有《赠高兰墅鹗同年》一首，云‘艳情人自说《红楼》’，注云：‘传奇《红楼梦》，八十回以后俱兰墅所补……’”竟被标点为：“船山诗草有赠高兰墅，鹗同年一首云：‘艳情人自说红楼。’注云，‘传奇红楼梦八十回，以后俱兰墅所补……'”兰墅，高鹗之字，前人习惯字与名同举，高兰墅鹗，即高鹗也。《红楼梦》一百二十回，后四十回为高鹗所续，故有“八十回以后”之说。高兰墅鹗、八十回以后，皆为关于《红楼梦》之常识，不要说俞家之后，即使一般读者也都知道，而俞润民却连这些也未能点对，可见于祖上及父辈所擅之学已生疏到何等地步。

不但学问，即俞家之事，有本已甚明者，亦竟不甚了了。俞平伯先生乳名“僧宝”，乃其曾祖俞樾先生所起。关于这“僧宝”之名，俞樾先生因俞平伯出生而作的志喜诗有句为：“怪伊大母前宵梦，莫是高僧转世无?”其下又自注云：“二儿妇三日前梦一僧来，云将托生于此，余故拟乳名僧宝。”据此可知，俞平伯先生将出生，他的祖母梦见僧人，说将托生于其家，故其曾祖为其取乳名“僧宝”。俞润民于书中已录有此诗，却未解其中所云，而说俞平伯先生“因为生在腊八日，就给起个乳名叫僧宝”。

可见，俞平伯先生之后不但未能成为国学名流，而且连祖上所著之书也有些读不通了。“文化名门世家丛书”又有《义宁陈氏》。笔者前曾有文，因陈寅恪先生之女整理的《陈寅恪诗集》和吴宓之女整理的《吴宓日记》皆错讹较多而不胜惋惜。今者我们不妨做一实属奢望之设想：若俞平伯之子为又一俞平伯，陈寅恪之女为又一陈寅恪，吴宓之女为又一吴宓，那将会给当今学术文化界增添多少辉煌。

而如今一个不可否认的事实是，不但世家现象已风光不再，而且简直可以说世已无学术世家，甚至已不再有世家之说。也就是说，世家现象这一优秀传统将被彻底遗弃，“学术世家”只能作为一个历史名词而存在，这对我国的学术文化事业是一个极大的损失。我们虽不能强求名学者之后必继其家学也为名学者，但为我们的学术文化计，为社会和家庭的人文精神计，也为一些学术世家计，社会还是应对此问题予以关注，尽量创造学术世家后人能继承其家学的条件，使学术世家这一现象得以延续下去。

# 闲谈称呼

整理先师罗元贞先生遗稿，稿中夹有羊城晚报社当年给罗先生的信，上款竟为“罗元贞读者：”，此与有人写信以“贵刊”、“吾兄”之类为上款一样，教人颇感新奇。报刊社虽然可以说“亲爱的读者”、“读者同志”，但却不当将“读者”作对某人的称呼用于信的上款。由此使人想到称呼问题。

作家出版社1997年版《北伐战争风云录》（上卷）对曾国藩同李鸿章的一番对话作如此描写：曾国藩对其学生李鸿章说，“门生多虑了……”将“门生”用作了对人的称呼。因之忆起多年以前，在一青年朋友的案头看到一封信，信封收信人一行为“某某某学生收”。我甚感奇怪，问此信是何人所寄，答曰大学老师，其时我那朋友正读研究生。虽是门生、学生，但老师怎么能以“门生”、“学生”相称呢？旧时文人于门生，一般称其名或字，绝不称“门生”的。如今教师于学生，可以说“某某某是我的学生”，但却不能如学生所称“某某某老师”那样，以“学生”来称呼该生，而应称“同学”。如我在校时和毕业离校后，罗元贞先生来信时均称“同学”。由此“同学”，使人又想到前不久所读王铭铭教授《费孝通与我们所要承担的》一文(2002年10月25日《中国图书商报·书评周刊》）关于“同学”的许多话。王教授在文中说，费孝通先生以新出的一本书相赠，“打开书本，我看到扉页上面用圆珠笔写着几个字：‘铭铭同学’，落款是‘费孝通’，注明他时年‘九十二岁’。……先生以‘同学’相称，……实在令人意外。……即使费先生真的把我当成‘同学’……”又说，费先生称小自己五十多岁的“徒孙辈”乃至“曾徒孙辈”为“同学”，是一种“特殊的谦虚”。看来王教授只知道“同学”可以称同过学的人即同窗，却不知道还可以用于学生和晚辈，错会了费孝通先生赠书时的“同学”之称，进而引出一大篇文章来。

称呼之中，较为常见的有“后学”与“先贤”，可惜也有人用错。余秋雨教授在为《渚山吟草》所作的序中，说该书作者是自己“心目中十分典型的现代乡贤后学”，读来很别扭，且“后学”一词，明显用错了。后学，后进的学者或读书人，或用以指某学者以后的读书人(如“嘉惠后学”、“贻误后学”)，或为谦辞，为读书人的自称，如唐朝阳崖铭书石者于铭末题曰“零邑后学田玉书”。现在多见的用法，即是对前辈谈到自己时的自称。余秋雨序不是指某学者以后的读书人，而指该书作者，所以即使他比那位作者年岁大些，也不当称人家为“后学”。待往下读，令人吃惊的是，余秋雨“还是小孩的时候”，那位作者“就负责了县里的一个部门”，原来那位作者比余秋雨年龄要大得多。这里，余秋雨大错特错了，他不当称那位诗人为“后学”，倒是应对那位诗人自称“后学”。清代学者王应奎在《柳南随笔》中曾说过：“凡为人作诗文集序……于前辈当自称‘后学’。”《现代汉语词典》收有“后学”词条，惜解释过简，致使一些人用错。“先贤”，与“后学”，每每连用。“后学”的“后”，即“后来”、“后进”的“后”，而“先贤”的“先”，却不是“先前”、“先后”的“先”，不是指在前面，而是对死去的人的尊称。《论衡》谓：“死亡谓之先。”《现代汉语词典》也有明确的解释：“尊称死去的人。”这样的称法，还有“先哲”、“先烈”以及“先祖”、“先父”、“先母”之类，古今皆为常用词。尤其“革命先烈”的说法，系红领巾的小学生也知道指已牺牲的人。而作家高建群在《宽容为好》(《文学自由谈》2000年第6期）中谈到张中行先生为某青年的诗集作序时，称张中行为“先贤”。称尚健在的人为“先贤”，大谬。《文汇读书周报》曾刊郑某《还斯文于先尊》文。“先尊”一词不多见，以为是“先君”之意或“先君”之误，然而初读即甚感奇怪，因为文章是谈梁漱溟先生的，而作者不姓梁，显非梁先生之子。该文除题中和文末称梁漱溟为“先尊”外，文中更有梁漱溟之子梁培宽“将先君的稿费”捐给某中学语，未当。先君，是对自己死去的父亲的称呼，而不能用来称别人的父亲。又，据该文称，梁培宽谈到梁漱溟时数称梁漱溟为“家父”，也未当。梁漱溟先生已作古，梁培宽应称之为“先父”或“先君”才对。《山西文学》曾刊一女作者之文，于称呼更是不得要领。她称已故的丈夫为“我的先夫”，“我的”二字显属多馀。称已故的父亲为“我的先家父”，“我的”二字也属多馀外，“先家父”之称大错。这显然是作者听说当称自己的父亲为“家父”，而她的父亲已去世，便又在“家父”前加了个“先”字，闹出笑话来。

还有“名讳”一词，与称呼有关，也顺便一谈。中央电视台播映的电视连续剧《天下粮仓》中，米汝成对某人说：我从未在你面前提起“我儿子的名讳”，你怎么知道他是我的儿子？将“名讳”一词大大地用错了。名讳，因避讳而不能说出的名字，《现代汉语词典》即有明确的解释：“旧时指尊长或所尊敬的人的名字。”儿子之名，怎么能用“名讳”一词！该电视剧编剧及导演将此词用错，实在不应该。我们的古人不但不讳儿子之名，而且对人讲起自己的儿子时，甚至连“儿子”一词也不用，而多称为“小儿”、“犬子”等。

在称呼上的种种错误，说明如今文人的文化素养普遍差了些。

# 学术明星的学术水平

京西闲居，而对北京史地人物产生兴趣。书店买书时，看到一本《康熙顺天府志》，并且是中华书局出版的，就买了。归来欲查找清初旅居北京一山西诗人资料，故先阅卷七《人物》。所查诗人资料无多，发现的校点错讹却有不少，读书心情大坏。后来竟闻《康熙顺天府志》乃阎崇年教授积四十年之力精心研究、校点之书，而被视为精品书，阎教授更公开宣称：若有人能挑出一处差错，奖金一千元。真令人大感诧异，亦大开眼界，世上竟有如此不知高低的学人。于是又拿出那本书来，只尚未读完的卷七，随手勾画改正之差错，数数竟有好几十处！

面对这样一本书，不免教人多感。

“仰天”错为“抑天”，“元末”错为“元未”，“疏入”错为“疏人”。数处“流寇”，错为“流冠”。更将好几处“鸣呼”，错作“鸣呼”。此类颇令读者皱眉之差错，且视作阎教授年过七旬目力不济而又不幸碰上不肯负责或水平也低的责任编辑所致，姑且不论。还是举几例标点方面的差错，略作分析。

“属其稚孙于所善僧隆贵……”刘某决意一死，而将尚幼之孙托于佛门朋友隆贵，阎教授却标点为：“属其稚孙于所，善僧隆贵……”不知他是如何理解自己所标点之句的。又如“披械北向拜跪，骂精忠日不止”乃狱中英雄形象。古人书中多见的“拜跪”一词，阎教授似竟不知，而标点为：“披械北向拜，跪骂精忠日不止。”阎教授竟未想想，对反贼跪而骂之，成何话？

“正己率属，文武凛惕。”阎教授不知“正己率属”系古人成语，即今以身作则意，更将“己”错作“巳”，而标点为：“正巳，率属文武凛惕”，自然教读者不知所云。张某欲殉国难，子愿同死，语其父曰：“大人为臣，死忠；儿为子，死孝。”是说父亲死于忠，则自己当死于孝。《明季北略》即有“为臣死忠、为子死孝”以及“死忠死孝”语。而阎教授错标点为：“大人为臣死，忠；儿为子死，孝！”又如：“谥义：危身奉上，险不辞难，曰‘忠’。”《逸周书·谥法》云：“危身奉上曰忠。”故古籍中多见“危身奉上”语。阎教授错标点为：“谥义危身，奉上险不辞难，曰‘忠’。”看来阎教授竟连史书中多见的“死忠死孝”、“危身奉上”也茫然不知。

“始历州郡从事，所在称职。”从事，官职，唐代著名诗人岑参曾任西川从事，阎教授似不解，标点为：“始历州郡，从事所在……”又如：“杀朱泚，趋行在，此转祸为福之机也。”劝人杀叛贼而归顺皇帝。阎教授似又不解“行在”（皇帝出行之所在）谓何，而将“在”与“此”联成“在此”，标点为：“杀朱泚，趋行在此，转祸为福之机也！”治古代史的学者，若真不知历史典籍中极常见的“从事”、“行在”而懵懂若是，则令人殊感惊异，不知说什么好了。

无须再举例了。只从以上所举几处错讹，即可见阎崇年的历史知识和古文水平。笔者这里无意责怪阎先生，只是觉得，阎先生不但是位教授，而且获“有突出贡献专家”称号、享受国务院颁发的特殊津贴，更因上“百家讲坛”而成为电视学术明星，精心校点之书，竟如此质量，却还自我感觉良好。在电视学术明星中，阎教授应该属水平较高者。由此使人想到，不读书若此，竟成学术明星，如今的文化界成什么样子了？此后学界还会有多少人如前人那样甘坐冷板凳读书呢？还有，声誉本好的中华书局，如今竟也出版这样质量的书，又传递了一种什么信息呢？

末了，只好借用古人一句话来表达此时心情：可胜叹哉！

# 肆◎
# 字词札记

# 说"臣妾"

许多影视剧中，尤其是近年来充斥荧屏的帝王剧，包括中央电视台播映的多部大型历史剧，还有一些文学作品中，如二月河的清帝系列历史小说，皇帝的嫔妃同皇上讲话时每自称"臣妾"。这是现今一个较为多见的词语错误。明清个别杂剧中，已见让汉唐嫔妃自称"臣妾"之谬误，但远没有如今这样普遍。

臣妾，作为名词，古来称地位低贱者，《尚书传》说："役人贱者，男曰臣女曰妾。"《周礼注》也说："臣妾，男女贫贱之称。"《战国策·秦四》："百姓不聊生，族类离散，流亡为臣妾。"注云"男为人臣，女为妾"。所以也以"臣妾"指臣服者、被统治者。如《史记·吴太伯世家》和《伍子胥传》有"请委国为臣妾"、"求委国为臣妾"语，《汉书·淮南衡山济北王传》有"以万民为臣妾"语，《谷永杜邺传》有"方今四夷宾服，皆为臣妾"语，《后汉书·皇后纪》有"天下臣妾，咸为怨痛"语，《南匈奴列传》有"日月所照，皆为臣妾"语。《旧唐书·高祖纪》有"被发左衽，并为臣妾"语，魏徵上唐太宗疏有"四海九州，尽为臣妾"语，韩愈潮州哀谢表有"四海之内，莫不臣妾"语。又如刘长卿、薛逢、殷文圭等唐代诗人颂圣之诗皆有"万方臣妾"语，陆游诗有"万邦尽臣妾"句。除对皇上外，对皇后也可用"臣妾"一词，如《晋书·后妃列传》载，元杨皇后崩，左贵嫔之诔曰："臣妾哀号，同此断绝。"近世可引者，连横《台湾通史》："是皆赴忠蹈义之徒，而不忍为满洲臣妾也。"显而易见，"臣妾"是一种统称，指作为臣民的众男女，对具体的一男或一女，不当称作"臣妾"，正如一男或一女一般不称作"男女"一样。"臣妾"又作动词用，也往往对许多人而言，如蔡邕《上始加元服与群臣上寿章》说："臣妾万国。"李峤《大周降禅碑》说："臣妾四极。"

所以，皇后、嫔妃对于皇上，可自称"妾"或"贱妾"、"小妾"

等，而不应称“臣妾”。如果偶有人同皇上讲话时用到“臣妾”二字，那也绝不是说为臣为妾。如苏轼《东坡志林》卷二记，真宗问杨朴说：临行有人作诗送你吗？杨朴说：“惟臣妾有一首。”此是说“臣之妾”。《墨客挥犀》卷八：“皇族中太尉夫人一日入内，再拜告帝曰：‘臣妾有夫，不幸为婢妾所惑。’”该夫人为女性，对皇上言当然不能单称“妾”，故只能“臣妾”连用，而取其本义。

其实，我们的影视剧编剧和小说作者，只要读一读《后汉书》、《晋书》、两《唐书》、《宋史》、《明史》其中之一的后妃传，即可知古时宫中后妃们同皇上谈话时是如何自称的。若再读一读《金史》、《元史》或《清史稿》后妃传之一，还会看到，那些作为嫔妃的少数民族妇女，也知道自称“妾”而不会错称“臣妾”。

## 说“奔丧”

“奔丧”一词，古今皆常用。《礼记》有《奔丧》篇，郑玄注云：“奔丧者，居于他邦，闻丧奔归之礼。”孔颖达疏亦云：“以其居他国，闻丧奔归之礼。”归，谓归国。《春秋左传》有“公亲奔丧”、“如晋奔丧”和“邾子来奔丧”等语，《后汉书》有“诣东平奔丧”、“乃奔丧京师”等语，《三国志》有“奔丧于吴”语，皆谓闻丧奔归或往吊之礼。后来所云“奔丧”，意即“闻丧奔归”，用如《汉书·陈汤传》“父死不奔丧”，如《新唐书·列女传》：“(李妙法）闻父亡，欲间道奔丧。”《宋史·孝义传》：“(郭义）闻母丧，徒跣奔丧，每一恸辄呕血。”《明史·刘宗周传》：“母卒于家，宗周奔丧。”《清史稿·文苑传》：“(曹仁虎）闻母讣，酷暑奔丧，昼夜号泣，竟以毁，卒于途。”归，指归家。所以《现代汉语词典》释为：“从外地急忙赶回去料理长辈亲属的丧事。”

对于“奔丧”一词之理解，应无歧义，且有许多前人例句在，可惜仍每见使用未当者。如郭沫若《残春》：“他因为死了父亲，要回去奔丧。”朱自清《背影》：“跟着父亲奔丧回家。”季羡林《赋得永久的悔》：“以后两次奔丧回家……当我从北平赶回济南，又从济南赶回清平奔丧的时候……”“奔丧”之“奔”，乃“奔归”、“赶回”之意，所以不当复云“回家”、“赶回”。以上所举“回去奔丧”、“奔丧回家”、“赶回奔丧”以及他处的“返乡奔丧”之类，但云“奔丧”即可。

另外，如今还多见“为某某奔丧”的说法，如“宋庆龄为母亲奔丧”、“毛泽东回韶山为母亲奔丧”、“冯友兰和弟弟为母亲奔丧”、“滕代远想为母亲奔丧”等等。“奔丧”，是说该人（尤其是孝子）“闻丧”大恸而即刻“奔归”，为其本能之第一反应，所以不当说“为母亲奔丧”。

# 说“回潮”

许多报刊都以“回潮”一词指某种现象的再度发生，有“重来”之意，最多见的是关于“扫黄”和迷信活动的文章。《光明日报》也有某名作家“为文化市场的回潮而高兴”语。新修订的《现代汉语词典》，因此增加了“回潮”词条，并据现今用法解释其义为：“比喻已经消失了的旧事物、旧习惯、旧思想等重新出现。”

这种用法，其实是对“回潮”一词的误用。这是因为此前一般辞典多未收录此词，致使许多作者不明其义而误用。“回潮”的准确用法，须查阅前代典籍方可知。

回，“返”、“归”的意思，所以“回潮”与“返潮”、“归潮”同，均指潮水退去，而不是涨来。如唐人马戴《楚江怀古》：“阴云侵晚景，海树入回潮。”称退去之潮为“回潮”。明人屠本畯《潮生》诗谈到潮落时说：“江渚月明潮又回，郎行那得好怀开。”称潮退为“潮回”。南朝沈约《临碣石》有句为“碣石送返潮，登罘礼朝日”，《潜居录》云“崔文能吹返潮之笛，吹已，积潮横下”，称退潮为“返潮”。唐人刘长卿《旅次丹阳郡遇康侍御宣慰召募兼别岑单父》云“积翠下京口，归潮落山根”，李白《送王屋山人魏万还王屋》云“径出梅花桥，双溪纳归潮”，称退潮为“归潮”。又李白与陆龟蒙等都曾以“潮还”指潮水退去，还，亦“回”之义。

由此可知，将“回潮”当作“再度发生”、“重新出现”用，其义正好用反了。《中文大辞典》释“回潮”为“退潮也”，是对的。《现代汉语词典》为自圆其说，以“潮湿”的“潮”来释“回潮”，殊觉牵强。

# 说“海东”

天津市、辽宁省、山东省均有多家文化单位或商贸公司以“海东”为名，黑龙江省也有《海东诗坛》报等，大概皆因其地在海边或距海不远的缘故吧。江苏、浙江、福建等省也有不少以“海东”为名的公司或厂家。当然，上海的“海东”就更多了，除公司、厂家外，还有“海东小区”、“海东公寓”等。这使人想起阎肃作词、毛阿敏演唱的《东方明珠》，其中有句重复多遍的歌词为“几多心血注海东”。歌词中的“海东”，即指上海。

如果不是其他具体原因，而真是因为东临大海，便以“海东”指上海、天津、辽宁、山东、江苏、浙江、福建等地，那就全错了。

海东，古来指日出之处，指海的东边，如杜甫诗句“驱石何时到海东”与郝经诗句“不逐秦鞭到海东”，即指秦始皇欲过海观日出之处，典出《齐地记》。杜甫又有诗句“红见海东云”，指海东面的云。因日本和朝鲜在海的东面，所以又以“海东”指日本和朝鲜，如王维《送秘书晁监还日本国》：“积水不可极，安知沧海东。”窦巩《新罗进白鹰》：“御马新骑禁苑秋，白鹰来自海东头。”《旧唐书》卷八十四载，刘仁愿自百济还京师，上谓曰：“卿在海东，前后奏请，皆合事宜，而雅有文理。”新罗、百济均在今朝鲜半岛。近世则多指日本，诗句如黄遵宪“莲峰涌出海东涛”、陈寅恪“波涛重泛海东船”、罗元贞“游学当年滞海东”，梁启超有“学风沾被全国以及海东”语，而从不把海西面岸上的地方称为“海东”。海西面岸上之地，应称“海西”，古之海西县、海西郡，均在今江苏省。上海等地在大海的西边，怎能称“海东”？“心血注海东”，字面意思为心血倾注于海之东，容易使人想到日本。中国人民纪念抗日战争胜利五十周年之际，此歌曾在电视中多次播映，难免给人以滑稽之感。

# “定交”与“订交”

与某人相识并结为朋友，现在许多人都写作“订交”，《现代汉语词典》也作“订交”，似乎已成定例。其实这种写法未当，应为“定交”。此“定”字，与“定婚”的“定”同义。定婚因有订约之意，有的还写有婚约，所以又可写作“订婚”。而相互确定或建立朋友关系，并无订约之意，所以不当写作“订交”。

对于此词，我们的古人早有固定写法，作“定交”，而不作“订交”。如《易经》：“定其交而后求。”《东观汉记》卷十四：“司徒侯霸欲与王丹定交。”《后汉书·吴祐传》：“祐与语，大惊，遂与定交杵臼之间。”《王充传》也有“遂与定交”语。《晋书·戴渊传》有“遂与定交”语。《旧唐书·李大亮传》有“遂定交于幕下”语。《宋史·李光传》载李纲与李光在船上结为朋友时也作“定交”。诗文中有袁宏“披草求君，定交一面”、萧昱“兴言一面，定交杵臼”、范云“定交无恒所”、杜甫“晚定崔李交”、卢纶“定交分玉剑”、皮日休“青云合定交”等。白居易记其与元稹之交，《赠元稹》：“所得惟元君，乃知定交难。”《修香山寺记》：“予早与故元相国微之定交于生死之间。”元稹和白居易之诗亦云：“十载定交契，七年镇相随。”苏轼覆章援信有“某与丞相定交四十馀年”语，送晁美叔诗有“与子定交”语。黄庭坚有《定交诗二首》。一生读书极多的陆游，多次用到此词，也皆作“定交”。

由此可见，彼此结为朋友，写作“定交”才对。所以，章太炎先生于其自订年谱中谈到与孙中山日本相见时写道：“自是定交。”钱钟书先生在《谈艺录·引言》中谈到与周振甫先生的交谊时也写道：“余始得与定交。”

因已有不少人写作“订交”，根据约定俗成的原则，也无不可。但正确的写法“定交”却不应排斥于《现代汉语词典》之外。

# “别墅”与“别业”

中央电视台播映电视剧《唐明皇》时，剧中多次有“修建 biéyè”的台词。有观众写信给电视台，批评剧中不该将“别墅”的“墅”错读作“yè”。电视台在有关节目中解答说：墅，读“shù”之外，又可以读“yè”，演员所读不算错。

观众与电视台皆有误，故略为一辨。

电视剧《唐明皇》中的“biéyè”，不是“别墅”，而是“别业”。别业，唐代典籍和诗文中经常用到，与“别庄”、“别宅”同，指正屋之外，建于他处的另一所第宅园林。当时许多达官贵人和文人学士都有别业，所以李白、杜甫诗中都有“别业”一词，王维有辋川别业，又称“蓝田别业”。写信的观众不知“别业”一词，以为是现今常用词“别墅”。

从电视台的解答看，除了也不知“别业”一词外，还对“墅”字的读音解释有误。“别墅”的“墅”，读“shù”不读“yè”，只有同“野”（因为是通假字，所以实际就是“野”字）指郊外、郊野时才读“yě”，但仍与“别业”的“业”读音不同，一为上声，一为去声。

# “除官”与“致仕”

中央电视台播出的历史剧《走向共和》，谈到实行新官制许多人将丢掉官职时，慈禧太后等人数有“除官”的说法。“除官”一词用错了。

“除官”为古人常用之语，即拜官也，也就是授官。如说“除京兆尹”，就是任为京兆尹。这里以白居易为例。白氏有《初除户曹喜而言之》、《初除官蒙裴常侍赠鹘因谢惠贶兼抒离情》、《初除尚书郎脱刺史绯》、《除官赴阙留赠微之》诸诗，都是因拜为某官后抒怀、别友之作。又如白居易为朝廷所制《除程执恭检校右仆射制》、《除李绛平章事制》、《除裴度中书舍人制》、《除李逊京兆尹制》、《除武元衡门下侍郎平章事制》等许多制书，皆是授予各人该职位的。“除官”之外，还有“除书”一词。除书，即任官令，亦即委任状，如白居易《留题天竺灵隐两寺》：“黄纸除书到，青宫诏命催。”《刘十九同宿》：“红旗破贼非吾事，黄纸除书无我名。”《别草堂三绝句》：“正听山鸟向阳眠，黄纸除书落枕前。”所以云“黄纸除书”，是因为古时任官的文书多用黄纸。



可知，《走向共和》将“除官”的意思正好用反了。

“致仕”一词，如今已不多用，所以《现代汉语词典》未收，一般读者也就不解其义。但在古代文献里，尤其是史书和笔记中，却是极常见的词语。“致仕”为“入仕”的反义词，指不做官了。余秋雨教授不知“致仕”谓何，在其《山居笔记》的《十万进士》一文中当作“获得官职”用，适将其义用反了，实出人意料。而上海专门刊物《咬文嚼字》刊文纠正余秋雨之错时，说“在中国古代文献中，‘致仕’历来只表示一个意义，就是‘辞官’”，也是错的。这里略为一说。

“致仕”之“致”，不是现今常说的“致富”的“致”，而为“返也”、“还也”之义。仕，也不是“仕进”、“学而优则仕”的动词“仕”，而为名词，指官职。《春秋公羊传》注说：“致仕，还禄位于君。”《事物纪原·官爵封建部》释“致仕”说：“《尚书·咸有一德》曰：“伊尹既复政厥辟告归。疏云：告老致政事于君。此臣下致仕之初也。”可见，“致仕”就是还禄位于君，还政事于君，所以许多书中又作“致政”。“致仕”的最初之义，就是告老而离开官场，类似现今的退休，所以《汉书·平帝纪》曾规定“年老致仕者”可享受原俸禄的三分之一。古代文献里的“致仕”多数情况下即指老退，往往说以某官致仕，如《宋史》载文彦博“以太师致仕”、程大昌“以龙图阁学士致仕”、魏了翁“以资政殿大学士、通奉大夫致仕”、陆游“升宝章阁待制致仕”、辛弃疾“守龙图阁待制致仕”、杨万里“进宝文阁待制致仕”、丁谓“授秘书监致仕”、苏颂“拜光禄大夫致仕”之类，史书中比比皆是。陆游七十五岁休官后有《致仕后即事》、《致仕后述怀》等诗。以某官致仕之人，通常被称作“致仕某官”，如宋人笔记《倦游杂录》所称“致仕富大监”、“致仕王郎中”、“致仕樊著作”等。后来被罢免或辞官，也称“致仕”。所以苏轼《东坡志林》“致仕”条引欧阳修信中之语，说致仕之因有三：除老病（即年龄和健康原因）外，一为得罪，一为欲退。得罪，就是因遭非议或忤旨而被罢免，如《诗话总龟》等书说欧阳修因已与友人赵叔平皆致仕而有“清风明月两闲人”之名句，即就二人同被罢而言。欲退，才是辞官，这种情况多称“乞致仕”、“请致仕”，如《青箱杂记》记孙可久“赋性恬淡，年逾五十，即乞致仕”，又记雷德骧因赵普复为相而“恳乞致仕”。《倦游杂录》记欧阳修“罢参政，致政居汝阴”，系罢官；在蔡州“屡乞致仕”，是欲退；后“以太子少保致仕”，属老退。数种书中说苏轼自海南贬所北归后，“上表请老，以本官致仕”。已厌恶官场的苏东坡其时已六十六岁，且有病在身，则其“致仕”，是老病与欲退兼而有之。

由上述可知：致仕，即还其职事于君，不当官了。

# “朔北”与“漠北”及其他

古代文献中多见的“朔北”一词，今仍时见于一些作者笔下。因常用的《现代汉语词典》未列“朔北”词条，对“朔”字字义解释也欠全面，致使今人时有误用者，而给读者造成混乱。例如余秋雨散文集中，《流放者的土地》和《脆弱的都城》等篇，数以“朔北”指东北之地，便属误用。以下略为说之。

“朔”有“北方”一义，例如每称北风为“朔风”，但古人所谓“朔北”一词，却不泛指北方，更不指东北地区，而指“朔”地之北。古之“朔”地，即汉代“朔方县”、“朔方郡”，治所在今内蒙古杭锦旗一带。唐方镇“朔方”，也在西北，在今宁夏一带。所以古来“朔北”一词专对西北而言，指长城以外、大漠以北地区。如汉代李陵《与苏武书》即以“朔北之野”指匈奴统治地区。《流放者的土地》一文多次引用的前人诗文中，对于宁古塔一带的东北地区，用的是“塞北”、“绝塞”、“绝域”等词，余秋雨用该类词即可，不必别用一个错了的“朔北”。



与“朔北”一样时被误用的，还有《现代汉语词典》也未列的“漠北”一词。漠，即西北大漠之“漠”。漠北，也指西北长城以外、大漠以北地区，而不能用以泛指北方，更不用来指东北。1995 年 6 月 26 日《文汇报》《河南大规模修葺北宋皇陵》之报道，有“徽、钦二帝为金兵所掳死于漠北”之语，上海有关方面组织报刊编校质量竞查时，笔者指出该句“漠北”之差错，但评委会未认定为错。评委会还公开解释说，徽宗、钦宗具体死于黑龙江省什么地方，尚有争议，所以不认定“漠北”为错。此解释毫无道理。与宋对峙的金国在何方位，是中学生也知道的历史常识。无论徽、钦二帝死于东北什么地方，总在东北，不在西北，用指西北地区的“漠北”来指东北，是极明显的差错。此是作者与编辑不详“漠北”一词之义所致。

今之为文者，切不可以“朔北”、“漠北”泛指北方，更不可指东北地区。

上海报刊编校质量竞查活动评委会还弄不清“石刻”与“石雕”之区别，也顺便一说。《河南大规模修葺北宋皇陵》之报道谈到陵前之物时，有“望柱、瑞禽、文武臣等五十八件石刻”语。其中“石刻”应作“石雕”。笔者指出此错后，评委会告云没错。评委会专家似是将“石刻”与“石雕”当作一回事了。其实，两词含义不同。“石刻”指石上刻的文字、图案等，如摩崖石刻、碑碣等。“石雕”指用石头雕成的物件，如石狮石马。《文汇报》该句中的“石刻”显然是错的，应改为“石雕”才对。还有，“望柱、瑞禽、文武臣等五十八件石刻”一句中，“文武臣”也错了。坟前石人，为“翁仲”，而不能叫“文武臣”。

# “棺材”与“灵柩”及其他

棺材、灵柩，是与死人有关的常用词，应该说是常识了，所以山村里不识字的老年人也能辨得清，想不到在一些文人笔下却竟出错。如1995年6月26日《新民晚报》所刊之文，有将死者“装入银灰色的钢质灵柩中”语，便将“灵柩”一词用错了。这里“灵柩”改作“棺材”才对。笔者指出此错，上海报刊编校质量竞查活动评委会研究后认为没错。诸位专家没能看出错在何处，大概因为这两词有些相像。其实，这两词含义大不同。二者区别在于：死人未入殓者，叫“棺材”；入殓后，才叫“灵柩”。所以，说“将死者装入灵柩”，就如木匠在门口写了“此处出售灵柩”（此当然为假设，世间断不会有这样的木匠）一样，为大笑话。



评委会还对“尸解”一词用法不甚了了，也顺便一说。

该日《新民晚报》又有报道说：“尸解证明，此连体女婴……”这里，将“尸解”作“尸体解剖”用，大错。尸解，道家语，是说遗下尸骸而仙去，指死后成仙。如《神仙传》之“当为尸解”。该报有关记者与编辑不懂“尸解”之义，而将其当作“尸体解剖”的简化语，闹了笑话。更不可解者，笔者指出此错后，在关于该报编校质量的讨论会上，有位郝铭鉴编审辩解说：某医院有大夫就是这样用的。这位编审先生竟不知应依照古今各种字书和通常用法，而以生活中不懂该词用法者的错误用法为据（是否真有医生如此用，尚令人怀疑）。若有乡村接生婆将“尸解”错当作了生孩子，莫非我们的记者与编辑也可以将此词作生孩子用？

# 说“见谅”、“放逐”

专门的语言文字刊物《咬文嚼字》1996年第9辑《谁不原谅谁》一文，就《蒋氏父子在台湾》一书着重谈“见谅”一词，说该书写蒋介石与吴国桢、白崇禧关系的句子用错了“被动格式”，应为“吴国桢不能见谅于蒋介石”、“白崇禧不能见谅于蒋介石”。而这两句，读后使人弄不清到底是“谁不原谅谁”。据该文介绍，书中写的是蒋介石不原谅吴、白二人。不为蒋介石所原谅，不能说“不能见谅于蒋介石”。见谅，就是原谅，“见”为动词“谅”前的助词，与此相类者还有“见怪”、“见笑”等，在现代汉语中极常见，都是就自己而言，并且多为同对方（即第二人称“你”）说话时所用，例如常说的“还望见谅”、“请您见谅”，而不说“他见谅某”，更不能说“他见谅于某人”。

该文又有句为：“(蒋介石）将白（崇禧）夺职抄家”，也欠当。该文是讲被动格式的，此句和上引“见谅”句，都正在所讲问题上出了错。据该文所讲道理和汉语用语习惯，只能说“白被夺职抄家”、而不能说“将白夺职抄家”。

该文又有句为：“(蒋介石）将吴（国桢）放逐美国”。余秋雨散文《大伯公》第一句为：“很难相信一座如此繁华的城市会放逐出一块如此原始的土地。”这两处“放逐”，都用错了。

放逐，摒逐、赶走之意，古时将被判罪的人驱逐、流放到边远地方，不同于现今所说的“驱逐出境”。吴国桢不是因罪被逐出境，而是出国，所以不能用“放逐”一词。放逐，只是对人而言，不能说城市“放逐”一块土地，土地如何能被赶走？余秋雨语一则用词不当，二则不能说“放逐出”。放逐，一般只说“放逐”，如《汉书·司马迁传》：“屈原放逐，乃赋离骚。”《宋史·欧阳修传》：“放逐流离，至于再三。”张衡《南都赋》：“于是群士放逐，驰乎沙场。”杜甫诗有

"放逐宁违性"、"放逐曾题壁"句。可知不能说"放逐出"。

2001年12月7日《今晚报》有"放逐心灵"之题，即使依常见句法改作"将心灵放逐"，也未当。因为心灵是不可能被摒逐的。

# 说“誓死”

1999年，南斯拉夫联盟遭北约轰炸，中国作家协会给南斯拉夫文学家协会发去声援信，信的全文刊登于《文艺报》等报，题目即信中的一句话：《“中国作家将用我们的笔誓死站在你们一边”》。“誓死”一词读来却有些别扭，因此来说说该词。

誓死，为现代汉语常用词，人们记忆犹新的是“文革”中到处高喊的“誓死捍卫……”而今常说的也是“誓死保卫”和“誓死不从”之类。这里的“死”，应是就眼前事而言，为宁死不屈、甘愿因之而死的“死”，表示参与其事者的意志与决心。而中国作协信中“用我们的笔誓死”，似有些滑稽，“用笔”是谈不上死的。即使声援信不是说“用笔誓死”，而是说“我们誓死”，也仍然不妥。因为北约轰炸的是南斯拉夫，中国并未参战，中国作家远在万里之外，谈不上死的。

查《现代汉语词典》，对“誓死”的解释为：“立下誓愿，表示至死不变。”把“死”当作以后老死的“死”，所以“誓死”也就成了“永远”的意思。若用《现代汉语词典》的“永远”之义来看中国作协信中的“誓死”，说“用我们的笔永远站在你们一边”，也还说得过去。看来，问题出在《现代汉语词典》的解释。

“誓死”的准确之义究竟是什么呢？这个“死”字是“宁死不屈”的“死”，还是“至死不变”的“死”？我们来看传给我们此词的前人是如何用的。司马彪《续汉书·陈蕃传》：“(朱震)收葬蕃尸，匿其子逸于甘陵界中。事觉系狱，合门桎梏。震受拷掠，誓死不言。”《南史·顾觊之传》：“有贞妇万晞者，少孀居无子，事舅姑尤孝。父母欲夺而嫁之，誓死不许。”李白《山鹧鸪词》有句为：“我今誓死不能去，哀鸣惊叫泪沾衣。”王琦注云：“当是南姬有嫁为北人妇者，悲啼誓死而不肯去。”“誓死不×”之句式，古时很多，均与“永远”

之义无关。

由此可见，对于“誓死”一词，中国作协信中的用法和《现代汉语词典》中的解释，均未当。

# 也说“前苏联”

苏联解体后，每见报刊文章称苏联为“前苏联”。有位孙政清更在2001年8月11日《文汇读书周报》刊文谈应该称“前苏联”之理由，并列举前人所用“前元”、“前明”、“前清”为证。举这样的例子是不恰当的。“前苏联”的“前”，故也，指原来的苏联。“前元”、“前明”、“前清”的“前”，即“前朝”的“前”，先也，讲本国的前后朝代、不同时期，所以“前元”、“前明”、“前清”只能是相对本朝而言，如《明史·选举志》：“前元待士甚优。”《清史稿·河渠志》：“前明及康熙间所有灌河入海之路，覆辙俱在。”

孙文又举“前校长”之类说法为例，其实也与“前苏联”不同。“前校长”是相对现校长而言，而不是说该人已不存在。若依孙先生“不复存在”而加“前”的理由，那么地震中某村庄被毁灭后，便须称为“前某村庄”了，某某人死去后，也就当称为“前某某人”了，何其麻烦别扭。尤其是谈到那些年我国与苏联的关系时，若将“中苏友谊”改作“中前苏友谊”，将“中苏珍宝岛冲突”改作“中前苏珍宝岛冲突”，成什么话？

孙文又从英语翻译的角度来谈“前苏联”，也未当。汉译之名，自当据汉语用法来译，乃为常识。我们的汉语很准确，苏联就是苏联，俄罗斯就是俄罗斯，不会混淆的，更不会“今昔不分”、“含义不清”。再者，苏联解体以前，我们谈到苏联之前的沙皇俄国时，记得并不加“前”字的。

可知，“苏联”即可，不必加“前”。

# 说“明日黄花”

每有文章以“昨日黄花”称过时的事物，包括一些知名学者和作家之文。也数见纠正之文，如《光明日报》、《大公报》等皆曾有文章予以纠正，说“昨日黄花”是错的，应作“明日黄花”。这意见是对的，但是，“重阳节一过，天气转冷，黄花开始凋谢，便没有什么好观赏的了”之解释，却是错的。

明日黄花，出自苏轼笔下，一见其《九日次韵王巩》诗，一见其《南乡子·重九涵辉楼呈徐君猷》词，均为重阳节之作。黄花，即菊花。菊花耐冷，花期一般在阴历九至十一月，重阳时其他花渐凋谢，而菊花正开，重阳后还可观赏好长时间，决不会很快便凋萎的。古人以重阳对菊为快事，所谓佳节对名花，人之兴情与自然之景相合。所以古代诗人重阳之诗多及菊花。陶渊明九日无酒，也仍于东篱对菊。杜甫等唐代诗人，对于九日，或称“菊花期”，或称“菊花朝”，或称“菊花节”，或称“黄花节”，杜牧九日更有“菊花须插满头归”名句。是菊花已为重阳节时令花。一旦过了重阳，菊花虽好，却已失九日之期。所以苏东坡诗云：“相逢不用忙归去，明日黄花蝶也愁。”词云：“万事到头都是梦，休休，明日黄花蝶也愁。”均因九日很快将过去而感慨，意思是说，明日黄花便非九日之菊了，颇有过时之憾。宋代又有诗人九日咏黄花云：“要摘金英满头插，明朝还是过时花。”即明言明朝过时。因此，后人称时过境迁或已过时的事物为“明日黄花”。《幼学琼林》即云：“明日黄花，过时之物。”可惜旧时常识，今竟成艰深，许多人不知“明日黄花”典出何处，或者虽知其出处而不解究系何意，所以每每出错。

# 说“神交”、“皇明”

2001年4月26日《中国图书商报·书评周刊》二月河《神交高阳》之文，说自己读过好几本高阳先生的历史小说，对高阳先生予以赞扬。文中称高阳为“一神交”，同时说自己“是高阳先生不错的一位神交”。“神交”这一古来常用之词，被用错了。

神交，谓不涉形迹，以神相交，所以古人有“心照神交”、“神交心契”、“神交心许”等说法。古时多指彼此慕名而未谋面之交，如《晋书》记嵇康与阮籍等交谊时说：“康所与神交者，惟陈留阮籍、河内山涛。”又有“怆神交于晚笛，或相思而动驾”语。沈约诗有“神交疲梦寐，路远隔思存”句。现代汉语中，“神交”则多指两人有交往（如书信来往）而没有见过面，如“神交已久，而无缘相见”、“神交数载，今始一晤”等说法。

二月河之错，错在不知该词是就两人相互之交而言。高阳先生并未与他“以神相交”，所以不当称高阳为“神交”，更不当自称为高阳的“神交”。再则，“神交”（动词）非“朋友”（名词）之意，不能说“谁是谁的神交”或“某某的神交”。

二月河该文又说：辛亥革命时“驱除鞑虏，光复中华”的口号，“还可以按时序上溯，直至皇明甲申之变。”“皇明”一词也用错了。

皇明，即明朝，与“皇明”用法相同的还有“皇清”，即清朝，但那是明或清的臣民对明朝或清朝的称法，如《皇明文衡》、《皇明经世文编》、《皇明职方地图》等书，均为明人所编撰，《皇清文颖》、《皇清经解》、《皇清职贡图》等书，均为清人所编撰。清的臣民不会称明朝为“皇明”的。二月河先生系今人，而非明的臣民，更不当以“皇明”称明朝。

# 让考生无可奈何之考题

2001年高考语文试题古文阅读所给一段文言文，选自《史记·田单列传》，开头介绍田单，说他“不见知”。“不见知”之句意，命题者所定正确解释为“未被上司了解”，大错。

“见知”一词，古文中极常见，只《北史》、《南史》便各出现数十次。“见知”之“知”，与“知遇”的“知”一样，被赏识受优遇之意，而非“知道”的“知”，所以不能当作“了解”。见知，多用于被君主或主朝政者赏识，如《南史·谢灵运传》：“（灵运）自谓才能宜参权要，既不见知，常怀愤惋。”《孔琳之传》：“琳之不能顺旨，是以不见知。”《袁粲传》：“早以操行见知，宋孝武即位，稍迁尚书吏部郎。”《颜峻传》：“峻弟测亦以文章见知，官至江夏王义恭大司马录事参军。”《王诞传》：“徐时为宰相，不能见知。”可知《田单列传》之“不见知”，是说田单为齐国宗室但却不为齐王所重，而不是不为“上司”所重。考生若读过一些古文而知“见知”之义，以正确理解答之，此处便要失分了。



《史记·田单列传》讲田单大败燕军的经过，中有“城之不拔者二耳”之语，命题者定“拔”为“被攻取”，亦错。“拔”即拔取，而非被攻取、被拔取。《战国策·秦策》有“拔宜阳”、“拔燕酸枣”语，注云：“拔，得也”、“拔，取也”。《汉书·高帝纪》：“攻砀三日而拔之。注：拔者，破城邑而取之，言若拔树木并得其根本也。”命题者将“拔”诠作“被拔取”，大概是因为“城之不拔者二耳”出自齐人之口。实则该句为施反间计的齐人进入燕国所散布之语，是欲传给燕王听的，所以“拔”仍是古人所诠的“取也”、“得也”（攻取）之意，该句是说田单故意迟迟不拔取莒、即墨二城，而不能释作“被攻取”。战中争一城，攻而得之者为“拔”，败而弃之者为“失”，乃为古文常识。同样，此处若考生答对了，又要失分。

试题又有“用来比喻良马之神速”句，为病句，也顺便一说。神速，指某事办得出奇地快，如《史记》和《汉书》的“河内皆怪其奏，以为神速”。人们更常说的是“兵贵神速”。《现代汉语词典》将“神速”解释为“速度快得惊人”，虽未错，但欠明晰和准确，所以有人错领会词义，将该词用于行驶速度。“神速”不能用来指马、汽车之类的奔驰速度，若说“你看那匹马跑得多么神速”、“国产车开起来与进口车一样神速”，便属笑话。

# 说“垂垂”

在我们的汉语中，“垂老”一词极常见，都知道是将老、已近暮年的意思，一般不会用错。垂，将及、临近之义，相同的用法还有“垂暮”、“垂危”、“垂死”及“功败垂成”等。“垂”字叠作“垂垂”，如今常见的是“垂垂老矣”，却容易被用错，如近读王春瑜教授《评泡沫史学》（《文汇读书周报》第822期），有“渐渐垂垂老矣”语，便将“垂垂”用错了。

垂垂，庾信诗有“不愁风袅袅，正耐雪垂垂”，杜甫诗有“江边一树垂垂发”，袁泰诗有“雨沾弱柳垂垂绿”，陈旅诗有“一林春雨垂垂绿”，范成大诗有“长歌悲似垂垂泪”。此几处“垂垂”，应有下垂、向下之义，但细揣摩其用法，可发现又有渐渐之义。雪垂垂、垂垂泪，雪一直在下、泪不住地流。垂垂绿，树木发芽变绿，更有渐渐之义。杜甫的“垂垂发”，指梅花，下句为“朝夕催人自白头”，不但更明显为渐渐之义，而且说到催人老去。“垂垂老”，见唐代诗僧贯休句“一瓶一钵垂垂老”和清代诗人傅扆句“谁言青鬓垂垂老”。此“垂垂老”，已无向下、下垂义，显然是说渐渐老了，与《离骚》所云“老冉冉其将至”的“冉冉”同。所以《中文大辞典》对“垂垂”的解释为：“犹言渐渐也。”

王先生文说“渐渐垂垂老矣”，显然将“垂垂”作将近用，以“垂垂老矣”为“垂老”，是错的。

# 说“游学”

如今人们只熟知“升学”、“留学”，对“游学”一词已不甚了了，所以难免用错。《中国学术》（总第25辑）所刊姜伯勤教授《中流自在心：读〈饶宗颐二十世纪学术文集〉》说“（饶先生）长期游学于东西南洋国际汉学界”，便用错了。

游学，古人谓离开故乡往他处就学，亦现今常说的外出求学，但却与现今所云离家去上大学不同。“游学”之“游”，即“游方”、“游牧”、“游击”之“游”，含不确定、不专一之义。例如说“游学京师”，即是说就学于京师一些或几个名家，而非只限于某处或某人。关于此词用法，有的只说“游学”，如《汉书》“幼与从兄嗣共游学”、《法言》“孝文皇帝欲广游学之路”。多数则说“游学某地”，二十四史中便多有“游学京师”、“游学长安”语，又如《史记》说荀卿“游学于齐”，《后汉书》说仲长统“游学青、徐、并、冀之间”，《三国志》说张纮“游学京都”，《北史》说樊深“游学于汾、晋间”，《南史》说戚衮“游学都下”。

姜教授文不是说饶宗颐外出求学，而为来往、交流意，所以不当用“游学”一词。即便含糊用之，说游学于南洋即可，而不当说“游学于学界”。至于《光明日报》、《文汇报》等报的“跟名儒某某游学”、“几日游学”、“随团游学”，乃至“让儿童有机会游学”之类用法，更错。

# 说“游说”

2001年10月31日《中华读书报》有王凡《赵浩生游说董建华》文，说赵浩生1995年在香港见到董建华时，突然想到董建华是合适的“特首”人选，便劝其参加竞选。后又见《光明日报》等多家报刊关于戊戌变法的文章有“谭嗣同当晚到法华寺游说袁世凯起兵勤王”的话。“游说”一词均使用未当。

游说，奔走各地逞其口辩，以动人听，多用于战国时的策士、说客。此“游”字，即“游学”、“云游”之“游”，谓往来于各处。偶因某事劝说某人，非“游”，所以不当说“游说”。又，“游说”为不及物动词，一般不说“游说某人”。如《史记·孔子世家》：“游说乞货，不可以为国。”《汉书·薛宣传》：“宣无私党游说之助。”《后汉书·马援传》：“因使援率突骑五千，往来游说。”古时有“游说诸侯”语，这里“诸侯”非专指某一人，而含“各国”之意，指游说于各国。显而易见，《新京报》等报的“给评委写信为他评定中级职称游说”、“电话游说意大利前总理”、“通过电视等媒体进行游说”之类语，就更其错了。



还有“说服”一词，也须一说。“说（shuō，旧读入声）服”一词，近年电视节目中大多改读为“说（shuì）服”，显然是依“游说”之读音。为显得有知识和典雅，却是读错了，此亦未能详知“游说”之故。“游说”之“说”，《增韵》释为“说诱”。游说，以诱惑、煽动性的言语劝人接受己意，以售其私，分明含贬意。所以孔子云“游说乞货”，刘向《战国策书录》甚鄙“游说权谋之徒”，荀悦《汉纪》更称为“德之贼也”。《颜氏家训》有“带私情之与夺，游说之俦也”语，而戒子孙勿为。可知，人们平常相互间解说、劝说，自与游说行为不同，而不当读作“说（shuì）服”。

# 说“油然而生”

成语“油然而生”，从大学者到小学生，都经常用到，却每有使用未当者。如中央电视台 2003 年 4 月 1 日《东方之子》节目，复旦大学校长说，苏步青教授逝世，自己的沉痛“油然而生”。2004 年 6 月 12 日《中华读书报》冯奇《萧军萧红与鲁迅的初次会面》：“一股举目无亲的感觉顿时油然而生。”2008 年第 5 期《博览群书》孔祥吉《我与清人日记研究》：“读后使人不寒而栗，痛恨之情，油然而生。”2010 年 10 月 18 日《中国青年报》杨韶《高考改革不能让城市教育欧美化农村教育非洲化》：“作为农村学生的自卑心理因此油然而生。”2010 年 10 月 8 日《中国证券报》肖磊《狂热金价回调还会远吗》：“金价回调的因素已经油然而生。”

《广雅·释训》：“油，油流也。”油然，即取油流义，舒缓、从容、徐行貌。油然而生，即是说某种感情自然而然地产生。油然，又和谨貌，所以用于温和、悦欣之感情。《礼记·乐记》：“致乐以治心，则易直子谅之心，油然生矣。”《正义》：“油然，新生好貌也。”其后名家亦皆如此用法，如唐权德舆《送徐谘议假满东归序》：“江海之思，油然而生。”宋苏洵《苏氏族谱》：“观吾之谱者，孝弟之心可以油然而生矣。”朱熹《朱子语类》也有“孝弟之心油然而生”、“孝友之心油然而生”语。《现代汉语词典》例句即为：“敬慕之心，油然而生。”可知“油然而生”一般用于舒缓、自然产生的美好、愉悦感情。忽然产生的感情和沉重、沉痛、强烈的感情，都不当用“油然而生”。中央电视台和几家报纸之“油然而生”，便错在这里。“金价回调的因素已经油然而生”尤错。

# 说“锦书”

2005年7月25日《新民晚报》金小萍《怀念手札》之文，说今人多用电话、短信、E-mail，很少写信，“难怪一些老人要发出‘锦书难托’的感慨”。2005年12月7日《中华读书报》谢其章谈谷林先生致文友书信之文，题为“谁人还寄锦书来”。此两处“锦书”，皆未当。

《晋书·列女传》：“窦滔妻苏氏，始平人也，名蕙，字若兰，善属文。滔，苻坚时为秦州刺史，被徙流沙，苏氏思之，织锦为回文旋图诗以赠滔。宛转循环以读之，词甚凄惋。”后人因以“锦字”、“锦字书”、“锦书”指妻子给丈夫之信。如李白《秋浦寄内》：“开鱼得锦字，归问我何如。”宋之问《桂州三月三日》：“不求汉使金囊赠，愿得佳人锦字书。”再来看唐五代诗人用“锦书”之句：彭伉《寄妻》“莫讶相如献赋迟，锦书谁道泪沾衣？”陆龟蒙《乐府杂咏》“裁得尺锦书，欲寄东飞凫。”吴融《和韩致光侍郎无题三首十四韵》“管纤银字咽，梭密锦书匀。”陈陶《关山月》“青冢曾无尺寸归，锦书多寄穷荒骨。”徐铉《梦游》“锦书若要知名字，满县花开不姓潘。”刘兼《征妇怨》“曾寄锦书无限意，塞鸿何事不归来？”又《春怨》“锦书雁断应难寄，菱镜鸾孤貌可怜。”欧阳炯《凤楼春》“锦书通，梦中相见觉来慵。”皆为女子思念丈夫之作。“山盟虽在，锦书难托”，为陆游《钗头凤》词之名句，哀恩爱夫妻被拆散也。“谁人还寄锦书来”，系变用李清照名句“云中谁寄锦书来”，而李清照该词乃是典型的闺怨之作。可见将“锦书”用作对他人书信之美称，是错的。

敬称他人书信，可用“华翰”、“华缄”、“华笺”、“瑶缄”、“瑶札”、“瑶笺”之类，如刘禹锡《谢窦相公启》：“每奉华翰，赐之衷言。”李都《戏答朝士》：“华缄千里到荆门，章草纵横任意论。”

张嘉贞《恩敕尚书省僚宴昆明池应制》：“芳醞酲千日，华笺落九霄。”罗邺《献池州庾员外》：“曾降瑶缄荐姓名，攀云几合到蓬瀛。”宇文融《奉和圣制左丞相说右丞相璟……宴都堂赐诗》：“飞文瑶札降，赐酒玉杯传。”李彭老《木兰花慢·送客》：“潮返浔阳暗水，雁来好寄瑶笺。”此外还有“华函”、“瑶翰”、“大札”、“宝札”、“玉札”等许多，此不赘举。古人为我们创造的有关词语很多，正不必用有特定含义的“锦书”。

# 说“一袭”

2005年8月26日《光明日报》“文荟”副刊杨宇闻《大节与细节》之文，三次谈到秋瑾的“一袭白衫”。所谓白衫，即范文澜《女革命家秋瑾》所说秋瑾被捕时穿的“白汗衫”。这里的“一袭”，用错了。

袭，用于成套的衣服，常用的《现代汉语词典》有明确的解释。一袭，即指一套衣服，古代文献中多有“赐衣一袭”的记载。《史记·赵世家》有赐衣“二袭”之说，指单、复两套。对于一件汗衫，是不能称“袭”的，所以不能说“一袭白衫”。范文澜先生之文便说“秋瑾穿着白汗衫”，而不说“穿着一袭白汗衫”。2002年5月13日《生活时报》有“一袭短裙”的说法，2004年8月8日《文汇报》有“一袭披肩”的说法，也是错的。即便是旗袍、大衣，也不能说“一袭”，所以为许多人所知的张爱玲《天才梦》里“生命是一袭华美的袍”的话，同样是错的。



一件上衣、一条裤子均不能称“袭”，围巾、领带、帽子或鞋子等，当然更不能称“袭”了。2000年5月2日《人民日报》蔡庆新《认识任弼时》：“一袭白色围巾垂于胸前。”2002年7月3日《光明日报》韩小蕙《陈祖芬和她的足球娃娃》：“美丽的金发上戴着一袭鹅黄色披纱。”清华大学出版社出版《不尽书缘》有“细长的一袭领带”语。“光明书评网”更有“左臂别着一袭黑纱”语。2004年11月24日《中华读书报》甚至有“一袭巨盔”语。这几处“一袭”，就更是用错了。围巾、披纱、领带等，应依通常用法说“一条”，盔和帽子，只能说“顶”。

此外，2004年2月29日《文汇报》有“一袭黑发”语，2004年9月3日《文摘报》有“一袭长发”语，2005年2月26日《文汇报》有“水晶棺一袭”语，2005年10月24日《光明日报》有《书房，披一袭月光》之文。“光明网”《父亲的苦乐年华》说父亲“不是一袭白丁”、向敬之《一串让人想起鲈鱼美的文字》、《坐吃寻根黄皮肤的美食文化》两文有“一袭布衣”的说法。把“一袭”当作“一缕”、“一个”甚至“一口”用，皆大错。

# 说“耿耿星河”

2005年10月26日《今晚报》副刊韩小蕙《书是最可靠的阶梯》之文说：“耿耿星河，看不到一丝曙光，什么恢复高考上大学，就是神仙也掐算不出来呀。”“耿耿星河”用法有误。

南北朝时谢朓《暂使下都夜发新林至京邑赠同僚》诗有“秋河曙耿耿”句，张正见《秋河曙耿耿》诗有“耿耿长河曙”句。欧阳詹《赋得秋河曙耿耿送郭秀才应举》：“月没天欲明，秋河尚凝白。”陈润《赋得秋河曙耿耿》诗：“晚望秋高夜，微明欲曙河。”蒋士铨《秋河曙耿耿》：“秦宇初邻曙，银潢正见秋。”耿耿，指光，即亮也。星河耿耿，指天要亮了。白居易《睡觉》的“星河耿耿漏绵绵，月暗灯微欲曙天”和温庭筠《鸡鸣埭曲》的“南朝天子射雉时，银河耿耿星参差”，也都是说天要亮了。最著名的要数白居易《长恨歌》的“迟迟钟鼓初长夜，耿耿星河欲曙天”，所以现代小说和各种文章中引用者极多，用以说天将亮了，或看到一丝希望。王力教授《缅怀西南联合大学》诗“熊熊火炬穷阴夜，耿耿星河欲曙天”，即用此意，喻必胜信念。即使不用以指天将亮，只是说夜空，“耿耿星河”也是说星河明亮，如罗隐《秋夜寄进士顾荣》：“秋河耿耿夜沈沈，往事三更尽到心。”而不指暗夜、看不到希望。

可知以“耿耿星河”来比喻看不到希望，意思正好用反了。

# 说“天堂”

2010 年 5 月 12 日，即汶川大地震两周年祭日，《光明日报》“教育周刊”所刊一文大字标题为《在天堂读书的日子》。一看此题，教人自然想到了那许多不幸离开人世的小学生，而好生奇怪。读之，原来是作者谈他自己在苏州读书的事。文中还提到：“我的朋友何建明先生去年写了一本关于苏州的《我的天堂》。”两人皆因“上有天堂，下有苏杭”，而以“天堂”为苏州之代称。

天堂，宗教指人死灵魂升天以后所居之处，与之相对的是地狱。《敦煌变文》：“或居地狱，或在天堂。”《文始传》云：“天堂对地狱，善者升天，恶者入地。”最多见的是“上天堂、下地狱”。汶川大地震后，人们多说到天堂，是希望死者的灵魂安息。

因天堂之美好，所以人们将美好之处和舒适的生活环境比作“天堂”，如《洛阳伽蓝记》记某佛寺云：“得往观者，以为至天堂。”《西游记》：“（美猴王）细观灵福地，真个赛天堂。”《聊斋志异》：“妾明知火坑而固蹈之。当嫁君时，岂以君家为天堂耶？”钱钟书《槐聚诗存》亦云：“虽旷野乎，可作天堂观。”“上有天堂，下有苏杭”与以上用法一样，是说苏杭就如天堂一般美好，而被称作“人间天堂”。

可知，不宜径直称苏州、杭州为“天堂”。如送友人去杭州，绝不能说“送你去天堂”。杭州有“住在天堂”租房售房网，更有不止一家“天堂旅行社”，正无异于“送你去天堂”。

# 说“京洛”

2010年9月23日《文汇报》“笔会”副刊阮仪三教授《浦东的新场古镇》文，谈到古镇张宅门联：“京洛传钩；曲江养鸽。”解释说：“京洛是指唐代的首都西京长安，东都洛阳。”此说实误。此误或受中华书局、上海古籍出版社一些出版物中“京洛”二字以顿号点开或标作两地名之误导。

京洛，指东京洛阳，相当于“京城洛阳”之省称，而不是西京长安、东都洛阳之合称。“京洛”一词，早在唐代以前已多用之。如东汉班彪《冀州赋》“遂发轸于京洛，临孟津而北厉”、班固《东都赋》“子徒习秦阿房之造天，不知京洛之有制也”、蔡邕《述行赋》“余有行于京洛兮”，皆指洛阳。盖因洛阳为东汉之都城，所以称为“京洛”。“京洛”之称，历代习用，如西晋陆机《为顾彦先赠妇》诗之名句：“京洛多风尘，素衣化为缁。”《北史》有“垂拱京洛”、“身官京洛”、“襄城控带京洛”等语，亦皆指洛阳一地，而非长安和洛阳两地。后世又以“京洛”为京城的代名词，所以又不限于指洛阳了。如唐人卢照邻《送梓州高参军还京》“京洛风尘远，褒斜烟露深”，指长安。北宋王安石《次韵酬宋中散》“超然京洛谅难双，处在家庭誉在邦”，指汴京（开封）。南宋陆游《寓叹》“旧时京洛尘埃面，今作江湖风月民”，则指临安（杭州）。抗日战争胜利后，陈寅恪先生《报载某至重庆距西安事变将十年矣》诗有“铁骑飞空京洛收”句，指国民政府所在地南京。

此外，据上联尾字仄声、下联尾字平声的楹联常识，新场古镇张宅门联当为“曲江养鸽；京洛传钩”。此联对仗工整，既为古镇老宅之联，上下联当不会镌错，应系阮先生误录，顺便指出。

# 说“亢烈”

2010年10月27日《光明日报》“文荟”副刊刘成章先生文《错了地方》，为其错用“七月流火”辩解说：“千百年来，一些不墨守成规的文人就脱开此话的原意，用它抒写炎热的天气。”所举千百年来之一例为：“宋末著名词人刘克庄在其《永宁寺祈雨疏文》中就说：‘七月流火，不胜亢烈之忧；三日为霖，未慰滂沱之愿。’”欲以此证明本谓火星西移天气渐凉的“七月流火”，也可以用来抒写炎热的天气。此是刘先生又错会了“亢烈”之意，故略为说之。

亢，诸多义项中有“旱”、“旱灾”之一义。如《后汉书·杨震传》：“终济亢旱之灾。”古代典籍中“亢旱之灾”、“岁时亢旱”语甚多。又有“旱亢”、“亢干”之说，与“亢旱”同，如唐代《太原府交城县石壁寺铁弥勒像颂》：“列郡旱亢，祈之则霖雨。”明代《天工开物》：“遇无雨亢干，则汲水一升以灌之。”此外还有其他种种用法。《论衡》数有“亢阳”一词，如“久旸为旱；旱应亢阳。”又《周书·于翼传》云“每逢亢阳，祷白兆山祈雨”。《法苑珠林》：“刺史以亢炎既久，便往祈请，……当夕霈下。”《续资治通鉴长编》：“亢暵之咎，殆不虚发也。”又明人游记有“时久亢暵，四郊得雨”、“亢暵降时雨”语。虽然天热多与干旱相连，但上举“亢阳”、“亢炎”、“亢暵”诸语均指干旱，而非指天热。又有人以“久亢”指久旱，如庾信《和李司录喜雨诗》：“纯阳实久亢，云汉乃昭回。”《旧唐书·哀帝纪》：“宿麦未登，时阳久亢。”亢烈，亦就旱灾而言，谓旱甚，有如《后汉书》之“旱烈”，如《绍兴县志》所载：“康熙三十二年，四月旱至九月，为灾亢烈。”诗文名家刘克庄断不会误用“七月流火”的。当时令刘克庄不胜其忧者，分明是大旱，而不是天热。“七月流火”，乃本《诗经》原句之用法，就时间而言，说已入秋而仍天旱不雨，“亢烈”，与“滂沱”相对，指旱象严重，不当错理解作状写酷热。

# 后　记

依惯例也为本书写一后记，略作说明。

我初中毕业那年，即因“文革”开始而失学，只好回村里当农民，从此便只有劳累与艰难，而无时间读书。其实斯时斯地，也无书可读。人生之不幸，于此为大。最可宝贵的青春年华被彻底断送后，老大始得入大学读书。大学期间，乃至参加工作后好长一段时间，首先考虑的是如何使一家人差得温饱，而不是什么学问与事业。则予此生不会有何成就，乃命中注定也，以故终无所成。惟因喜好传统之学，虽系浅尝，然每有所记，其中屡有不知深浅而贸然道古今人所未道或古人之用意而今人已不解者，算是有所见解或发明。故听从数好友建议，亦不无敝帚自珍之意，而不揣浅陋，编成此书。时下所谓论文，均未收录，所收主要为考证短稿与读书札记之类，因以“杂考”名之。此类文字不能严格分类，只大体分为四部分。又因多系随手而记，或为专门刊物和不同报纸而写，故语言风格未能一致，今一仍其旧。水平所限，谬误与欠妥之处在所难免，还乞方家和读者不吝指正。

孙丽萍研究员热心促成此书之出版，赵瑞民教授细阅全稿而为之序，非常感谢两位老同学之高谊。并对多年来吃苦受累而支持我读书的妻子，表示特别感谢。

马斗全

2010 年 10 月